SON FASCINATION AUX COURBES GÉNÉREUSES

UNE ROMANCE DE PETITE VILLE AVEC UNE HÉROÏNE AUX COURBES VOLUPTUEUSES

À LA RECHERCHE DU HÉROS LITTÉRAIRE PARFAIT
TOME DIX-NEUF

MARY E THOMPSON

À LA RECHERCHE DU HÉROS LITTÉRAIRE PARFAIT

La vie dans une petite ville n'est pas faite pour tout le monde. Elle n'est certainement pas faite pour la citadine qui ne cherche qu'à fuir sa vie pour un temps. Et peut-être à se perdre dans les bras d'un homme qui est tout le contraire de ce qu'il lui faudrait, mais qui lui semble pourtant si parfait. Perdez-vous à L'anse MacKellar et découvrez ce que l'amour veut vraiment dire.

LIVRE 19

Son Fascination aux Courbes Généreuses

Andre

Y avait-il plus dans la vie que l'amour ? Je l'espérais bien, puisque l'amour m'avait jusqu'ici évité.

Peut-être valait-il mieux arrêter de chercher l'amour et profiter des regards brûlants de la supposée nouvelle résidente de ma petite ville. Vivre à l'auberge locale ? Peu probable.

Mais qui étais-je pour juger ?

Et qui étais-je pour me plaindre quand cette tentatrice guindée aux courbes ensorcelantes me fixait depuis la fenêtre de sa chambre ?

J'ai enlevé ma chemise et j'ai souri narquoisement quand elle a réalisé que je l'avais surprise en train de me regarder. Fuir et se cacher ? C'est ce que j'attendais. Ce que je n'avais pas prévu, c'est qu'elle sorte, vole ma chemise trempée de sueur et la passe sur elle.

Puis insiste pour que je l'invite à sortir si je voulais la récupérer.

Ce n'était qu'une chemise, mais elle n'était définitivement pas qu'une femme. Elle était mystère, tentation et fascination. Et je n'étais pas assez fort pour résister.

Joelle

Il n'est pas l'homme qu'il me faut. Il est tout en sueur et en muscles, rien à voir avec l'homme que je devais épouser.

Celui enterré profondément dans ma mère le jour de mon mariage.

Qu'est-ce que je savais de ce que je voulais ? J'ai passé toute ma vie à écouter ma mère. À la laisser prendre des décisions pour moi. Comment m'habiller, avec qui sortir, mes études, mon travail, mon fiancé.

C'est terminé. Elle m'a trahie. Je me suis enfuie de mon propre mariage, ignorant leurs supplications et leurs insultes.

Je n'étais pas une femme de petite ville. Je ne comptais pas rester. Mais peut-être que le jardinier aux abdominaux luisants et tentants qui m'a surprise en train de le regarder est exactement la personne dont j'ai besoin pour m'aider à découvrir qui je suis.

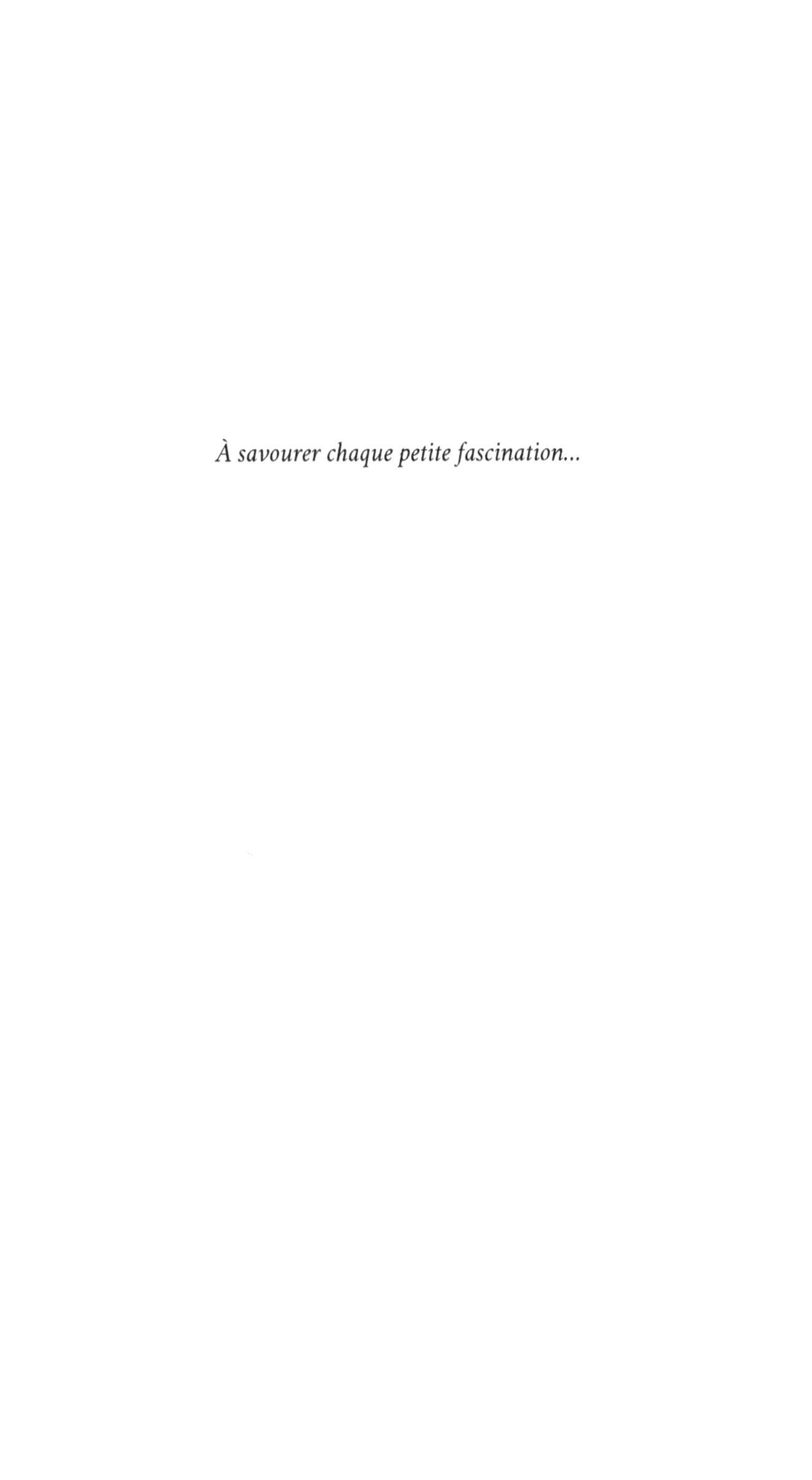

À savourer chaque petite fascination...

1

—————

JOELLE

Il y avait une question qu'une femme était censée se poser le jour de son mariage. *Le plus vite possible, comment puis-je remonter l'allée pour dire oui ?*

Alors que je me tenais seule, vingt minutes avant mon mariage, non pas dans la suite nuptiale, mais dans une minuscule pièce entourée de portemanteaux vides, la seule question qui me tournait en tête était : *suis-je en train de faire une erreur ?*

Pire encore que la question était la réponse, répétitive et retentissante, qui ressemblait furieusement à un *oui*.

Je regardais la femme dans le miroir qui ne me reflétait pas entièrement et j'ai lissé la jupe bouffante en tulle d'une main. La jupe était le seul choix que j'avais fait. La seule concession que ma mère m'avait accordée. Non pas parce qu'elle se souciait de ce que je voulais ou qu'elle aimait mon idée. Oh non. La jupe devait cacher mes courbes et ce ventre peu flatteur dont elle m'avait fait honte depuis aussi loin que je me souvienne. La jupe de princesse cachait mon ventre et évitait à ma mère d'être embarrassée par moi et ma silhouette aux courbes loin d'être parfaite.

1

Tout le reste de mon mariage était son choix. Le bustier en satin avec cette bizarrerie à une seule bretelle ? Ma mère. Le chignon sophistiqué avec plus d'épingles et de laque que de vrais cheveux ? Ma mère. Une église remplie de gens que je n'avais jamais rencontrés, attendant de me voir épouser un homme pour qui je ne ressentais absolument rien ? Vous avez deviné, ma mère. Bon sang, même mon fiancé avait été choisi par ma mère.

Je ne voulais rien de tout ça. Je ne voulais même pas d'un mariage en juin. Tout le monde voulait se marier en juin, d'après ma mère. Pas moi. Je voulais l'automne. Je voulais des couleurs riches, profondes, sensuelles et un homme qui me fasse chanter au lit. Thomas n'était pas cet homme. Enfin, pour être honnête, je n'en étais pas vraiment sûre. Nous n'étions pas allés jusque-là. Quelques baisers, des attouchements par-dessus les vêtements, mais le sexe n'était pas quelque chose que nous avions essayé.

Je parie que vous ne devinerez jamais pourquoi. Eh oui, ma mère.

Elle avait insisté pour être présente à tous nos rendez-vous. Elle refusait de nous laisser seuls. Elle disait que ce n'était pas convenable. Tout ce que cela signifiait, c'est que j'étais sur le point d'épouser un homme avec qui je n'avais aucun lien et que je ne connaissais pas vraiment.

Je devais y mettre un terme. Comment pouvais-je épouser quelqu'un que je connaissais à peine et que je n'étais même pas sûre d'apprécier ?

J'ai ouvert la porte de ma pièce et j'ai jeté un coup d'œil dehors. Personne en vue, alors j'ai quitté la pièce et j'ai refermé la porte derrière moi. Ma mère comprendrait. Elle ne me forcerait pas à un mariage sans amour. Pas après avoir subi la même chose. Mon père était mort quand j'étais jeune, mais Maman me racontait souvent qu'il ne nous prêtait que très peu d'attention, à l'une comme à l'autre. Elle comprendrait.

La deuxième pièce, plus grande, celle qui était destinée à la mariée, était la sienne pour se préparer. Elle avait insisté sur le fait qu'elle avait besoin d'espace, et que je serais bien dans la pièce plus petite. J'avais accepté, comme toujours. Elle n'avait pas tort. Je n'avais pas besoin de beaucoup d'espace, et si cela lui faisait plaisir, je me pliais à sa volonté. Je l'avais fait toute ma vie, pourquoi m'arrêter après vingt-huit ans ?

Je me suis approchée de la porte, en penchant la tête pour écouter. Un bruit venait de l'intérieur. Un son rythmé et étouffé. Qu'est-ce qu'elle faisait ?

J'ai frappé doucement, mais le bruit n'a pas cessé. Elle ne pouvait être nulle part ailleurs, alors j'ai frappé de nouveau, tout en ouvrant la porte.

Un cul nu. Poilu. Bien contracté.

Une robe vert émeraude, relevée très haut. Deux jambes qui dépassaient et s'enroulaient autour du postérieur poilu.

Le son. Oh.

Mes joues se sont empourprées, et mon corps a été parcouru d'une bouffée de chaleur. J'ai eu un hoquet de surprise, puis j'ai réalisé ce que je regardais.

Ou plutôt, qui.

— Joelle ! Qu'est-ce que tu fais là ? a exigé ma mère depuis sa position très peu digne. Sur le dos, les jambes grand écartées autour des fesses poilues de l'homme que j'étais censée épouser.

Thomas a grogné, en essayant de se retirer, mais les jambes de ma mère se sont resserrées autour de lui. Peut-être pour éviter de m'exposer le reste de son anatomie, peut-être pour l'empêcher de s'arrêter.

Quelle importance ?

J'ai redressé les épaules. — Je suis venue te dire que je ne peux pas me marier. On dirait que tu es déjà au courant.

— Quoi ? Pourquoi ? Ça a attiré son attention. Elle a desserré ses jambes, les laissant tomber sur le sol. Heureusement, Thomas s'est dégagé et s'est décalé sur le côté, rabaissant la robe de ma mère avant que je n'en voie encore plus que ce que je n'avais demandé.

Dans quelle putain de réalité alternative étais-je tombée ? — Outre le fait que je ne connais pas Thomas, il semble que toi, tu le connais très bien.

— Joelle, c'est un malentendu, a dit Thomas en boutonnant son pantalon et en se tournant vers moi.

— Vraiment ? Tu étais en train de coucher avec ma mère quinze minutes avant d'être censé m'épouser. Comment suis-je censée comprendre ça autrement ?

— J'essayais de le garder de bonne humeur, Joelle. M'assurer qu'il ait une raison de rester. Ma mère m'a fusillée du regard comme si c'était ma faute si Thomas n'était pas heureux. Comme si c'était mon travail de m'en assurer, que j'avais manqué à une obligation cruciale.

J'ai ri, comme une folle, j'ai ri. J'ai ri si fort que des larmes coulaient sur mon visage et que j'avais mal aux côtes. Je ne pouvais plus respirer tellement je riais. — Tu sais quoi, maman ? ai-je finalement réussi à dire. — Je crois que tu devrais continuer à lui donner des raisons de rester. Parce que moi, je ne le ferai pas. J'ai retiré la bague de fiançailles de mon doigt et je l'ai posée sur la table juste à côté de l'entrée. — La prochaine fois, prends juste la bague et laisse-moi en dehors de tes histoires.

Je me suis retournée et je suis partie, ignorant leurs supplications. Qu'ils aillent se faire voir. Ils pouvaient aller se faire foutre. Ou s'envoyer en l'air. Je m'en fichais royalement. C'était terminé.

J'ai hésité une demi-seconde sur le seuil, ressentant une pointe de culpabilité à l'idée de planter mon propre mariage.

Mais ce n'était pas vraiment mon mariage. Rien dans cette journée ne correspondait à ce que je voulais. Je jouais le rôle que ma mère m'avait imposé. Je n'avais jamais fait un seul choix pour moi-même de toute ma vie. Il était temps que ça change.

À commencer par foutre le camp d'ici.

La chance était de mon côté. Je suis arrivée à l'hôtel où j'étais censée passer ma nuit de noces et j'ai attrapé ma valise avant que ma mère ou Thomas n'arrivent. J'ai attiré de nombreux regards en me baladant dans ma robe de mariée, mais si je m'arrêtais pour me changer, j'avais peur qu'ils me rattrapent.

Et je savais qu'ils me convaincraient de revenir. Surtout ma mère. C'était la reine pour faire culpabiliser les gens. Et pour la manipulation. Et pour se taper les fiancés, apparemment.

J'ai débranché ma voiture et j'ai quitté la ville. Pendant des mois, tout ce que j'avais entendu, c'est que je devais aller dans le sud pour ma lune de miel. Un endroit tropical. Un endroit chaud et ensoleillé, avec de superbes plages et plein de choses à faire. Alors, j'ai mis le cap au nord et j'ai quitté la ville.

Je n'avais pas de destination. Je ne savais pas où j'allais. Je m'en fichais, tant que je n'avais pas à revoir ma mère ou Thomas. Peut-être plus jamais.

Après une heure de route, la réalité de ce qui s'était passé m'a frappée. Je me suis garée sur une aire de repos quand les larmes m'ont brouillé la vue et que j'ai failli percuter quelqu'un. Je me suis agrippée au volant et j'ai sangloté.

— Qu'est-ce que j'ai fait pour mériter ça ?

J'ai frappé le volant et j'ai hurlé. Quand j'ai klaxonné et attiré l'attention, je me suis arrêtée. Il n'y avait pas de réponse. Aucune raison. Ma mère était horrible, et Thomas ne valait pas mieux.

Même s'ils étaient les seules personnes que j'avais eues dans ma vie. Depuis toujours.

C'était ça, le plus triste. Les deux seules personnes sur qui j'avais jamais compté n'étaient pas vraiment là pour moi. Sortir de cette église, abandonner ma vie, a été facile. Je n'avais pas de meilleure amie à appeler pour me plaindre. Je n'avais pas d'ex à qui demander de l'aide. Je n'avais personne.

Si ce n'était pas le signe d'une vie misérable, je me demandais bien ce que c'était.

J'ai repris la route et j'ai continué à conduire. Une heure plus tard, j'ai quitté l'autoroute et j'ai roulé plus au nord. Loin des plages, du temps plus chaud et de toutes ces conneries dont je n'avais jamais voulu. Je me suis arrêtée pour déjeuner à Hershey, en Pennsylvanie, souriant à la vue de cette ville bâtie sur le chocolat. Avec la batterie de ma voiture complètement chargée, j'ai repris une autre autoroute et j'ai continué vers le nord.

J'ai conduit longtemps. Je ne savais pas vraiment où j'allais, mais je ne voulais pas m'arrêter. L'autoroute continuait, alors moi aussi, laissant sa monotonie apaiser toutes les aspérités en moi.

Un panneau indiquait que je finirais au Canada si je restais sur l'autoroute et, comme je n'avais pas mon passeport, j'ai pris la sortie suivante. De nouveau vers le nord, mais cette fois, une large rivière s'étendait sur ma gauche. J'ai baissé la vitre pour sentir l'air frais. Mes cheveux laqués n'ont pas bougé, mais ma robe a flirté avec la brise. J'ai passé la main par la fenêtre et j'ai laissé ma paume onduler dans le vent. Je me sentais libre. Légère. En paix. Pour la première fois depuis… Depuis toujours ?

J'ai continué ma route, ralentissant pour suivre la route sinueuse qui longeait la rivière. J'ai traversé une ville dont je n'avais jamais entendu parler, souriant au charme et à la beauté de la région. Des montagnes s'étendaient à ma droite, la rivière serpentait à ma gauche. Et j'ai simplement respiré.

Toujours plus loin, toujours plus au nord, j'ai roulé, sans prêter attention à l'endroit où je me trouvais ni à la distance que j'avais parcourue. J'adorais la liberté que cela me procurait. Pas de comptes à rendre. Personne pour me dire quoi faire.

La route s'est éloignée de la rivière et la limitation de vitesse a augmenté. J'ai appuyé sur l'accélérateur, mais ma voiture n'a pas réagi. J'ai baissé les yeux sur le tableau de bord et j'ai eu un hoquet de surprise.

— Merde, ai-je soufflé. « Merde, merde, merde. »

Ma batterie était à plat. Il me restait juste assez d'énergie pour me ranger sur le bord de la route avant qu'elle ne s'arrête complètement. J'avais manqué les autres alertes pendant que je conduisais, sans faire attention à autre chose qu'à ce sentiment merveilleux d'être libre.

Mais maintenant, j'étais coincée. Je ne savais pas où j'étais. Non pas que ça ait de l'importance, car je n'avais personne à appeler. Je n'allais pas appeler ma mère ni Thomas. J'en avais fini avec eux. Mes demoiselles d'honneur étaient assez sympathiques, mais pas des amies proches. En plus, elles étaient à des heures de route.

J'ai appuyé ma tête sur le volant et j'ai essayé de trouver une solution. Ma mère s'était toujours occupée de tout pour moi. L'entretien de la voiture, les réparations, même la conduite, c'était son domaine. Je n'avais jamais déménagé de chez elle, choisissant de vivre avec ma mère jusqu'à ce que j'épouse Thomas. C'est elle qui payait l'assurance et ma voiture. Je n'ai eu mon permis qu'après l'université, et seulement parce que j'avais décroché mon premier emploi.

Je n'avais aucune idée de ce qu'il fallait faire. Ni de ce qu'il fallait dire si je parvenais à trouver quelqu'un à appeler.

Un coup de klaxon a retenti derrière moi, et j'ai regardé dans le rétroviseur pour voir une camionnette se garer derrière moi. Un homme en est sorti, ses longues jambes apparaissant en premier. Il portait un jean et une chemise en flanelle, avec des lunettes de soleil qui cachaient ses yeux. Ses cheveux blond-roux flottaient dans la brise. Il a marqué une pause pour dire quelque chose à quelqu'un à l'intérieur du véhicule, et j'ai remarqué un garçon sur le siège avant de la camionnette.

L'homme s'est approché en me faisant signe de la main alors qu'il se rapprochait.

J'ai passé la tête par la fenêtre et lui ai souri. — Je suis désolée. Ma voiture est en panne.

L'homme a souri. — Je m'en doutais un peu. Ce n'est pas un super endroit pour faire du tourisme. Son regard a glissé sur ma robe de mariée. Ses sourcils se sont haussés, mais il n'a fait aucun commentaire. — Je peux vous donner un coup de main ? Je pourrais peut-être vous faire repartir.

— Elle est électrique, et la batterie est à plat. À moins que vous n'ayez un chargeur ? ai-je demandé, soudainement remplie d'espoir.

Il a eu un petit rire. — Malheureusement non. Mais je peux vous remorquer. Ma femme et mon beau-frère sont propriétaires du Auberge L'anse MacKellar. Ils ont des bornes de recharge là-bas.

— Vraiment ?

Il a hoché la tête. — Oui. Vous êtes une cliente ?

— Oh, euh, non. Je… euh, je n'ai pas vraiment de plan.

Ses sourcils se sont de nouveau haussés, mais une fois de plus, il n'a pas commenté l'évidence. — Ils affichent généralement complet au printemps et en été, mais je peux voir s'ils ont une chambre pour vous. Si vous souhaitez y séjourner. Le temps que vous obteniez une charge complète, il fera bien nuit.

— Je n'y avais même pas pensé. Euh, oui. Merci.

— Je suis Sebastian Parks, au fait. Mon beau-fils, Cameron, est dans la camionnette. Ça ne pose pas de problème s'il me donne un coup de main pour atteler votre voiture ? Vous pouvez attendre dans la camionnette si vous ne voulez pas rester sur le bord de la route.

— C'est probablement une bonne idée.

— Ne bougez pas une seconde. Je vais me garer devant vous, puis nous pourrons échanger nos places.

— Merci.

— Je vous en prie… Il m'a regardée avec un air d'attente, et j'ai réalisé que je ne m'étais pas présentée.

— Joelle. Joelle Biers.

— Enchanté, Joelle.

— Moi de même, Sebastian.

Il a souri et a tapoté la carrosserie de ma voiture, puis il est retourné vers le camion. Il a dit quelque chose au garçon qui était à l'intérieur, puis il s'est engagé sur la route.

J'ai attendu, me demandant s'il allait vraiment m'aider ou simplement passer son chemin, et j'ai poussé un soupir de soulagement quand il s'est à nouveau rangé sur le bas-côté. Il a reculé son camion pour le garer devant ma voiture, puis les deux portières se sont ouvertes.

Le garçon lui ressemblait beaucoup, et s'il n'avait pas précisé que c'était son beau-fils, j'aurais cru que c'était son propre fils. Ils se déplaçaient de concert, visiblement à l'aise et complices. J'aurais dit que c'était un adolescent, même si je n'avais aucune raison de le penser.

— Vous pouvez sortir si vous voulez, a dit Sebastian.

— Oh, oui, c'est vrai, ai-je dit. J'ai attrapé mon sac à main et j'ai regardé autour de moi dans la voiture. Ma valise était à l'arrière, mais il n'y avait aucune raison de la sortir. J'ai tiré la poignée et suis sortie de la voiture.

— Pourquoi vous portez ça ? a demandé le garçon.

— Cameron, a sifflé Sebastian.

— Quoi ? Ce n'est qu'une question.

— Et Mme Joelle a le droit de s'habiller comme elle le souhaite.

Cameron s'est tourné vers moi. —Vous vous habillez toujours comme ça ?

Un rire m'a échappé. J'ai secoué la tête. —Non. Pas du tout. En fait, je n'aime pas beaucoup cette robe.

— Alors pourquoi vous la portez ?

— C'est une longue histoire.

Sebastian s'est éclairci la gorge, attirant mon attention. — Il y a une chambre pour vous, si vous la voulez. Elle est libre pour une semaine, mais si vous avez besoin de rester plus longtemps, on pourra voir ce qu'on peut faire."

— Oh, non, je suis sûre que ce ne sera pas nécessaire. Merci. J'apprécie vraiment votre aide."

— Je vous en prie. Euh, si vous voulez attendre dans le camion, on aura fini d'accrocher tout ça d'ici une minute, et on pourra se diriger vers l'auberge."

— Merci."

Sebastian a hoché la tête.

Je suis passée devant lui et Cameron, me demandant dans quel genre d'endroit j'avais atterri. Des inconnus sympathiques qui s'arrêtaient pour aider les gens. Des adolescents adorables qui traînaient avec leur beau-père. Et l'endroit le plus magnifique que j'aie jamais vu.

Tout ce que je savais avec certitude, c'est que je n'étais pas pressée de retourner à la vie que je menais.

Je suis montée dans la cabine du camion et j'ai arrangé ma robe très bouffante autour de moi, en espérant faire de la place pour les deux hommes qui accrochaient ma voiture au camion. Le camion a eu quelques soubresauts, et je me suis retournée pour regarder l'avant de mon véhicule se soulever dans les airs et se rapprocher.

Puis, Sebastian et Cameron se sont dirigés vers le camion. Sebastian a appelé Cameron à ses côtés, et ils sont montés tous les deux du côté conducteur, Cameron coincé au milieu entre ma robe immense et Sebastian.

— C'est une sacrée robe, a dit Cameron.

J'ai hoché la tête. — Oui, c'est vrai."

— Tu as d'autres vêtements ?"

J'ai reniflé. — Oui. Mais je ne suis pas sûre qu'ils conviennent pour passer du temps ici."

— Pourquoi pas ?" a demandé Cameron.

— Eh bien, j'étais censée aller à la plage la semaine prochaine. J'ai fait mes valises en conséquence."

Cameron m'a regardée. — On a une plage."

— Ah oui ?"

Cameron a hoché la tête. — Ouais. Ce n'est pas très grand, mais peut-être que ça te suffira.

— Je vais essayer.

— Si ça ne te plaît pas, il y a plein d'autres choses à faire. On a un grand jardin, et il y a un cinéma en ville, et une librairie où ma mère adore aller. Ma tante a une bibliothèque au Auberge L'anse MacKellar. Elle dit que c'est bien pour les gens d'essayer de nouveaux livres, et que parfois, en vacances, on ne pense pas à en emporter un.

— J'aime lire.

— Moi aussi. Je pense que notre auberge va te plaire.

— Je le pense aussi, ai-je dit.

— On y est, a dit Sebastian en s'engageant dans une allée bordée d'arbres qui menait à une magnifique maison blanche. Elle avait trois étages, avec un large porche qui faisait le tour de la maison. Juste au-delà s'étendait une vue imprenable sur la rivière que j'avais suivie vers le nord.

— Waouh, ai-je soufflé.

— Ouais, c'est plutôt génial.

— Ça l'est, c'est certain, ai-je convenu.

Sebastian a garé la dépanneuse juste devant la porte. Il a fait marche arrière, guidant expertement ma voiture vers une place libre près de l'une des bornes de recharge.

Nous sommes sortis tous les trois, et Sebastian a décroché ma voiture, l'a descendue au sol et a avancé sa dépanneuse. Il s'est arrêté à quelques mètres et est ressorti, laissant le moteur tourner.

— Vous avez des bagages ou autre chose à prendre dans votre voiture ?

— Oui, j'ai une valise dans le coffre.

— Cameron, prends la valise. Je vais brancher la voiture. Sebastian n'a pas hésité à prendre soin de moi.

C'était d'une familiarité rafraîchissante, mais aussi d'une familiarité agaçante. J'étais censée prendre soin de moi-même. Mais je ne voulais pas être impolie et refuser son aide.

Sebastian et Cameron ont ouvert la marche en montant les larges marches du perron. J'ai soulevé ma robe pour qu'elle ne s'accroche pas aux marches en bois, puis je l'ai laissée retomber une fois sur le porche.

Cameron a ouvert la porte d'entrée, et Sebastian s'est empressé de me la tenir pendant que Cameron rentrait ma valise. Le garçon s'est dirigé vers le comptoir où une belle femme a souri et a passé son bras autour de lui. — Salut, maman.

— Ta course s'est bien passée ? a-t-elle demandé, le regard empli d'amour.

Est-ce que ma mère m'avait déjà regardée comme ça ? Comme si j'étais incapable de mal faire ? Je ne m'en souve-nais pas. Ma gorge s'est nouée.

— C'était bien, a dit Cameron. On a rencontré Joelle. Sebastian a dit qu'elle logeait ici.

La femme m'a souri, puis son regard a glissé au-delà de moi. Il a changé, ses yeux s'écarquillant avant que Sebastian ne s'avance et ne s'empare de ses lèvres dans un baiser qui m'a fait rougir.

Voilà. C'était ça que je voulais. C'était ce qu'une femme était censée ressentir le jour de son mariage. Et pas parce qu'elle voyait un autre homme en embrasser une autre. Mon mari aurait dû me désirer comme Sebastian désirait sa femme. Avec une sorte de passion qui ne pouvait attendre rien ni personne.

— Nous avons une cliente, a-t-elle dit en le repoussant, les joues rosissant alors qu'elle se pinçait les lèvres. Je suis vraiment désolée pour mon mari.

— Toutes les femmes devraient avoir ce genre d'accueil, lui ai-je dit. Vous avez beaucoup de chance.

Elle a levé les yeux vers Sebastian, qui avait passé son bras autour de ses épaules. — Oui, j'en ai. Elle a détaché son regard de lui et s'est éclairci la gorge. — Mais vous êtes là pour une chambre. On peut vous installer ? Elle s'est dirigée vers les escaliers.

— Vous n'avez pas besoin d'une carte de crédit ?

Elle m'a regardée en souriant. — On s'en occupera plus tard. D'abord, vous devez redevenir vous-même. À moins que vous n'ayez l'habitude de porter des robes de mariée pour des vacances décontractées ?

Un rire bref m'a échappé. — Non, pas vraiment.

— Allons vous installer à l'étage. On s'occupera du reste plus tard.

— Merci.

— Je vous en prie. Elle a ouvert la marche vers les escaliers. — Je m'appelle Zoey, au fait. Enchantée de faire votre connaissance, Joelle.

— Enchantée également.

ANDRE

— Je suis sur le point de partir. Tu viens avec moi aujourd'hui ? ai-je demandé à mon ombre. Autrement dit, Molly, ma compagne féline.

Molly a sauté sur le comptoir et a frotté sa tête contre ma poitrine, un miaulement en guise d'accord résonnant dans l'appartement avant qu'elle ne se dirige vers l'endroit où son sac de portage reposait. C'était une chatte pourrie gâtée. Je la prenais avec moi quand je travaillais pour qu'elle ne pense pas que je l'abandonnais.

— Parfait, lui ai-je dit. Je jurerais qu'elle me comprenait. Mon meilleur ami, Landon, disait que j'étais cinglé, mais Molly faisait ce que je lui demandais et répondait à mes questions.

Bien sûr, elle ne pouvait pas vraiment parler, pas avec des mots, mais elle communiquait.

J'ai fini mon café et j'ai mis la tasse dans le lave-vaisselle, puis je me suis retourné pour prendre Molly et son sac. Elle venait dans le camion avec moi sans aucun problème, mais quand je travaillais, je la gardais dans le sac la plupart du temps. Pour sa sécurité.

Molly s'est blottie contre ma mâchoire pendant que je fermais la porte à clé, puis s'est installée sur mon épaule pour le trajet jusqu'au camion. La plupart des chats étaient craintifs face aux bruits forts, mais l'excentrique qu'elle était n'en était pas du tout dérangée. Notre vétérinaire avait vérifié ses oreilles et avait dit qu'elle n'était pas sourde, ce qui avait été ma première pensée, mais elle ne bronchait pas quand un camion passait ou quand je démarrais la tondeuse pour la journée.

J'ai baissé la vitre, profitant de la chaude journée de début juin, et j'ai traversé la ville jusqu'au Auberge L'anse MacKellar. Obtenir le contrat d'entretien de la propriété avait été un grand succès pour moi et avait contribué à consolider mon entreprise. Davidson Outdoors avait un peu plus de deux ans, mais après un accord pour aider au nouveau camp d'été local un an auparavant, j'avais du mal à répondre à la demande pour mes services et j'envisageais d'embaucher de l'aide.

Je me suis engagé dans l'allée de l'auberge et j'ai remarqué un nouveau véhicule garé sur la place de recharge. Je me garais habituellement là, car c'était pratique pour décharger la tondeuse, et les nouvelles bornes de recharge n'étaient la plupart du temps pas utilisées. J'ai contourné le parking par le bord et je me suis garé à l'extrémité, où j'espérais ne pas gêner les clients.

— Prête ? ai-je demandé à Molly.

— Miaou, a-t-elle répondu, assise sur le siège à côté de moi pendant que j'ajustais le sac de portage sur ma poitrine. Quand j'ai eu fini, elle y a grimpé et s'est enroulée en boule, bien au chaud et en sécurité.

C'était peut-être bizarre, mais bon, s'ils fabriquaient des

sacs de portage pour chats, je n'étais sûrement pas le premier à en avoir besoin.

Je suis descendu du camion et je me suis dirigé vers la remorque. J'ai abaissé les rampes pour faire descendre la tondeuse et j'ai commencé à m'occuper des chaînes qui la maintenaient en place lorsque j'ai entendu des bruits de pas approcher.

— Salut, me lança Sebastian Parks en me tendant une tasse de café.

J'ai pris la tasse et je l'ai regardé. — Tu as besoin d'un service.

Sebastian a rigolé. — C'est bien ça.

Je me suis concentré sur Sebastian. — Qu'est-ce qui se passe ?

— Zoey et Piper pensent à installer un brasero. Un endroit où les gens pourraient se détendre le soir. On espérait que tu pourrais nous aider à retirer le gazon pour qu'on puisse poser les pavés.

— Ouais, pas de souci. Vous voulez que ce soit fait pour quand ?

Sebastian a grimacé.

— C'est là que le service intervient.

Il a hoché la tête. — Ouais. Elles ont commandé les pavés la semaine dernière, et tout est livré mardi.

— Deux jours ? Et elles veulent que l'endroit soit prêt d'ici là.

— Ouaip.

J'ai inspiré un grand coup. — Je pars pour Retraite avec vue sur la montagne après ça, et j'y serai le reste de la journée. Demain, j'ai quelques clients particuliers, mais je pourrais passer par ici soit tôt, soit tard.

— C'est quoi, « tôt » ?

— Sept heures ? Ça dépend de la taille de l'emplacement.

Sebastian a fait une grimace. — Et c'est quoi, « tard » ?

J'ai ri. — Seize heures ?

— C'est mieux. Je marquerai l'endroit pour toi, comme ça tu n'auras pas à te soucier de le trouver. Gavin et moi serons là aussi. Sauf si tu veux qu'on disparaisse.

— Non, pas de souci. Je devrais avoir un peu de temps mardi ou mercredi pour aider à poser les pavés si tu veux. J'ai pas mal d'expérience dans ce genre de travaux. Tu as le sable, les piquets et tout ce qu'il te faut ?

Sebastian a ricané. — Non.

— On dirait que tu vas avoir besoin d'un coup de main.

— Et de quelques conseils, je pense. Ces femmes ont des idées et oublient de poser toutes les autres questions.

— Elles ont commandé un kit ou quelque chose comme ça ?

— Ouais. C'est marqué que c'est facile, mais j'ai l'impression que ça ne le sera pas tant que ça pour ceux qui font vraiment le boulot.

— Ça ne l'est jamais. Mais en général, les kits ne sont pas si mal. Tout s'emboîte bien, et ça va vite une fois que la préparation est terminée.

Sebastian a hoché la tête. — Ça me plaît, ça.

— On va y arriver.

— Merci. Je vais te laisser bosser pour aujourd'hui pour que tu puisses partir. Désolé pour ta place, au fait.

— Pas de souci. C'est évidemment une bonne idée de les avoir installées. Je ne gêne pas ici ?

— Ouais, c'est bon.

— Merci. Si tu as besoin de la déplacer, j'ai laissé les clés à l'intérieur. Je vais relever les rampes pour que tu n'aies qu'à avancer.

— J'espère que ce ne sera pas nécessaire, mais merci, Andre.

— Ouais.

Sebastian est retourné vers l'auberge, et j'ai fini de

décharger la tondeuse. Je me suis assuré de relever les rampes et de les fixer, juste au cas où.

J'ai gratté la tête de Molly et je suis monté sur la tondeuse. J'ai mis mes bouchons d'oreilles et j'ai démarré l'engin. Molly n'a pas bougé pendant que je manœuvrais pour me diriger vers le bord de la propriété.

Le vrombissement et les mouvements rythmés de la tondeuse m'apaisaient alors que je parcourais le vaste terrain paysager de l'auberge. La vue était imprenable, et la journée était magnifique. La lumière du soleil scintillait sur l'eau, et la brise soulevait mes cheveux. Mes bras se réchauffaient sous la chaleur du soleil. On ne pouvait rêver mieux.

J'ai pris un virage et j'ai eu la sensation distincte d'être observé.

J'ai balayé le jardin du regard, mais je n'ai vu personne dehors. La plupart des clients restaient à l'intérieur quand je tondais la pelouse. Mais quelqu'un m'observait.

J'ai continué, en essayant d'ignorer cette sensation, mais je savais que quelqu'un était là. J'ai levé les yeux vers l'auberge avant de faire demi-tour en direction de l'eau et j'ai vu les rideaux tirés dans une des chambres. Une femme se tenait devant la fenêtre, les bras croisés, en train de me foudroyer du regard.

J'ai pris mon virage, me demandant qui elle pouvait bien être. Il était plus de neuf heures, donc pas incroyablement tôt pour un week-end. L'auberge servait le petit-déjeuner de huit heures à onze heures, et Piper m'avait assuré que les clients étaient tous debout et en mouvement à neuf heures chaque jour. Mais cette femme n'était pas contente.

Lors de mon virage suivant, j'ai levé les yeux et je l'ai vue, toujours en train de me foudroyer du regard depuis sa fenêtre. Avec mes lunettes de soleil et mon chapeau, elle ne pouvait pas savoir que je la regardais, ce qui m'a laissé tout le loisir d'apprécier ses courbes généreuses et la silhouette de son corps qui se dessinait à la fenêtre.

Ses hanches étaient larges. Sa taille était épaisse, mais se creusait un peu par rapport à ses hanches. Ses seins étaient pleins et tentants. La courbe de son cou menait à une mâchoire fine et à des lèvres rouges pincées, un nez retroussé, et des yeux que j'avais hâte de voir de plus près. Je me suis demandé de quelle couleur ils étaient tandis que je laissais mon regard glisser sur ses cheveux bruns foncés. Ils tombaient sur ses épaules, signifiant à mon esprit que j'avais manqué quelque chose.

Elle portait de la lingerie. De la lingerie en dentelle, presque transparente, sexy, terriblement torride.

J'ai fait pivoter la tondeuse et j'ai secoué la tête. Merde. Je reluquais une femme habillée comme une sirène et qui n'était probablement pas seule.

Je me suis tortillé sur mon siège, essayant d'ajuster ma bite dure et lourde. Je ne pouvais pas penser à la femme à la fenêtre, aussi torride soit-elle.

J'ai gardé le regard fixé sur l'herbe devant moi tout en continuant, ignorant son attraction. Je n'allais pas lever les yeux. Je ne pouvais pas. Lever les yeux une fois était inévitable. La reluquer à nouveau était mal. Elle pensait que je ne pouvais pas la voir, mais elle n'était pas seule.

Il fallait que je garde mes distances.

J'ai fini le travail l'après-midi suivant et je suis retourné au Auberge L'anse MacKellar. Molly était de nouveau du voyage, recroquevillée sur le siège passager.

Quand je me suis garé, Sebastian parlait à une femme près de la voiture électrique. Je l'ai reconnue comme étant celle qui m'avait foudroyé du regard la veille. Celle que j'avais reluquée en lingerie.

Je me suis affairé à préparer l'équipement pour creuser la pelouse à l'emplacement de leur foyer extérieur, en évitant de regarder la femme qui me rendait nerveux.

Elle était encore plus stupéfiante à six mètres de distance. Ses cheveux bruns étaient attachés en une queue de cheval basse. Elle portait un pantalon qui se drapait autour de ses jambes et qui ondulait dans la légère brise. Son haut était ample et semblait à peine tenir sur sa silhouette.

Je l'ai observée du coin de l'œil, me demandant où diable pouvait bien être la personne qui l'accompagnait, car elle était une tentation à elle toute seule.

Sebastian a terminé sa conversation avec elle, puis m'a rejoint alors que je faisais descendre la pelleteuse de la remorque. — On a tout balisé pour toi.

— Parfait. J'espère que ça ne prendra pas trop de temps.

— Bien plus rapide que si Gavin et moi étions ici avec des pelles.

J'ai ri. — Ouais, ça serait une galère. Tu vas venir avec moi ?

Sebastian a montré un point sur le côté de l'auberge. — Je te rejoins là-bas. Tu verras quand tu auras contourné le bâtiment.

J'ai hoché la tête et je suis parti dans la direction qu'il avait indiquée. Il avait raison. Ils avaient bien balisé l'endroit avec des piquets et du ruban orange tendu entre eux. En me rapprochant, j'ai vu de la peinture orange qui marquait un cercle sur la pelouse, juste à l'intérieur des piquets.

J'ai garé la pelleteuse et je suis descendu. Molly a levé la tête et a miaulé vers moi. Je lui ai gratté le menton et j'ai dit : — On repart dans une minute.

Elle m'a donné un coup de tête contre la main, puis s'est de nouveau enroulée en boule et s'est réinstallée.

Sebastian m'a rejoint un instant plus tard, tendant la main vers Molly et lui frottant le dos à travers le côté du porte-bébé. — Elle va bien ?

J'ai reniflé. — Elle est pourrie gâtée et adore chaque minute.

Sebastian a ri. — Ça ne m'étonne pas. Tu vas prendre une petite cage ou quelque chose pour l'été ? Il va faire chaud avec elle contre ton corps tout le temps.

— Ouais, j'ai commandé quelque chose la semaine dernière. Je ne suis pas sûr de savoir comment elle va le prendre, mais elle a déjà transpiré à grosses gouttes plusieurs fois. Je pourrai poser la caisse par terre à mes pieds ou derrière moi. Elle sera toujours avec moi, mais elle pourra aussi sentir la brise.

— Ça va lui plaire, dit Sebastian en s'adressant à mon chat d'une voix doucereuse.

J'ai gloussé. — Oui, sans aucun doute. C'était la cliente avec la voiture électrique ?

— Ouais, Joelle.

— Elle est accompagnée ?

— Non. Elle est seule. Je ne connais pas vraiment toute l'histoire. Sa voiture est tombée en panne sur le bord de la route, et je l'ai ramenée ici l'autre jour. Zoey a essayé de lui tirer les vers du nez, mais elle reste très secrète sur ce qui lui arrive.

— Tu penses qu'elle est en danger ? ai-je demandé, inquiet pour cette femme qui m'attirait à nouveau.

Sebastian a secoué la tête. — Je n'ai pas eu cette impression, mais elle est clairement en fuite.

— Wouah. Elle ne ressemble pas à la cliente typique de L'anse MacKellar.

Sebastian a reniflé. — Ouais. Elle est très chic pour nous. Mais elle est vraiment gentille. Elle reste jusqu'à dimanche, mais on dirait qu'elle n'est pas pressée de partir.

— Où va-t-elle aller ?

Sebastian a haussé les épaules. — Aucune idée.

Gavin s'est approché et m'a donné une tape dans le dos pour me signaler sa présence. — Sur quoi est-ce que tu n'as aucune idée ?

— Sur Joelle et où elle ira quand elle partira.

— Mec, elle… ouais. Ça me fait de la peine pour elle. Piper et Zoey essaient de la mettre à l'aise, mais elle ne dit pas grand-chose sur ce qu'elle fait ici.

— Peut-être qu'elle ne veut pas que ça se sache, ai-je dit.

— Probablement, a dit Gavin. — On est prêts à commencer ?

— Je suis prêt. Vous voulez que je suive la ligne ou les piquets ? leur ai-je demandé.

— La ligne devrait correspondre à l'emplacement des pavés, alors peut-être un peu au-delà, a dit Sebastian.

— Ça me va. Je suis remonté sur la pelleteuse et je l'ai démarrée.

Sebastian et Gavin ont retiré les piquets de mon chemin pour que je puisse entrer dans le cercle. J'ai commencé au bord de la zone et j'ai creusé dans le gazon, arrachant une motte de terre.

Le travail était lent et méthodique. Je ne voulais pas creuser trop profond, ni abîmer l'herbe qui ne devait pas être touchée. J'ai manœuvré dans la zone, creusant vers le centre et empilant le gazon que j'enlevais sur une palette posée à proximité.

Sebastian et Gavin me suivaient et replaçaient les piquets après que j'aie déblayé une section pour empêcher les clients de s'aventurer dans la zone et de se blesser. Quand j'ai eu fini d'enlever tout le gazon, j'ai fait de mon mieux pour niveler la terre restante afin que leur projet puisse démarrer avec le moins de problèmes possible.

— C'est parfait, a dit Sebastian quand j'ai éteint l'engin et que je suis descendu. « Maintenant, on doit étaler le sable.»

— Tu veux le faire maintenant ? ai-je demandé.

Gavin a secoué la tête. «On a peur que quelqu'un finisse par marcher dedans sans s'en rendre compte. On ne veut pas avoir à le niveler deux fois.»

— Oui, je vous comprends. Mais prévenez-moi si vous avez besoin de quoi que ce soit d'autre. J'ai dit à Sebastian que je pouvais vous aider.»

— On te prendra peut-être au mot. Je pense qu'on va faire ça mercredi matin, à la première heure. La livraison est pour demain, mais on dirait que ce sera plutôt en fin de journée, a dit Gavin.

— Je peux être là mercredi. Je m'assurerai aussi d'avoir du matériel, au cas où on aurait besoin de faire des ajustements. J'ai tapoté la pelleteuse, sachant que les dimensions des kits n'étaient pas toujours exactes.

— Merci, Andre. On apprécie beaucoup.»

— Bien sûr. On se voit à ce moment-là.»

— Passe une bonne soirée, ont-ils dit.

Je suis retourné au pick-up et j'ai tout chargé, sans remarquer, bien sûr, que la voiture de Joelle n'était pas là quand j'ai quitté le parking.

J'ai garé mon pick-up derrière Blossom & Grow, la boutique de fleuriste de Landon, et j'ai détaché la remorque. Landon me laissait entreposer mon matériel dans sa boutique et l'utilisait quand il en avait besoin pour son terrain. Je me suis dirigé vers le champ derrière la boutique, où je savais qu'il serait.

— Salut, ai-je lancé en m'approchant.

Il a levé les yeux de la rangée de plantes dont il s'occupait. Les hostas étaient denses et prêts à être mis en pot pour la boutique. Landon a basculé sur ses talons et s'est relevé. — Tu as fini pour la journée ?

J'ai hoché la tête. — Ouais. Ils avaient délimité la zone et tout préparé pour moi. Ça n'a pas pris longtemps.

— Prêt pour une bière ?

— Toujours. Et toi, ça va ?

Landon a acquiescé. Je pouvais lire le stress dans son regard. Environ une fois par mois, il craquait. Sa dernière crise remontait à un certain temps, mais je m'y attendais. Sa rupture avec sa petite amie, avec qui il était depuis plus de trois ans, avait été dure pour lui, comme on pouvait s'y attendre. Il n'était plus le même, mais avec l'arrivée du printemps, il s'était plongé dans son jardinage et tenait le coup.

Ou peut-être que je n'étais simplement pas là pour assister à ses craquages.

Landon m'a guidé à l'intérieur de sa boutique et nous avons monté les escaliers jusqu'à son appartement. Il a ouvert le frigo pendant que je sortais Molly de son sac de transport.

Elle a miaulé et a couru vers lui, se frottant contre ses jambes et levant la tête vers lui jusqu'à ce qu'il se baisse pour lui gratter la tête.

J'ai souri. Il se plaignait d'elle tout le temps, mais il la câlinait dès qu'elle était là et il avait même acheté une litière et de la nourriture pour elle afin qu'elle soit à l'aise quand nous étions chez lui.

— Je suis toujours allergique à toi, lui a-t-il dit.

Elle a miaulé en réponse, puis s'est dirigée vers la gamelle d'eau sous la fenêtre. Elle a bu un peu et a englouti de la nourriture pendant que nous nous installions sur le canapé.

— Comment s'est passée ta journée ? lui ai-je demandé alors qu'il allumait la télé.

Il a trouvé un match de baseball et a posé la télécommande. — Bien.

— Ça a l'air passionnant.

Il a reniflé. — J'ai vu Reegan aujourd'hui. Son ex. Il ne

l'avait pas beaucoup vue depuis leur rupture, neuf mois plus tôt.

— Elle est passée ici ?

Il a secoué la tête. — J'ai dû aller à la quincaillerie Al's Hardware et je me suis arrêté faire des courses après. Elle était là.

— Tu lui as parlé ?

— Je lui ai dit bonjour.

— C'est tout ?

— Je ne sais pas, mec. Nos vies étaient… putain, on est restés ensemble pendant des années. Je pensais qu'on allait se marier. Maintenant, on est comme des inconnus.

— Vous vouliez des choses différentes.

— Ouais. Mais ça me dépasse encore. Comment n'ai-je pas vu qu'elle n'en était pas au même point que moi ?

— Elle ne voulait pas que tu le voies. Elle était heureuse comme ça, et elle n'était pas prête à s'engager davantage. C'est nul, mais tu trouveras quelqu'un qui voudra la même chose que toi.

Il a reniflé. — Bien sûr. Tu abandonnes l'idée du mariage, toi aussi ?

J'ai grommelé. On voulait tous les deux se caser. Familles, enfants, épouses, maisons avec des barrières blanches, pour ainsi dire. Être célibataire n'était pas très amusant.

— Peut-être que je devrais enfin m'inscrire sur cette application de rencontres, a dit Landon.

— On devrait peut-être le faire tous les deux. Pour sortir de l'ornière dans laquelle on est.

— Je pensais que tu t'étais inscrit il y a un moment.

J'ai haussé les épaules. — Je n'ai jamais terminé mon profil. C'est peut-être le moment.

— On ne rajeunit pas. Et on est toujours aussi célibataires.

— Putain. On le fait.

Landon a pris son téléphone. — J'aurai un rencard avant toi.

J'ai ricané. — Pas avec cette sale gueule.

— Heureusement qu'il n'y a pas de photos sur l'appli.

— Alors tu admets que t'es moche ?

— Va te faire foutre. Il a ri.

J'avais fait mon boulot. Il souriait. Tout ce que je voulais, c'était de le voir sortir de sa déprime, même si ce n'était que pour un petit moment.

Mission accomplie.

3

JOELLE

Mais qu'est-ce que je faisais ? Pourquoi étais-je encore là ? Cinq nuits à dormir dans une auberge, dans une petite ville où je ne connaissais personne. À me cacher.

Mais chaque fois que je songeais à partir, je n'arrivais pas à l'envisager sérieusement. Où est-ce que j'irais ?

Comment en étais-je arrivée là ? Comment avais-je pu laisser ma mère…

Je n'avais même pas besoin de terminer ma question. Je savais comment je l'avais laissée me contrôler comme elle le faisait. Je ne m'étais jamais défendue, ni n'avais pris le temps de réfléchir à ce qui était bon pour moi. Je la laissais toujours donner son avis, et son avis était le seul qui comptait.

J'ai fixé les vêtements dans ma valise. Je n'en avais choisi aucun. Ce n'est pas moi qui les avais achetés, ni qui les avais mis dans la valise. Rien dans ma vie n'avait été mon choix. J'avais vingt-huit ans et je n'avais jamais eu une seule pensée originale. En tout cas, pas une dont je me souvenais.

Il était temps que ça change. Zoey et Piper n'avaient été que gentillesse avec moi depuis mon arrivée, une chose que ma mère aurait méprisée. Elle les aurait vues comme des employées, des gens qui travaillaient pour nous, mais aucune des personnes qui travaillaient pour ma mère ne m'avait jamais traitée comme ces deux femmes l'avaient fait. Elles étaient aimables et amicales, ne me poussant pas à leur raconter quoi que ce soit, me laissant simplement tranquille pendant des jours.

Nous n'étions pas amies. Je le savais. Elles ne me connaissaient pas, et je ne les connaissais pas. Mais peut-être qu'elles seraient prêtes à me donner un coup de main.

J'ai fouillé dans ma valise et j'ai trouvé un pantalon en lin gris qui m'allait bien. La couleur n'était pas ma préférée et le lin me paraissait tellement ridicule, mais j'allais m'occuper de ça aujourd'hui. Je n'avais jamais possédé un seul short. Ma mère disait que les femmes convenables ne montraient pas leurs jambes. La valise avait été faite pour ma foutue lune de miel, et je n'avais pas le droit de porter de short.

Non. J'en avais fini de suivre ses règles.

J'avais terriblement envie de couleur, de quelque chose de vif et de joyeux. Mais ma valise était pleine de vêtements neutres. J'ai sorti un haut blanc qui allait bien avec le pantalon gris, puis j'ai glissé mes pieds dans les chaussures grises ennuyeuses que je portais depuis mon arrivée.

Il était temps de découvrir qui j'étais.

Je suis descendue, adorant les bruits de rires et de joie dans l'auberge que j'avais eu la chance de trouver. On ne m'aurait jamais secourue sur le bord de la route en ville, mais qu'un inconnu me sauve dans une petite ville, ça ressemblait au destin.

Et le fait qu'il m'ait amenée dans un endroit où j'avais l'impression de pouvoir respirer pour la première fois depuis une éternité était encore mieux.

Zoey était derrière le comptoir lorsque je suis entrée dans

la réception. Elle a levé les yeux à mon approche, un sourire affable aux lèvres. — Comment vas-tu aujourd'hui ?

— Honnêtement, je suis prête pour un changement. Tu connais un endroit où je pourrais faire les boutiques ? ai-je demandé en montrant ma tenue du doigt.

— Bien sûr. Des vêtements ?

— Oh oui, par pitié.

Zoey a gloussé. — Il y a quelques boutiques sympas en ville, mais rien qui ressemble à ce que tu as porté jusqu'à présent. Tout est assez décontracté, ici.

— Le décontracté me va très bien.

Zoey a haussé les sourcils, mais Dieu merci, elle n'a fait aucun commentaire. — Eh bien, je commencerais par Island Designs. C'est éclectique et original, mais ils ont des choses super. Il y a aussi quelques boutiques dans les villes voisines si tu as envie de faire un tour.

— Et toi, où est-ce que tu t'habilles ? lui ai-je demandé en regardant sa tenue. Elle portait un adorable short en jean et un haut ample qui, en plus d'avoir l'air léger et confortable dans la douceur de ce début d'été, flattait sa silhouette pulpeuse. Elle assumait ses courbes, elle, contrairement à moi.

— Island Designs, c'est vraiment mon adresse de prédilection pour tous les jours. Si je cherche quelque chose d'un peu plus chic, je vais à Cove Couture ou je jette un œil dans les autres villes. Si je cherche quelque chose de spécifique, je dois parfois me rabattre sur les achats en ligne ou descendre jusqu'à Syracuse, qui est la ville la plus proche.

J'ai secoué la tête. — Je ne veux pas aller en ville. Je vais d'abord jeter un œil aux boutiques locales.

— Ça marche. Tu as un téléphone avec un GPS, ou tu as besoin que je t'indique le chemin ?

J'ai hésité. Je n'avais pas pensé à ces options. Bon sang, je n'avais pensé à aucune option depuis mon arrivée. Je suis sortie une fois pour faire un tour en voiture, mais à part ça, je n'avais pas quitté la propriété depuis des jours.

— Oh, euh…

— On va où ? a demandé Piper derrière moi.

Zoey rit. — Joelle me demandait où faire les boutiques. Je lui ai parlé d'Island Designs et de Cove Couture.

— Oh, oui. On devrait toutes y aller. À moins que tu ne veuilles y aller seule ? demanda Piper.

J'ai secoué la tête. — J'adorerais avoir de la compagnie. Mais vous devez travailler toutes les deux.

Elles ont échangé un regard et ont haussé les épaules.

— Gavin ! appela Piper.

— Oui, mon amour ? répondit Gavin, en apparaissant au coin du mur.

— On va faire les boutiques. Tu peux garder un œil sur tout pendant qu'on est parties ?

— Bien sûr. Amusez-vous bien.

— Merci, dit Piper, lui donnant un baiser passionné avant de se retourner vers moi. — On peut y aller. Tu veux que je conduise ?

— Bien sûr, dis-je, avec l'impression d'être au milieu d'une tornade. Une tornade que j'avais moi-même provoquée.

Était-ce donc ça, avoir des amies ?

Zoey a insisté pour que je m'assoie à l'avant, et elle et Piper ont commenté le trajet entre le Auberge L'anse MacKellar et la ville.

— Aucune de nous deux n'est d'ici, dit Zoey. — Ma tante possédait l'auberge quand j'étais jeune, et Gavin et moi venions passer les étés ici. Mais nous n'étions pas des gens du coin.

— Et moi, j'ai déménagé ici il y a des années quand ma précédente relation m'a explosé à la figure. J'avais besoin de changement, de simplicité, et je pensais que ce serait temporaire, mais on finit par s'attacher à cet endroit, dit Piper en se garant sur le bord de la route.

— On dirait un champignon, dis-je.

Les deux femmes se sont mises à rire.

— Oui, c'est parfois comme ça. Mais nous avons toutes les deux trouvé quelque chose ici que nous n'avions jamais eu auparavant, a dit Zoey.

— Et qu'est-ce que c'est? ai-je demandé en sortant.

— Un foyer, ont-elles répondu en chœur.

Un foyer. Je n'étais même pas sûre de ce que ce mot signifiait, mais l'expression sur leurs visages m'a donné envie d'en avoir un, moi aussi.

Zoey et Piper m'ont fait entrer dans la boutique Island Designs, et j'ai été immédiatement assaillie par les couleurs. L'endroit était vivant et éclectique, comme l'avait dit Zoey, mais aussi inspirant.

J'ai déambulé dans les allées, observant un mélange de vêtements, de décorations et d'œuvres d'art locales dont je ne pouvais détacher mon regard. J'avais envie de tout acheter. Des peintures éclatantes et des photographies intrigantes. Des vêtements fluides et des motifs hauts en couleur. C'était comme entrer dans le grenier de quelqu'un et fouiller parmi des objets du passé.

— Tu devrais absolument prendre ça, a dit Piper depuis une allée voisine.

J'ai levé les yeux et je l'ai vue tendre une jupe à Zoey.

Zoey l'a prise et l'a maintenue contre sa taille. — Elle est vraiment mignonne. Il faut que je l'essaie.

— La couleur te va super bien. Et tu aimes ce style.

— C'est vrai. Ça pardonne beaucoup.

Piper a souri comme si elles partageaient un secret.

J'ai détourné le regard. Je les aimais bien toutes les deux, mais je n'étais ni leur belle-sœur, ni leur amie. J'étais une cliente de leur auberge. Une femme quelconque qui se tenait à l'écart de tous les aspects de la vie, y compris de la sienne.

Les larmes me sont montées aux yeux, et je me suis concentrée sur le portant de vêtements en face de moi pour essayer de les retenir.

— Est-ce que ça va? m'a demandé une femme à quelques pas de là.

J'ai levé les yeux vers elle et j'ai souri à cette femme noire. Elle avait l'air sincèrement inquiète, et la gentillesse qui émanait de son regard sombre m'a donné envie de tout lui déballer. — Pas vraiment, mais j'essaie de faire en sorte que ça aille.

— Tu aimes les brownies ?

Surprise par la question, j'ai penché la tête. — Je… Oui ?

— Tu es sûre ? a-t-elle demandé, avec une pointe de rire dans la voix.

— Si. C'est juste que la question est surprenante.

— Désolée. Je travaille à la Cove Bakery, et j'ai un brownie dans ce sac. J'allais le rapporter à mon mari, mais il en a tout le temps, et tu as l'air d'avoir besoin d'un brownie. C'est un brownie avec des morceaux de cookie, un filet de ganache sur le dessus et une couche de glaçage au milieu.

— Ça ne ressemble à aucun brownie dont j'ai entendu parler, ai-je dit, incapable de résister à l'envie de prendre le sac qu'elle me tendait. J'ai jeté un coup d'œil à l'intérieur, l'eau à la bouche rien qu'à l'odeur de la pâtisserie.

La femme a ri. — J'essaie de sortir un peu de l'ordinaire. Je m'appelle Valentina, au fait. Elle m'a tendu la main.

Je la lui ai serrée en lui souriant. — Joelle. Ravie de te rencontrer.

— Moi aussi. Tu es nouvelle en ville ?

— Non, juste de passage. Je loge au Auberge L'anse MacKellar.

Valentina a regardé par-dessus mon épaule et a souri.

— Salut, les filles. Joelle avait l'air d'avoir besoin d'un brownie.

Je me suis retournée pour voir Zoey et Piper qui arrivaient, les yeux écarquillés.

— Qu'est-ce que je suis jalouse, a dit Zoey en lorgnant le sac que Valentina m'avait donné.

— Pareil. Valentina est la meilleure. Et ce brownie, ou n'importe quoi d'autre qu'elle prépare, est un remède miracle pour tout. Piper a serré Valentina dans ses bras.

Zoey a fait de même, puis m'a pris la main. — Je pense qu'on mange bien au Auberge L'anse MacKellar, mais personne ne fait des pâtisseries comme Valentina. C'est à elle qu'on fait appel pour les occasions spéciales.

— C'est elle qui a fait mon gâteau de mariage, a dit Piper.

J'ai eu le souffle coupé en entendant le mot mariage. Mince.

— Désolée, a dit Piper. Je n'aurais pas dû dire ça.

Valentina nous a regardées toutes les trois, un air de curiosité et d'inquiétude sur le visage.

— Je... j'étais censée me marier le week-end dernier, mais je me cache ici depuis, ai-je avoué. C'était la chose la plus personnelle que j'avais partagée avec l'une d'entre elles depuis mon arrivée.

— Ooh, voilà une histoire qu'on doit entendre autour d'un déjeuner. On finit nos courses, puis on va chez O'Kelley? a demandé Valentina.

Zoey et Piper m'ont regardée, les sourcils haussés, me laissant décider.

— Et puis zut, pourquoi pas ? Ce n'est pas comme si j'avais un emploi du temps à respecter ces derniers temps. J'ai gloussé quand elles se sont toutes mises à applaudir.

— Je peux te demander quelque chose ? a demandé Valentina.

— Bien sûr.

— Qu'est-ce qui te ressemble le plus ? Ce que tu portes ou ce que tu regardais quand je suis arrivée ?

J'ai expiré. — J'essaie de le découvrir, mais certainement pas ce que je porte.

— Et si chacune d'entre nous te choisissait quelque chose, c'est pour nous, et tu pourrais essayer une tenue différente pendant quelques jours pour t'aider à découvrir qui tu es ? a suggéré Valentina.

— Je... Échanger une opinion contre une autre ne me tentait pas, mais ces femmes ne me forçaient à rien. Elles cherchaient à m'aider. — Je veux bien essayer.

— Parfait. Allons faire les boutiques, les filles, dit Valentina.

TRENTE MINUTES PLUS TARD, nous avons enfourné les sacs de vêtements qu'elles avaient choisis pour moi à l'arrière de la voiture de Piper, puis nous nous sommes rendues à pied à l'O'Kelley's. Les filles m'avaient dit que c'était un bar du coin, mais qu'on y servait aussi à manger. Je n'avais jamais mis les pieds dans un endroit comme celui qu'elles décrivaient, mais je tentais de nouvelles expériences.

Piper s'est approchée de l'homme derrière le bar et l'a serré fort dans ses bras avant de parler aux autres employés.

Zoey et Valentina ont fait un signe de la main, mais leur accueil n'a pas été aussi enthousiaste. Nous nous sommes assises dans une banquette et Zoey m'a tendu un menu.

— Piper a travaillé ici quand elle a emménagé en ville. Elle adorait cet endroit et a continué à y travailler même après avoir acheté l'auberge, mais le Auberge L'anse MacKellar a été très pris et elle n'a pas travaillé ici depuis un moment. Hudson est le propriétaire, le type qu'elle a pris dans ses bras, et il est marié à une autre de nos amies, m'a expliqué Zoey.

— Ouah. C'est pour ça que vous venez ici ? ai-je demandé. Elles ont secoué la tête.

— On aime bien cet endroit. C'est confortable. Et Hudson est très protecteur, il fait en sorte que les gens se tiennent à carreau. Personne ne devient turbulent ou entreprenant quand Hudson est dans les parages. Si ça arrive, il ne met pas longtemps à les jeter dehors, a dit Valentina.

— Vraiment ?

— Ouais. Il ne tolère pas ce genre de choses, a dit Zoey.

— Ça a l'air plutôt génial, ai-je admis.

— Hudson va nous apporter des boissons et des apéritifs. Il prendra nos commandes dans une minute, a dit Piper en s'asseyant à côté de Zoey.

— Merci, Piper.

J'ai étudié le menu, mais quand Hudson est venu se présenter à moi, j'ai simplement suivi les autres et commandé la même chose qu'elles. Je n'aimais pas me démarquer, et un burger me faisait envie, alors j'ai fait ce choix.

— D'accord, alors, pourquoi t'es-tu enfuie de ton mariage ? demanda Valentina quand Hudson s'est éloigné de notre table.

J'ai inspiré profondément avant de souffler doucement. — Je ne connaissais pas vraiment mon fiancé. Ma mère voulait que nous nous mariions, mais il ne me faisait aucun effet. Il était gentil, enfin, je pensais qu'il l'était, mais quelque chose clochait. J'ai décidé que je ne voulais pas l'épouser, et...

Elles attendaient toutes les trois que je termine.

Est-ce que je voulais le leur dire ? C'était embarrassant. Humiliant. À quelle femme cela arrivait-il ? Avoir un homme censé vous aimer qui couche avec quelqu'un d'autre ? Sûrement aucune de ces femmes. Elles étaient belles, gentilles et sûres d'elles.

— Il était avec quelqu'un d'autre, n'est-ce pas ? demanda doucement Valentina.

J'ai eu un hoquet et j'ai levé les yeux vers elle, me demandant comment elle avait deviné. J'ai hoché la tête, détestant que des larmes remplissent à nouveau mes yeux.

Valentina a passé un bras autour de mes épaules. — Bordel. Parfois, je déteste les hommes. Mon ex-mari a eu une liaison. Plusieurs, je crois, mais la dernière était avec une femme très gentille qui a été assez courageuse pour déménager en ville afin de se rapprocher de lui. Il la faisait marcher, et elle a décidé de prendre les choses en main et de s'installer ici.

— Pourquoi es-tu si sympa à ce sujet ? ai-je grondé.

Valentina a gloussé. — Elle ne savait pas qu'il était marié. Elle pensait qu'il était célibataire et qu'il avait peur de s'engager, alors elle s'est engagée pour lui. Elle a trouvé un travail et un appartement et a décidé de voir s'ils pouvaient faire en sorte que ça marche. Elle l'a surpris en se présentant au milieu d'un dîner de famille un soir. C'est moi qui ai ouvert la porte.

— Oh, merde, ai-je soufflé.

— Ouais. Ça a été sordide. Il était en colère contre elle parce qu'elle était venue, mais c'était lui qui avait menti. Tout comme ton fiancé. Tu n'as rien fait de mal. C'est lui qui t'a trompée.

— Il n'est pas le seul à avoir fait quelque chose de mal, ai-je admis.

— Tu l'as trompé aussi ? a demandé Zoey.

— Non, ai-je lâché. — Non. Mais je l'ai surpris au milieu de… vous savez… avec ma mère.

Toutes les trois eurent le souffle coupé et Piper s'étrangla avec son eau. Zoey lui tapota le dos pendant que Piper, haletante, recrachait l'eau qu'elle avait avalée de travers sous le coup de la surprise.

— Quel fumier, siffla Valentina. Désolée, mais… on parle bien de ta mère ?

J'ai hoché la tête. Une partie de moi détestait l'admettre, mais si l'histoire de Valentina était vraie, je n'étais pas la seule à avoir vécu ce que je traversais.

— C'est vraiment tomber bien bas, haleta Piper. Pas étonnant que tu te caches avec nous. Tu n'as nulle part où aller.

J'ai acquiescé. — Elle a quasiment dirigé toute ma vie. Quoi porter, quoi faire, avec qui sortir, qui épouser. Tout a été son choix.

— C'est pour ça que tu ne savais pas ce qui correspondait à ton style, a dit Valentina.

— Oui. Je n'ai jamais pensé à ce que je voulais, moi. J'ai toujours suivi ce qu'elle disait.

— Et qu'est-ce qu'elle disait à propos de coucher avec ton fiancé ? a demandé Zoey.

— Hum, le déjeuner ? a dit Hudson, qui avait clairement entendu la dernière question. Son regard a glissé vers moi. — Tu as besoin que je botte le cul de quelqu'un ?

— Tu ne me connais même pas, ai-je dit.

Il a haussé les épaules. — Ça n'a pas d'importance. Tu es avec elles, donc tu es des nôtres. On protège les nôtres.

— Pourquoi ?

Les trois femmes et le grand propriétaire du bar m'ont tous regardée comme si j'étais folle.

— Parce que c'est ce qu'une famille est censée faire. Et nous sommes ta famille maintenant, Joelle, a dit Piper.

Mince. Ces larmes étaient de retour.

Valentina a passé un bras autour de mes épaules et m'a serrée contre elle. Elle a levé les yeux vers Hudson et a dit : — On te tiendra au courant pour le bottage de cul.

Hudson a hoché la tête, puis a croisé mon regard. — J'ai

des amis. Celui qui t'a fait du mal ne s'en tirera pas comme ça.

J'ai eu un petit rire. — Merci.

Hudson a de nouveau hoché la tête, puis il s'est éloigné.

— Il était sérieux ? ai-je demandé aux filles.

Elles ont échangé un regard.

— Deux de nos amis sont flics. La ligne est mince entre ce qui est illégal et ce pour quoi on ne trouvera jamais de preuve, a dit Piper.

Mes yeux se sont écarquillés, et les autres ont éclaté de rire, mais personne n'a dit que Piper avait tort.

— Hudson est un homme bien, a dit Valentina. — Mais tous les mecs avec qui ils traînent sont très protecteurs. Ils feraient n'importe quoi pour toi si tu en avais besoin. Et nous aussi.

J'ai regardé autour de la table et j'ai croisé les regards de trois femmes qui hochaient la tête en souriant. — Je n'ai jamais eu d'amies avant.

— Alors il était temps. Mangeons ces burgers et voyons dans quelles autres galères on peut se fourrer aujourd'hui, a dit Piper. — Gavin s'occupe du Auberge L'anse MacKellar, donc on a notre journée. Il fait un temps magnifique, on a une thérapie shopping à faire et une guérison à entamer.

Elles m'ont toutes les trois regardée pour avoir mon approbation.

J'ai hoché la tête. — Je pense que ça ressemble à une très bonne journée.

— Parfait, ont-elles toutes dit.

4

Quand nous avons fini de déjeuner, Piper, Zoey et Valentina m'ont fait visiter leur petite ville et m'ont emmenée dans tous les magasins. C'était épuisant, mais je n'avais jamais autant ri de toute ma vie.

Je ne savais pas qu'il était possible d'apprécier quelque chose d'aussi simple que de faire les magasins. Ou de ne pas me sentir jugée chaque fois que j'essayais quelque chose.

— Ooh, tu devrais l'essayer, lança Valentina en me tendant une robe bleu sarcelle. Cette couleur t'irait à ravir.

— Elle a raison, dit Zoey. Avec tes yeux noisette, elle sera magnifique sur toi.

— Tu es sûre ? Elle n'est pas ajustée aux bons endroits pour moi, dis-je, hésitant en voyant le tombé du tissu. Ma mère m'a toujours dit que je devais porter des vêtements qui cachaient mon ventre au lieu de le montrer. Des vêtements qui masqueraient mes imperfections.

— C'est toi qui parles ou ta mère ? me demanda Piper, mettant le doigt sur ce que je ne disais pas.

Je grognai à voix basse, et elles se mirent à rire toutes les trois.

— Essaie-la, c'est tout, dit Valentina. Si elle ne te plaît pas, je ne serai pas fâchée que tu ne la prennes pas. Moi, j'aime cette coupe et mon mari ne dit rien quand je porte des robes avec des jupes courtes et coquines comme celle-ci.

— Brantley ne dit jamais rien sur ce que tu portes, lança Piper à Valentina avant de se tourner vers moi. Brantley a été amoureux d'elle depuis toujours, mais son colocataire de fac s'est faufilé et lui a volé son cœur avant que Brantley ait eu la chance de dire à Valentina ce qu'il ressentait. Quand ils ont divorcé, il était plus que ravi d'être là pour elle, et de l'aider à trouver le chemin d'une vie bien meilleure, avec des relations sexuelles bien meilleures.

— Ouais. Tellement meilleures, acquiesça Valentina.

Je ne pus cacher mon choc face à la manière décontractée dont elles parlaient de sexe, surtout du leur, et Zoey le remarqua.

— Tu la scandalises avec toutes ces histoires de sexe, la réprimanda Zoey. Elle n'a pas l'habitude de choisir ses propres vêtements, et toi tu lui parles de bonnes parties de jambes en l'air.

— Tout le monde devrait avoir une super vie sexuelle. Non. Non. Tout le monde devrait avoir des relations sexuelles incroyables, extraordinaires, à s'en crisper les orteils et à se demander combien d'orgasmes il faudrait pour en mourir au point de tester la théorie. Du simple bon sexe, ça ne suffit pas. C'est de sexe hallucinant dont on a toutes besoin, a dit Valentina.

Zoey et Piper ont hoché la tête en signe d'approbation.

Je me suis demandé quel genre de personnes elles étaient pour non seulement parler comme ça, mais aussi pour donner l'impression de l'avoir vraiment vécu. — On peut avoir plus d'un orgasme ?

Elles ont échangé un sourire complice et ont hoché la

tête. — Oh, que oui. Va essayer la robe. Ensuite, on parlera d'orgasmes.

J'ai renâclé, mais j'ai obtempéré. Elles m'ont suivie et ont attendu devant la cabine d'essayage que je leur montre la robe.

J'ai enfilé le tissu par la tête et me suis refusée à regarder dans le miroir tant que je n'avais pas chassé la voix de ma mère de mon esprit. Je n'aurais même pas envisagé cette robe si elle avait été avec moi, et cette pensée suffisait à faire surgir sa voix dans ma tête.

J'ai expiré et ouvert les yeux. — Waouh, ai-je soufflé. Valentina avait raison. La robe avait des coutures en X partant de mes épaules jusqu'en dessous de chaque sein, ce qui définissait et rehaussait ma poitrine. La couleur bleu sarcelle vif faisait ressortir le bleu-vert de mes yeux et les mettait en valeur. La jupe arrivait juste au-dessus de mes genoux avec un ourlet à volants qui se soulevait lorsque je tournais sur moi-même pour regarder l'arrière.

— Sors de là, a dit Piper à travers la porte. — On veut voir.

J'ai déverrouillé la porte et les ai trouvées juste de l'autre côté. Leurs yeux se sont écarquillés et ont parcouru mon corps.

— Je crois que j'en ai besoin d'une comme ça, a dit Zoey. — Bordel, ma belle.

J'ai gloussé. — Ouais ?

— Carrément, ouais, a dit Piper. — C'est super sexy. C'est simple, mais ça te va vraiment bien.

— Ce n'est pas seulement la couleur, c'est la coupe. Tu es magnifique, a acquiescé Valentina.

Mes joues se sont échauffées sous leurs compliments. — Vous êtes tellement bonnes pour mon ego.

— On est juste honnêtes. C'est toi qui as les atouts, a dit Valentina.

J'ai pouffé. — Merci.

— Tu vas prendre la robe ? a demandé Zoey.

— Je pense que oui, ai-je dit, en me regardant de nouveau dans le miroir. Je ne savais pas quand ni où je la porterais, mais je me sentais bien dedans.

— Tu m'en voudras si j'en prends une aussi ? D'une autre couleur, bien sûr, a dit Zoey.

— Bien sûr que non. Pourquoi est-ce que je t'en voudrais ? ai-je demandé.

— Je ne veux pas que ce soit bizarre, a dit Zoey.

— Ce n'est pas bizarre. C'est une robe superbe. Je finirai bien par trouver une occasion de la mettre.

— C'est une bonne robe pour un rendez-vous galant.

— Ce n'est pas au programme pour l'instant, ai-je dit.

— On ne sait jamais. Il y a une application de rencontres pour les gens du coin. Tu devrais peut-être essayer. Histoire de voir si tu peux trouver quelqu'un pour du sexe plus-que-bon, a dit Piper.

J'ai souri en coin. — À ce stade, je me contenterais de « bon ». Elles ont toutes eu un hoquet de surprise et j'ai plaqué une main sur ma bouche. — Je n'aurais pas dû dire ça.

— Trop tard, a dit Piper. — On dirait que tu l'as échappé belle.

— Je n'en sais rien, mais je n'ai pas été impressionnée par ce que j'ai connu. J'ai froncé les sourcils.

— Il te faut une rupture nette. Quelqu'un de nouveau. Une aventure, a dit Piper.

— Si elle est ouverte à ça. Tout le monde n'est pas à l'aise avec ce genre de chose, a dit Valentina.

— Moi non plus, acquiesça Zoey.

— Au moins pour un rencard. Et tu devrais partir avec cette robe. Tu as l'air tellement plus heureuse dedans que dans tes autres vêtements, dit Piper.

— Je ne l'ai pas encore payée, dis-je.

Piper secoua la tête. — Ce n'est pas grave. On peut couper l'étiquette et fourrer tes vêtements dans un sac pour que tu puisses sortir d'ici en te sentant toi-même.

— Je ne sais pas, dis-je, avec l'impression de faire quelque chose de mal.

— Alors, comment ça va par ici ? demanda la dame qui nous avait accueillies en entrant.

— Elle voudrait partir avec la robe. C'est possible ? demanda Piper.

La dame sortit une paire de ciseaux de son tablier. — Bien sûr. Vous voulez que je vous coupe l'étiquette ?

— Euh, oui, ce serait super, dis-je en me retournant et en relevant mes cheveux pour qu'elle puisse atteindre l'étiquette au dos de la robe. Je sentis ses doigts entre l'étiquette et ma peau, puis elle relâcha la robe.

— Voilà. Je vais garder ça à la caisse pour quand vous serez prête. Je peux aussi vous donner un sac pour vos vêtements.

— Merci, dis-je en me demandant pourquoi ma mère avait eu une telle dent contre les petites villes toute ma vie. Elle disait qu'elles étaient pleines de gens simples qui faisaient des choses simples.

Je trouvais cet endroit charmant et réconfortant. Une commerçante qui me coupait l'étiquette et me laissait sortir du magasin avec des vêtements sur le dos ? Un groupe de femmes qui se liaient d'amitié avec moi sans hésiter ? Un patron de bar qui menaçait de blesser quelqu'un parce qu'on m'avait blessée ? Comment ne pas aimer ça ?

Je pris mes vêtements dans la cabine d'essayage et aidai Zoey à choisir l'une des robes à acheter. Valentina décida d'en prendre une pour elle aussi. Avant que nous nous dirigions vers la caisse, Valentina dit que les robes étaient pour elle.

— Tu n'es pas obligée de faire ça, lui dis-je.

— Je me suis incrustée aujourd'hui, et voir cette expression sur ton visage me remplit de joie. Sur tous vos visages. Et puis, j'en prends une aussi. Piper ? Tu en veux une ? demanda Valentina.

— Bon sang, maintenant je suis obligée, sinon je serai la rabat-joie de service qui refuse de participer. Mais tu n'as pas à payer ma robe, a dit Piper.

Valentina a pouffé. — Oh, s'il te plaît, tu peux bien laisser quelqu'un t'offrir quelque chose de temps en temps.

J'ai eu l'impression qu'il y avait une histoire derrière ça, mais je n'ai pas posé de questions.

Nous avons toutes pris nos sacs et nous sommes dirigées vers la sortie. Je suis passée la première et je me suis arrêtée net quand quelqu'un m'a heurtée.

Il sentait l'herbe et la fraîcheur, comme un jardin après une grosse averse. Mes yeux se sont fermés avant même que j'y réfléchisse, son odeur m'envahissant, me procurant un sentiment instantané de sécurité et de bien-être.

— Est-ce que ça va ?, a-t-il demandé, sa voix effleurant mon corps comme s'il m'avait réellement touchée.

— Oui, ai-je dit en forçant mes yeux à s'ouvrir. — Je vous connais.

Il a eu un petit rire. — Je pense que je me souviendrais si on s'était déjà rencontrés.

Bon sang, cette voix. La façon dont elle baissait à la fin. La taquinerie qu'elle contenait. Mes cuisses ont frémi, mon corps s'est enflammé de chaleur et de désir.

— Je m'appelle Andre, a-t-il dit en tendant la main. Son regard m'a dépassée et s'est illuminé. — Mesdames. Peut-être qu'on s'est déjà rencontrés. Ses yeux ont de nouveau croisé les miens, m'étudiant.

— Moi, c'est Joelle. Ma main s'est logée dans la sienne, et les picotements de mes cuisses se sont propagés le long de mon bras, m'embrasant tout entière.

— L'invitée, a dit Andre. — Alors, nous avons tous les deux raison.

— Andre, a dit Piper en s'avançant pour l'étreindre. — Comment vas-tu ? Pas de Molly ?

Andre a ri. — Non, elle est à la maison. Mais je suis sûr que je vais en entendre parler.

J'ai fait un pas en arrière, retirant ma main de la sienne. Il avait une femme, ou une petite amie. Quelqu'un qui était à la maison mais qui était assez présente pour qu'elles la connaissent. J'ai étouffé ces fichus picotements, peu disposée à me mettre au milieu de quelque chose.

— Sebastian a dit que tu cherchais à lui acheter une cage, a dit Zoey en enlaçant Andre.

— Une cage ?, ai-je laissé échapper.

Valentina a eu un petit rire. — Molly est son chat. Andre est le propriétaire de Davidson Outdoors et il entretient la propriété du Auberge L'anse MacKellar où tu séjournes.

— Oh, c'est toi qui m'as réveillée dimanche, ai-je lâché avant de pouvoir retenir mes mots.

Andre a ricané. — Mes excuses.

— Je ne voulais pas dire ça, ai-je marmonné.

— Bien sûr que si. Mais ce n'est pas grave. Je ferai de mon mieux pour ne pas te réveiller à l'avenir. Andre m'a fait un clin d'œil. Un vrai clin d'œil. Puis son regard a glissé le long de mon corps, ses lèvres s'étirant en un sourire en coin.

Était-il en train de me draguer ? Est-ce que ça me plaisait ? J'étais fiancée... Non, je ne l'étais pas. Je pouvais flirter avec un homme. Je pouvais faire tout ce que je voulais.

Je ne savais pas comment flirter. — Je... euh, ouais.

Le sourire en coin d'Andre s'est élargi. — Ravi de te rencontrer officiellement, Joelle. Tu restes en ville combien de temps ?

Les autres semblaient s'être éloignés. Pourquoi avaient-ils fait ça ? — Euh, je ne sais pas. J'essaie de le déterminer.

— Eh bien, j'espère te recroiser avant que tu quittes la ville. Un peu plus tard que neuf heures du matin ?

— Dix heures ?, ai-je suggéré.

Il a éclaté de rire, le son attirant l'attention de ceux qui nous entouraient. — Je verrai ce que je peux faire. Il a attrapé ma main. — Même si voir une femme fraîchement sortie du lit est toujours sacrément séduisant. Surtout une femme aussi belle.

Il m'a fait un autre clin d'œil, puis a continué son chemin comme s'il n'avait pas simplement parlé de m'emmener au lit.

Valentina, Zoey et Piper étaient de nouveau à mes côtés, toutes pâmées.

— C'était quoi, ça ? demanda Valentina.

— Je ne savais pas que vous vous connaissiez, dit Zoey.

— Il te veut, et pas qu'un peu, dit Piper.

J'ai secoué la tête. — Il était juste amical.

— Personne n'est aussi amical s'il n'espère pas te mettre dans son lit. Et Andre, il espère très fort te mettre dans son lit. Si tu es partante pour cette aventure sans lendemain, je crois qu'on vient de trouver un participant tout désigné, dit Piper.

— Ouais, c'est clair, approuva Valentina. — Tu as dit que tu n'étais pas sûre de savoir combien de temps tu restais en ville ?

J'ai détaché mon regard de l'endroit où Andre était parti et j'ai hoché la tête. — Ouais. Mon voyage n'était pas vraiment prévu, et quelqu'un doit s'installer dimanche dans la chambre que j'occupe.

— Qu'est-ce que tu vas faire ? demanda Valentina.

— Je ne sais pas.

— On essaie de trouver une solution, dit Zoey, en échangeant un regard avec Piper. — Ce ne sera peut-être pas la même chose que ce que tu as maintenant, mais on a bien une option.

Je l'ai regardée, remarquant le pli d'inquiétude au coin de ses yeux. — Je ne veux pas vous déranger. Le simple fait de m'avoir donné une chambre a déjà fait une énorme différence.

— On déteste l'idée de te mettre à la porte, dit Zoey.

— Et on a une chambre qu'on ne loue jamais, mais que tu pourrais utiliser si tu le voulais, enchaîna Piper. — Ce n'est pas une super option parce qu'elle est au rez-de-chaussée, mais elle a une salle de bain privée et elle est propre.

— C'est là que ma tante restait parfois quand il faisait mauvais et qu'elle ne voulait pas avoir à rentrer chez elle en hiver. Elle n'a pas été rénovée, donc elle n'est pas aussi agréable que la chambre où tu es. Zoey avait l'air coupable.

— Tu plaisantes ? Tu me laisserais rester ? ai-je demandé.

— Ce n'est vraiment pas grand-chose. Tu devrais aller la voir pour te faire une idée. On en parlait hier et ça nous désole toutes de ne pas avoir de disponibilité pour toi, et Gavin a mentionné la chambre. On ne l'a jamais louée, et je ne crois pas qu'aucune d'entre nous y ait jamais dormi. Elle est propre, mais ce n'est pas le grand luxe. Piper a plissé le nez.

— Il n'empêche que je la prends, ai-je dit.

— Il faut que tu la voies d'abord, a objecté Zoey.

— Vraiment pas. C'est que… je ne suis pas encore prête à partir d'ici. Cette ville… je m'y plais. Et si vous avez un endroit où je peux rester un peu plus longtemps…

— Autant que tu voudras, a dit Piper.

— C'est encore mieux. Merci. Vous êtes sûres ? Je veux dire, je continuerai à payer, évidemment, mais ça ne vous dérange vraiment pas que j'utilise cette chambre ? ai-je demandé.

— Oui, ont dit Piper et Zoey en chœur.

— Et, a poursuivi Zoey, « il n'est pas question qu'on te demande de continuer à payer.»

— Oh, je ne pourrais pas accepter ça. Ce ne serait pas correct, ai-je dit.

Elles ont secoué la tête.

— Comme l'a dit Hudson, on prend soin des nôtres. Tu es l'une des nôtres maintenant, a dit Piper.

Les larmes me sont montées aux yeux. «Je suis tellement heureuse que ma batterie soit tombée en panne exactement là où elle l'a fait et que Sebastian m'ait sauvée.»

Piper et Zoey ont ricané. «Nous aussi.»

— Il va falloir que tu me racontes cette histoire, dit Valentina. On dîne ensemble ?

— Ça nous va, avons-nous toutes dit.

C'ÉTAIT mon dernier jour dans la chambre du haut. Zoey et Piper m'avaient montré la chambre du bas après notre virée shopping, et elle était bien mieux que ce qu'elles laissaient entendre. Non pas que ça m'importait. C'était un endroit où dormir qui n'était pas sous le contrôle de ma mère. La chambre était mignonne, cependant, avec un lit queen size en fer forgé, une petite commode et une salle de bain simple et propre qui était amplement suffisante pour moi.

De plus, elle était proche de la cuisine, et elles m'avaient dit que je pouvais prendre tout ce que je voulais, quand je le voulais, donc l'emplacement de la chambre me convenait parfaitement.

J'écoutais les bruits de la maison, savourant le silence qui m'entourait. Ma chambre était au bout du couloir et très calme. Mes pensées ont dérivé, me rappelant ce qui m'avait conduite à L'anse MacKellar et au Auberge L'anse MacKellar au départ.

J'ai fermé les yeux et j'ai essayé d'oublier l'image de mon fiancé et de ma mère en train de coucher ensemble. Le pantalon de son smoking autour de ses chevilles. Sa robe de mère de la mariée relevée sur ses hanches.

Comment avais-je pu être aussi stupide ?

Beurk.

J'aurais dû pleurer. Ou crier. Ou faire quelque chose. Au lieu de ça, je suis juste restée là, à les regarder.

Ils se sont arrêtés quand j'ai eu un hoquet de surprise, mais il était trop tard. J'en avais assez vu.

L'expression sur leurs visages quand ils ont réalisé que j'étais là…

En y repensant, je me suis rendu compte qu'il avait eu la décence d'avoir l'air honteux. Elle, elle avait l'air triomphante. Comme si elle avait espéré se faire surprendre.

Dans la loge *de la mariée.* À l'église. Quinze minutes avant que je ne sois censée remonter l'allée. Non pas que c'était moi qui utilisais la loge de la mariée. Elle avait insisté sur le fait qu'elle en avait besoin.

Et j'avais cédé. Comme toujours.

Et elle avait baisé mon fiancé.

Je ressassais ce mot dans mon esprit. Putain. Putain, putain, putain.

Je ne l'avais jamais prononcé à voix haute. Mère ne l'aurait pas supporté. Les dames ne disent pas de gros mots.

J'avais quelques jurons qui me brûlaient les lèvres pour elles.

Le vrombissement assourdissant de la tondeuse sous ma fenêtre interrompit le cours de mes pensées. Peut-être pourrais-je m'entraîner sur l'homme qui perturbait la quiétude de ma matinée. Vraiment, il fallait qu'il commence à tondre la pelouse aussi tôt ?

Je m'extirpai du lit et marchai d'un pas lourd jusqu'à la fenêtre. La vue était spectaculaire, avec la rivière en arrière-plan et un petit phare au milieu de l'eau. La lumière du soleil scintillait sur l'eau, se moquant de ma misère par sa propre gaieté.

La tondeuse se rapprocha de nouveau, attirant mon attention de la vue à… la vue.

Mon corps se mit à picoter tandis que je regardais Andre manœuvrer l'engin sur l'immense propriété.

Je me penchai vers la fenêtre, le regardant bouche bée. Je n'arrivais pas à m'en détacher. Le moteur vrombit plus fort à mesure qu'il s'approchait. Je haletai. Je ne devrais pas le reluquer. Pas encore.

Je me léchai les lèvres. Il n'était pas mon genre. Pas du tout. Il était en sueur, sale, musclé et c'était le genre d'homme que ma mère aurait méprisé en me disant de m'en éloigner.

Elle avait couché avec mon fiancé. Le jour de mon mariage. Dans la chambre de la mariée. À l'église.

Elle n'avait plus le droit de me dire ce que je devais faire.

J'avalai ma salive, le ruban épais du besoin s'enroulant en spirale à travers moi, tout comme lors de notre rencontre en ville. Quand il m'avait draguée et avait dit qu'il m'imaginait dans son lit.

La tondeuse s'arrêta, le silence soudain révélant que j'étais en train de haleter en le regardant.

Il leva les yeux vers moi, me surprenant en train de le dévisager.

Je suffoquai et reculai d'un pas. Mes joues s'empourprèrent. Il m'avait vue. Quelle idiote j'étais.

Un sifflement perça l'air.

Je me rapprochai, essayant de voir sans être vue.

Andre était toujours là, en sueur, les bras striés de terre et d'herbe. Il a fait le tour de son engin, puis s'est arrêté et s'est tourné vers moi. Il a fait un bref signe de tête dans ma direction, un bonjour silencieux.

Pourquoi est-ce que je me cachais ? J'étais une femme célibataire. La bague de fiançailles que j'avais laissée derrière moi en quittant l'homme que j'étais censée épouser en était la preuve. Je ne trompais personne. Je pouvais faire tout ce qui me chantait.

Andre a souri, puis a attrapé sa chemise par le col et l'a retirée d'un seul geste fluide et sexy.

J'ai eu le souffle coupé.

Il m'a fait un clin d'œil, a jeté sa chemise sur son épaule, puis a remis ses lunettes de soleil avant de remonter sur son engin.

J'ai souri. Il était temps de profiter un peu du soleil.

5

ANDRE

Je jouais avec le feu. Je le savais. Mais je ne pouvais pas m'en empêcher. Pas. Du. Tout.

J'ai fait un premier passage et j'ai été déçu en levant les yeux de ne pas voir Joelle à sa fenêtre en train de me regarder. Mon sexe s'est durci d'un coup quand je l'ai vue se tenir là, mais il s'est dégonflé aussi sec quand j'ai vérifié à nouveau et que les rideaux étaient tirés et qu'elle avait disparu.

Un sifflement a percé le bruit de la tondeuse, et j'ai regardé en direction du porche. La belle était là.

Putain.

Bordel, qu'est-ce qu'elle était magnifique. Dans cette robe bleue l'autre jour, elle était torride à se damner, mais avec ses cheveux en bataille et son visage rouge du même désir qui m'envahissait, c'était une déesse.

J'ai conduit dans sa direction, arrêtant la tondeuse près du bord du porche. — Bonjour.

Elle a haussé un sourcil. — Ça l'était, jusqu'à ce que quelqu'un me réveille.

— Il y a tellement de façons dont j'adorerais te réveiller, ai-je dit en ajoutant un sourire en coin pour voir sa réaction.

— Ah oui ? a-t-elle demandé en se détachant de la rambarde pour se diriger vers les escaliers.

Mon sexe a pulsé, chaque pas qu'elle faisait vers moi était comme la caresse de sa main sur ma bite douloureuse.

— Tu as d'autres engins que tu veux faire rouler partout pour troubler mon sommeil ?

J'ai rejeté la tête en arrière et j'ai ri. Le choc et le plaisir n'ont fait qu'ajouter à la dureté de ma bite. J'adorais une femme qui avait du répondant et qui me faisait mériter les choses.

Surtout quand elle ressemblait à un fantasme sur pattes.

— J'ai toutes sortes d'équipements pour toi, ai-je dit.

Elle s'est arrêtée, grimaçant. — Bon, je crois que la métaphore a fait son temps parce que maintenant, tu commences à m'inquiéter un peu.

J'ai ri. — C'est toi qui as commencé.

— C'est toi qui es là… — elle a vérifié sa montre imaginaire — … avant dix heures, à me réveiller.

J'ai gloussé. — C'est vrai. Parce que j'ai une journée chargée, et qu'il doit pleuvoir plus tard, alors je dois finir mon travail tôt. La pluie et les tondeuses ne font pas bon ménage.

Elle a hoché la tête, l'air légèrement déçue. — Oh.

— Te réveiller, c'est juste un bonus.

Elle a eu un sourire en coin, luttant en vain contre le sien. — Mmh-mmh. Elle a quitté l'allée et s'est approchée de moi.

Je l'ai regardée, le subtil balancement de ses hanches qui était plus économique que aguicheur mais qui me tentait tout autant. La façon dont elle a pincé sa lèvre entre ses dents comme si elle n'était pas sûre d'elle. Les pas rapides qui la rapprochaient de moi à chaque bouffée d'air que je prenais.

Quand elle est arrivée à ma hauteur, elle s'est arrêtée, puis a attrapé mon tee-shirt sale et trempé de sueur avant que je puisse la prévenir que c'était dégoûtant. Elle l'a tiré par-dessus sa tête, a enfilé ses bras et a tiré l'ourlet vers le bas, au-delà de ses hanches.

Putain. De. Merde. Cette femme était sacrément sexy dans mon tee-shirt. — T'es bien trop jolie pour porter un truc aussi dégoûtant. Ça doit sentir horriblement mauvais.

Elle a soulevé le col et l'a porté à son nez. — Pour moi, ça sent plutôt bon.

Eh bien, merde. Si ce n'était pas le summum de l'excitation, je ne savais pas ce que c'était. — Laisse-moi sentir.

Elle a eu un sourire en coin et s'est rapprochée, penchant la tête en arrière pour me donner accès.

J'ai pressé mon nez contre son cou et j'ai inspiré profondément. Elle sentait le sommeil, un parfum de luxe, et la femme excitée. Ma main s'est posée sur sa hanche, la tirant plus près alors que je revenais pour une autre bouffée de son odeur, incapable de m'arrêter à une seule.

Son souffle s'échappa d'elle dans un frisson, un son qui ressemblait étrangement à un gémissement.

— Tu sens le petit-déjeuner.

Un rire lui échappa et elle recula d'un pas. — Piper est en train de le préparer. J'ai dû m'imprégner de l'odeur en passant.

— Tu n'as pas encore mangé ?

Elle secoua la tête.

— Je peux… ?

— Miaouuuuu, déchira l'air.

— Merde, ai-je sifflé.

— C'est… ? Joelle regarda par-dessus mon épaule, vers l'endroit où Molly ne dormait plus dans sa nouvelle cage.

— Joelle, je te présente Molly, ai-je dit en me décalant pour qu'elle puisse voir ma créature vivante préférée. — Molly, sois gentille avec Joelle.

Molly s'étira et observa la femme qui approchait. Elle

miaula et pressa son corps contre la cage, demandant à Joelle de la caresser.

Joelle me regarda.

— Elle veut que tu lui grattes le dos.

Elle hésita.

— Elle est vraiment gentille. Elle ne mord pas, et elle est accro à la moindre attention qu'on lui porte. Mais si elle n'a pas sa dose d'attention, elle te le fera regretter.

Les yeux de Joelle s'écarquillèrent, et elle retira sa main avant même d'avoir touché Molly. — Qu'est-ce que ça veut dire ?

— Ça veut dire qu'elle est rancunière. Je me suis approché de la cage et j'ai passé mon doigt entre les barreaux pour caresser le flanc de Molly. — La première fois que je l'ai laissée seule à la maison pour aller travailler, elle a crié toute la journée, et quand je suis rentré, elle m'a ignoré et s'est cachée quand j'ai essayé de la caresser.

— Mais non.

Je l'ai foudroyée du regard.

Elle a ri. — Oh, mon Dieu. C'est un chat passif-agressif.

— Ouais, mais c'est un amour de chatte. J'ai complètement craqué pour elle quand je l'ai trouvée.

— Le coup de foudre, a plaisanté Joelle.

J'ai souri à Joelle. — Carrément.

Elle a eu une inspiration soudaine, comme si elle comprenait que je ne parlais pas seulement de Molly.

Je ne saurais dire combien de fois j'étais tombé amoureux. Je ne cachais pas mon cœur et n'hésitais pas à l'offrir. Si je ne cherchais pas activement l'amour, je risquerais de passer à côté s'il se présentait. La vie n'avait rien d'amusant en solitaire, et j'étais heureux de m'amuser autant que possible.

Contrairement à Landon, qui pansait encore les plaies de son cœur brisé et le ferait peut-être encore pendant des années. Je ne m'étais jamais senti aussi perdu quand une histoire avec une femme se terminait. Il disait que ça signifiait que je n'avais été vraiment amoureux d'aucune des femmes avec qui j'étais sorti, mais je préférais croire que mon cœur savait quand c'était fini et qu'il était heureux de passer à autre chose.

— Je ne crois pas avoir déjà été amoureuse, a dit Joelle.

— Tu devrais essayer, ai-je dit en lui souriant. — C'est très amusant.

Elle a plissé les yeux en me regardant. — I'm sure it is. If it's the right person.« Je n'en doute pas. Si c'est la bonne personne. »

— Parfois, la bonne personne, c'est juste pour le moment présent. Parfois, c'est pour toujours. Qui sommes-nous pour dire que la bonne personne du moment ne peut pas être à nouveau la bonne un jour, ou pour toujours un jour ? On se prend trop la tête à trouver le parfait amour éternel pour profiter de ce qu'on a maintenant. La vie est courte.

— On dirait que tu parles en connaissance de cause.

J'ai haussé les épaules. — C'est un peu ça, oui. Je suis parti d'ici pendant un moment, mais mon père est tombé malade, et je suis revenu. J'ai tout plaqué et je suis rentré pour aider mes parents sans même envisager une autre option. Voir mon père comme ça m'a rappelé qu'on ne sait jamais combien de temps il nous reste, alors si on le gâche avec nos idées sur la façon dont les choses sont censées se passer, on risque de finir frustré et de passer à côté de l'essentiel.

— C'est assez perspicace.

J'ai souri. — Je suis quelqu'un de très perspicace.

Elle m'a souri et je me suis de nouveau perdu en elle. Elle était superbe. Nul besoin de fioritures ou d'artifices. Dans mon t-shirt sale de Davidson Outdoors, elle était superbe.

— Tu comptes garder mon t-shirt ?

— Pour l'instant.

J'ai haussé un sourcil. — Tu vas me le rendre ?

— Peut-être. Si tu demandes gentiment.

J'ai hoché lentement la tête, pas du tout intéressé par le fait de récupérer mon t-shirt. — Il te va vachement mieux qu'à moi.

Ses joues sont devenues roses. — Je n'ai jamais porté le t-shirt d'un homme avant.

Ma bite a palpité. — Tu me tues.

Elle a souri, comprenant ce que je ne disais pas. — Alors je suppose que je garde ton t-shirt.

— Putain, oui.

Elle s'est retournée et est remontée sur le porche. Elle s'est assise et a posé ses pieds sur la rambarde. — Ne fais pas attention à moi.

J'ai gémi. — Tu me tues !

Elle a ri, un son qui m'a transpercé et m'a donné envie de l'entendre encore et encore. Coucher avec elle serait amusant. Tout serait amusant avec elle.

J'ai de nouveau grattouillé Molly, puis je suis monté sur la tondeuse. J'ai souri en la manœuvrant sur la pelouse, faisant mes tours pendant que Joelle me regardait travailler. Vêtue de mon t-shirt.

Le coup de foudre, sans aucun doute.

QUAND J'AI EU FINI au Auberge L'anse MacKellar, Joelle parlait avec Piper. Je ne voulais pas les déranger, alors j'ai chargé mon matériel lentement et j'ai attendu pour voir si elle me dirait quelque chose. Elle était partie quand j'ai fini de tout charger, alors je me suis dirigé vers le Retraite avec vue sur la montagne sans avoir pu la revoir dans mon t-shirt.

La colonie de vacances s'apprêtait à ouvrir pour la saison, mais des mariages et des remises de diplômes étaient réservés sur la propriété jusqu'en juin, alors je continuais l'entretien et m'assurais que tout était en ordre.

Cet endroit était l'un de mes lieux préférés en ville. C'est ce qui a rendu ma carrière possible et m'a donné un sentiment d'accomplissement. Natalie essayait sans cesse de me payer pour le travail que je faisais pour l'entretenir, mais j'insistais sur le fait que la publicité gratuite qu'elle me faisait valait bien plus que tout ce que je pourrais lui facturer.

De plus, le Retraite avec vue sur la montagne était l'endroit où j'avais trouvé Molly, et je ne pouvais pas demander un plus beau cadeau que ça.

Le Retraite avec vue sur la montagne était le seul endroit où Molly pouvait courir pendant que je travaillais. Elle aimait profiter de la liberté que nous n'avions pas toujours à la maison. Vivre dans un petit appartement était parfait pour mon budget, mais moins pour ma chatte. Elle ne se lassait jamais de passer du temps dehors, et il y avait des moments où je me demandais si elle ne tenait pas du chien. Elle rapportait, et elle m'inondait d'affection comme tous les chiens que j'avais connus.

En plus, elle était d'une loyauté à toute épreuve et la meilleure des compagnes.

Je n'ai pas vu Molly pendant que je travaillais, mais je n'étais pas inquiet. Elle connaissait la propriété mieux que moi, et elle faisait attention à éviter la tondeuse. Quand j'ai eu terminé et que la tondeuse était chargée, elle est arrivée en courant de l'autre bout de la propriété. Je lui ai ouvert la portière du camion pour qu'elle puisse sauter à l'intérieur. Elle s'est enroulée sur son siège, une petite boule de poils épuisée.

Je suis monté à côté d'elle et j'ai mis la clim à fond. Mon corps était chaud à cause du soleil de fin de printemps, encore plus depuis que Joelle m'avait piqué mon t-shirt. Je n'ai pas pu retenir mon sourire à cette pensée.

Qui aurait cru que l'invitée sage et guindée cachait un côté secret et séducteur, avec un penchant pour les paysagistes couverts de terre ?

Cette femme me tentait comme personne ne l'avait fait depuis une éternité. Quand je suis revenu m'installer ici, j'étais tellement concentré sur mon père que je ne suis sorti avec personne. Une fois qu'il a été complètement remis sur pied, mes parents ont continué à trouver des raisons pour me garder à la maison, ce qui n'était pas vraiment propice aux rendez-vous galants.

Salut, ma belle, ça te dit de te faufiler dans ma chambre chez mes parents et de ne faire absolument aucun bruit ?

Pas très sexy.

Avoir mon propre appartement était la bonne décision, mais peu de temps après que j'ai déménagé, Davidson Outdoors s'est agrandie et j'ai trouvé Molly. Peu après, Landon et Reegan ont rompu, et je ne pouvais pas jouer au connard de meilleur pote qui lui mettait sa vie sexuelle sous le nez alors que mon ami n'avait rien à se mettre sous la dent.

Mais Landon allait mieux. Et Molly était adorable. Et mon entreprise avait tellement grandi en un an que j'avais à peine le temps de suivre mon emploi du temps.

Ça faisait des années que ma dernière relation s'était terminée. Il était peut-être temps de s'amuser un peu. Avec une cliente sexy de l'auberge qui aimait voler des t-shirts.

J'ai garé la remorque chez Blossom & Grow, puis je suis rentré chez moi. Molly est allée dans son panier et a fait sa toilette pendant que je sautais sous la douche. Je me suis frotté deux fois pour être sûr d'être propre, puis je me suis habillé et j'ai attrapé mes clés avant de pouvoir me dissuader de l'idée folle que j'avais eue.

J'ai souri en voyant la voiture de Joelle au Auberge L'anse MacKellar. Je me suis garé à l'autre bout du parking et je suis entré, en espérant que Piper et Zoey auraient pitié de moi et me diraient où était Joelle.

Gavin a levé les yeux de son bureau quand je suis entré. Il a penché la tête. — Salut. Qu'est-ce que tu fais de retour ici ?

— Euh, salut. J'espérais convaincre Joelle de dîner avec moi.

Gavin a souri, son visage entier se tordant en un rictus suffisant.

Le connard.

— Joelle, hein ? Piper a dit qu'elle est très gentille.

— Je trouve aussi, ai-je dit prudemment.

— Et qu'elle a besoin d'un peu… de bon temps.

J'ai essayé de ne pas sourire, mais sans succès. « C'est bien ce que j'espérais.»

— Tu vas lui faire du mal ?

— Mec, je la connais à peine. Je n'ai aucune intention de lui faire du mal, mais parfois, les choses se compliquent.

— Ça ne ressemblait pas à un non.

— Avais-tu l'intention de faire du mal à Piper quand vous avez commencé à sortir ensemble ? Parce que j'ai entendu dire qu'il y a eu un gros malentendu entre vous deux et que tu t'es barré. J'ai croisé les bras et j'ai fusillé du regard l'homme qui signait un de mes chèques de paie.

C'était peut-être une mauvaise idée de le défier.

Gavin m'a lancé un regard noir. « Bon. Je m'incline.»

— Alors, tu vas me dire où elle est ?

— Oh, elle n'est pas là.

— Quoi ? Sa voiture est dehors.

— Ouais, mais elle est au club de lecture avec les filles. Le dimanche soir. Ma femme et ma sœur ont insisté pour que Joelle y aille.

— Sans blague ?

Gavin a haussé les épaules. « Ouais. J'imagine que tu devras essayer de l'inviter à dîner un autre soir.»

— Tu aurais pu commencer par là.

— Où aurait été le plaisir ?

J'ai levé les yeux au ciel.

— Tu veux traîner avec Sebastian et moi ? Les enfants dorment et le brasero est assez proche pour qu'on puisse surveiller les deux maisons. C'est lui qui amène la bière.

— Vu que mes plans pour le dîner sont tombés à l'eau, ça me va.

Gavin a ri. — Je suis content d'apprendre qu'on est une solution de rechange acceptable à Joelle.

— Je n'ai pas dit ça.

Gavin a ri de plus belle. — Ouais, eh bien, je crois ce que je veux.

— Ça te dérange si je commande à manger ?

— Non. On allait faire pareil. Tu penses à quoi ? a demandé Gavin.

J'ai secoué la tête. — Je ne sais pas, vu que je devais avoir un rencard ce soir.

— Oh, je serai ton cavalier. Mais moi, je ne couche pas.

J'ai reniflé. — Tu ne devrais pas dire ça à ta femme.

— Elle est l'exception à chacune de mes règles.

— Je suis sûr qu'elle est heureuse de le savoir.

— Il y a des jours…

J'ai ri au moment où la porte d'entrée s'est ouverte.

— Dernier enregistrement, a dit Gavin. — Je te retrouve là-bas.

J'ai hoché la tête et me suis dirigé vers la porte, dépassant le couple qui venait d'entrer.

— Bienvenue au Auberge L'anse MacKellar, a dit Gavin. — Vous êtes Kristen et Zane ?

— C'est bien nous.

— Bienvenue. Nous sommes si heureux de…

Je suis sorti au moment où Gavin parlait. Le brasero

flamboyait déjà quand j'ai tourné au coin du bâtiment, et la lueur des flammes m'a attiré.

Sebastian a levé les yeux quand je me suis approché. — Salut. Je ne savais pas que tu étais là.

— Je suis venu inviter Joelle à dîner. Gavin m'a dit qu'elle est à son club de lecture.

— Joelle ?

— Ouais. Je me suis assis à côté de Sebastian. — Pourquoi ? Il y a une raison pour que je ne le fasse pas ?

Il a fixé le feu un long moment. — Vas-y doucement avec elle. Je... On dirait qu'elle essaie de surmonter certaines choses.

— Quelles choses ?

Sebastian a secoué la tête. — Ce n'est pas vraiment à moi de le dire. Zoey et Piper ont passé du temps avec elle. Peut-être que tu devrais leur en parler avant de t'engager trop.

— Qu'est-ce que tu ne me dis pas ?

— Tu as commandé à manger ? a demandé Gavin derrière moi.

— On n'en a pas encore parlé, a dit Sebastian. Il a regardé par-dessus l'épaule de Gavin et a souri. — Salut.

— Salut. Gavin nous a invités à nous joindre à vous, a dit le type que j'avais vu entrer dans l'auberge. Il tenait la main de la femme que j'avais vue.

— Voici Kristen et Zane. Ils viennent de la région des Finger Lakes. Tu te souviens d'Alyssa et Jake qui étaient là quand la salle de bain a été inondée ? a demandé Gavin à Sebastian.

— Ouais. Jake nous a vraiment bien aidés, et Alyssa était super, a dit Sebastian.

— C'est la cousine d'Alyssa, a dit Gavin.

— Oh, super. Ravi de faire votre connaissance. Ma femme est une grande fan du vin de votre famille, a dit Sebastian.

— Merci, a dit Kristen. Nous aussi.

— Joignez-vous à nous, les gars, a dit Sebastian en désignant les autres chaises autour du brasero.

Je voulais le cuisiner sur ce qu'il ne me disait pas, mais je ne pouvais pas faire ça devant des inconnus.

Mais de quoi Sebastian s'inquiétait-il ? Joelle m'avait dragué. Elle avait du répondant. Elle m'avait piqué mon t-shirt. Puis elle avait dit qu'il sentait bon.

Il était impossible qu'elle ne soit pas célibataire, et il m'avait dit précédemment qu'elle n'était avec personne.

Alors, qu'est-ce qui se passait, bon sang ?

Et comment allais-je le découvrir ?

Est-ce que j'en avais envie ? Ou est-ce que je préférais laisser Joelle me le dire ?

C'était le bon choix, et je le savais. Si elle ne voulait pas sortir avec moi, je n'insisterais pas. Ce n'était pas mon genre. Mais si elle acceptait, je n'allais pas la rejeter parce que Sebastian la faisait passer pour quelqu'un de fragile.

Cette femme n'était pas fragile. Elle était un mélange d'épices, de douceur et de sensualité, le tout dans un écrin de courbes auquel je ne pouvais pas penser, assis autour d'un brasero avec trois hommes et une femme mariée.

Mais j'y penserais sans aucun doute plus tard. Quand je serais seul.

6

JOELLE

J'ai posé mon assiette pour ne pas m'étouffer avec la part de gâteau la plus délicieuse que j'aie jamais mangée de ma vie. C'était une véritable bataille entre mon fou rire et mon envie de ce gâteau, mais le rire était irrépressible. Le gâteau a dû attendre.

— Je vous jure, quand il a sorti ces menottes, j'étais sûre qu'il se passait un truc coquin, a dit une femme nommée Willow. Puis il m'a raconté que le chien les lui avait volées et qu'il l'avait pourchassé dans tout le jardin.

Des larmes ont coulé sur mes joues. Je ne connaissais pas le mari de Willow, mais je pouvais très bien m'imaginer un policier courant après un chihuahua dans un jardin pour récupérer ses menottes.

— Quand il m'a dit que le chien était trop petit pour empêcher les menottes de traîner dans toutes les crottes de chien, j'ai failli vomir.

— Oh, arrête. Il faut que tu arrêtes. Je vais mourir ! a dit Valentina en attrapant mon bras et en s'appuyant contre moi, secouée par un rire aussi puissant que le mien.

Quand j'étais entrée dans la librairie fermée à clé avec

Piper et Zoey, le visage de Valentina s'était illuminé et elle avait tapoté le siège à côté d'elle pour que je m'assoie. J'ai été reconnaissante de son accueil si simple. Les autres ont demandé qui j'étais, mais aucune d'elles n'a sourcillé quand j'ai donné mon nom.

Et aucune d'elles n'a posé plus de questions quand Valentina a dit que j'étais en ville pour oublier mon ex et réfléchir à mes prochaines étapes. Je n'avais pas réalisé à quel point j'étais angoissée à l'idée de rencontrer un groupe de femmes du coin jusqu'à ce que je n'aie pas à expliquer ce qui m'amenait dans leur ville.

Puis elles ont commencé à parler, à partager des histoires sur les hommes qu'elles aimaient, leurs enfants et leurs amitiés, et j'ai réalisé qu'il y avait bien plus dans ce petit endroit que je ne l'aurais jamais imaginé. Plus que tout ce que j'aurais cru possible d'exister, où que ce soit.

Ces femmes ne se faisaient pas concurrence pour la moindre petite chose. Elles ne se souriaient pas en face pour ensuite se trahir dans le dos. Elles étaient gentilles, encourageantes et bonnes.

— Je vous jure que je ne le laisserai plus jamais m'approcher avec ces menottes, a dit Willow en secouant la tête. Aucune quantité de savon ne peut nettoyer la tonne de merde de chien incrustée dedans. Elle a frissonné.

— Dis-moi juste qu'il n'en était pas couvert, lui aussi, a dit Melody, la sœur de Willow.

Willow a secoué la tête. — Ça, je ne peux pas te le dire.

Valentina se pencha en avant, sa main sur mon bras semblant être la seule chose qui l'empêchait de glisser par terre.

Elise, qui était assise de l'autre côté de Valentina, n'a pas eu la même chance. Elle est tombée de sa chaise et s'est étalée par terre, riant bruyamment. — Pauvre Rowan !

— Pauvre Rowan ? Et moi, alors ? J'étais prête à m'amuser, et il a trempé les menottes couvertes de merde, puis il a pris une douche et a boudé le reste de la soirée, a dit Willow.

— Il s'en remettra, a dit la femme assise de l'autre côté de Willow. Elle s'appelait Trinity, et elle a dit que son mari travaillait avec celui de Willow. — Mais il sera de mauvaise humeur demain, lui aussi.

La tête de Willow s'est tournée brusquement vers Trinity. — Dis-moi que James n'a pas pris de photos. Un sourire s'est glissé sur le visage de Willow. — En fait, peut-être que je veux que tu me dises qu'il l'a fait.

Trinity a hoché la tête. — Oui. Et il les a imprimées et va tapisser le poste de police avec.

— Oh non, s'est écriée Willow, en riant en même temps. — Je ne sais pas si je dois rire ou pleurer.

Melody a attrapé la main de sa sœur. — Ris maintenant, pleure demain quand Rowan te verra.

Willow a éclaté de rire. — Oh, il va être tellement furieux !

— Il ne faut pas que tu le lui dises, a dit Trinity.

Willow a secoué la tête. — Non. Je ne dirai pas un mot. C'est trop drôle pour le prévenir.

— Je t'enverrai quelques photos, a dit Trinity.

— Tu les as maintenant ? a demandé Elise.

Trinity a secoué la tête. — James a pensé que je les partagerais et que je gâcherais la surprise.

— Il ne sait pas que nous sommes presque aussi sournoises que lui, a dit Elise.

— N'est-ce pas ? rit Trinity.

Valentina aida Elise à se rasseoir sur sa chaise. Elles ont ri un instant, et je me suis risquée à reprendre mon gâteau.

— Qu'est-ce que tu as fait pendant ta semaine ici ? m'a demandé Elise.

J'ai balayé la pièce du regard, mal à l'aise d'être le centre de l'attention. Ma mère m'a toujours gardée à l'abri des regards, me rappelant que je n'avais pas une beauté conventionnelle et que je ne devais servir de vitrine à rien.

Mais ces femmes n'avaient pas honte de qui elles étaient. Chacune d'entre elles avait des formes généreuses, avec un ventre rond, une poitrine opulente et des courbes épaisses qu'elles n'avaient pas peur d'exhiber. Elles étaient toutes belles et sûres d'elles d'une manière dont je n'avais jamais eu le courage de l'être. Une assurance que je n'avais jamais vue chez des femmes qui me ressemblaient.

Jusqu'à ce que j'arrive ici.

— Euh, pas grand-chose, en fait, ai-je dit, sentant mes joues chauffer sous l'attention et à cause de mon manque d'activités. Vous recommandez quelque chose ?

— Eh bien, je suis capitaine d'un bateau de tourisme local, donc je recommande vivement ça. Mon mari possède une érablière. Il y a le parc Catherine si vous cherchez une vue magnifique et un endroit pour vous détendre. Il offre une vue parfaite sur la fresque que Blake a faite de la mère de Karissa. Nous avons un cinéma en ville. Selon la durée de ton séjour, tu devrais t'inscrire à l'application de rencontres de Karissa et jeter un œil à certains des événements à venir, a dit Elise, en regardant les autres pour qu'elles ajoutent quelque chose.

Mon cerveau s'est arrêté sur « application de rencontres ». — Des rencontres en ligne ? ai-je lâché.

Elise a gloussé. — On a toutes rencontré nos maris et nos petits amis dessus. Ça s'appelle « À la Recherche du Héros Littéraire Parfait », si ça t'intéresse d'y jeter un œil.

J'ai essayé de cacher mon ricanement. Jamais de la vie. Ma mère...

Avait couché avec mon fiancé. Pourquoi est-ce que je laissais son opinion forger la mienne ? J'avais fait ça toute ma vie, et je continuais même après être partie.

— On a un festival ce week-end, si tu es encore là, a dit

une femme blonde, changeant de sujet alors que je ne voulais visiblement pas en parler. Goldie, il me semble que c'était son nom. On en a quelques-uns en juin, vu que l'école n'est pas encore finie. Dès que juillet arrive, on a des événements tous les week-ends pendant l'été.

— Quel genre d'événements ? ai-je demandé, curieuse de savoir ce qu'une petite ville pouvait bien célébrer.

— Ce week-end est assez tranquille. Quelques groupes vont jouer, et les restaurants locaux vont présenter leurs menus. C'est une bonne occasion pour eux d'essayer de nouvelles idées, et une bonne opportunité pour les familles de sortir et de profiter des environs avant qu'il n'y ait trop de monde, a expliqué Goldie.

— C'est une célébration de L'anse MacKellar, a dit Elise. Pour l'instant, il y a surtout des gens du coin, et les événements de juin s'adressent principalement aux personnes qui vivent ici à l'année.

— Vraiment ? Ce n'est pas pour attirer les touristes en ville ? ai-je demandé.

Goldie a secoué la tête. — Nous vivons toutes ici parce que nous adorons cet endroit. C'est une ville géniale, un lieu de vie merveilleux, et nous voulons quelques événements qui célèbrent ça. Nous ne décourageons pas les touristes de venir, mais nous savons qu'ils sont moins nombreux en juin qu'en juillet et en août.

— Un peu comme être un touriste sans quitter la ville ? ai-je demandé.

— Exactement, a dit Goldie. Et c'est bon pour les restaurants locaux parce qu'ils ont un retour sur ce que les gens aiment. Comme ce sont les habitants qui les font tourner toute l'année, ils privilégient ce que les gens d'ici apprécient pour leurs menus. Mais c'est bien de changer les choses de temps en temps.

— C'est vrai. Est-ce qu'ils s'approvisionnent en produits

et en viandes locaux pour les restaurants ? ai-je demandé en me penchant en avant.

Goldie a souri. — Oui. Beaucoup d'établissements ici comprennent l'importance d'utiliser des produits locaux. Ça aide tout le monde quand ils peuvent établir des partenariats avec d'autres entreprises de la région. Des frais de transport réduits signifient des coûts moins élevés pour les restaurants et plus de profits pour tout le monde. Nous sommes si près du Canada que certains de nos fournisseurs locaux sont aussi de l'autre côté de la frontière. Ici, tout est une question d'entraide. Ça ne veut pas dire que nous ne faisons pas venir des choses de l'extérieur de la région ou de pays plus lointains, mais ce n'est pas toujours facile de faire acheminer des marchandises jusqu'ici.

— C'est tellement mieux pour l'environnement quand on réduit les transports et qu'on achète local. Acheter en gros facilite aussi l'expédition, donc si les établissements se regroupent pour partager des articles, ça aide. Par exemple, si tous les restaurants ont besoin de laitue et qu'elle vient d'un pays d'Amérique centrale ou du Sud, si tout le monde peut se joindre à une commande pour qu'il y ait une seule livraison complète au lieu de trois petites, c'est tellement mieux, ai-je dit.

— Waouh, a dit Elise. Je n'y avais jamais pensé comme ça. Il y a plein d'érablières par ici. Il faut que je demande à Colin s'il a déjà collaboré avec les autres agriculteurs pour faire ce dont tu parles. C'est vraiment intelligent.

Mes joues se sont échauffées. J'étais passionnée par l'environnement et par le fait d'améliorer les choses pour tout le monde. Nous vivions tous sur la même planète, et travailler ensemble pour faire avancer les choses me semblait logique.

— Tu es une scientifique de l'environnement ? a demandé Valentina.

J'ai secoué la tête. — Non. Absolument pas. J'ai un diplôme en journalisme audiovisuel.

— Vraiment ? a demandé Elise. — Tu as l'air si passionnée par l'environnement. Tu as fait un reportage là-dessus ?

— Euh, non. Je trouve juste ça fascinant. La façon dont tout est lié et la manière dont nous pouvons influencer le monde entier par nos actions. Tout, de la pollution aux sources de nourriture en passant par les voyages, peut affecter des endroits où nous n'avons jamais mis les pieds. J'ai joint mes mains et pincé les lèvres. Ma mère détestait quand je partais dans mes envolées sur l'environnement. Elle ne s'est jamais souciée de quoi que ce soit d'autre qu'elle-même, et mon enthousiasme à l'idée de faire le bien pour le monde en général ne l'a jamais intéressée.

— Je n'y ai jamais vraiment pensé, a dit Willow. — Je vais juste au magasin et j'achète des trucs, ou je commande en ligne si je ne trouve pas localement. Mais tu as raison. Waouh.

— Il y a beaucoup à dire là-dessus. Les marchés de producteurs et les endroits qui proposent des produits locaux sont généralement un excellent premier pas pour les gens, car on achète des produits de sa région. Même ça, ça fait une différence, ai-je dit.

Willow a regardé Melody. — On dirait qu'on va écumer le marché de producteurs cet été.

Melody a hoché la tête. — J'y vais toutes les semaines.

— Eh bien, parfait. Je vais me joindre à toi, a dit Willow en soufflant.

Melody a gloussé. — Ça marche.

La conversation s'est orientée sur ce que les filles faisaient cette semaine-là et sur la fin de l'année scolaire. Je me suis penchée en arrière et j'ai écouté, reconnaissante d'avoir atterri dans cette petite ville dont je n'avais jamais entendu parler et où je ne serais jamais venue de mon plein gré. Je n'avais aucune idée de ce qui manquait à ma vie auparavant.

JE ME SUIS INSTALLÉE dans ma nouvelle chambre après le club de lecture. Sur le chemin du retour vers le Auberge L'anse MacKellar, Zoey et Piper m'ont demandé ce que je pensais de l'application de rencontres en ligne. Je leur ai dit que c'était quelque chose que je n'avais jamais envisagé auparavant, mais que c'était encore nouveau pour moi de pouvoir choisir avec qui je sortais. Je n'avais jamais fait ça avant.

Je me suis allongée sur mon nouveau lit et j'ai attrapé mon téléphone. Je ne l'avais pas allumé depuis que j'avais quitté la ville le jour où j'étais censée me marier. Je ne voulais parler à personne. Ni que quelqu'un me trouve.

Mais j'étais curieuse au sujet de l'application de rencontres qu'elles avaient mentionnée. Ça ne coûtait rien de jeter un œil, n'est-ce pas ?

Dès que mon téléphone s'est allumé, les messages ont commencé à affluer, me submergeant au point que j'ai failli l'éteindre à nouveau. De la messagerie vocale, des SMS, j'étais sûre qu'il y avait aussi des e-mails et des messages privés.

J'ai pris une profonde inspiration. C'était moi qui avais choisi de partir. Peu importait ce que disaient les messages. Je savais que c'était la bonne décision.

Et je n'étais prête pour aucun de ces messages.

J'ai tapoté sur l'écran pour chercher l'application quand mon téléphone a sonné. J'ai failli le faire tomber et, je ne sais trop comment, j'ai décroché.

— Jo ? Tu es là ? La voix était lointaine, faible, mais je savais qu'elle criait.

Anabelle était ma demoiselle d'honneur. Elle travaillait pour ma mère, comme nous toutes. Anabelle s'était portée volontaire pour être ma demoiselle d'honneur lorsque mes fiançailles avec Thomas avaient été annoncées.

J'ai porté le téléphone à mon oreille au moment où j'entendais Anabelle dire : « Je n'entends rien. »

— Je suis là, ai-je dit, réprimant à grand-peine un soupir.

— Jo ! Qu'est-ce qui se passe ? Où diable es-tu ?

— Je vais bien, ai-je dit.

— Ce n'est pas ce que je t'ai demandé. Où es-tu ? Ta mère est furieuse. Elle fait les cent pas dans le bureau. Tu l'as mise dans l'embarras, Jo, a sifflé Anabelle.

— Dans l'embarras ? C'est *elle* qui est dans l'embarras ?

— Tu as planté ton propre mariage. Heureusement qu'elle n'avait pas invité tout le monde. Tu imagines à quel point ça aurait été pire s'il y avait eu une équipe de tournage ? Mon Dieu, tu as de la chance qu'elle n'ait pas voulu de toi devant les caméras. Anabelle a expiré de soulagement.

Était-elle sérieuse ? J'avais de la chance ? Que ma mère ait honte de moi et ne veuille pas que tout le monde me voie me marier. J'avais de la chance ? C'était quoi ce délire ?

— Quand est-ce que tu rentres ? Elle a convaincu l'église de virer quelqu'un d'autre, pour une somme énorme, bien sûr. Mais elle a dit que ça en valait la peine. Il nous faut juste une date.

— Je ne vais pas… Pourquoi est-ce que je reviendrais ? ai-je demandé.

Anabelle laissa échapper un rire. — Pourquoi ? Pourquoi pas ? Tu as une belle vie ici, Jo. Une vie formidable. N'importe qui tuerait pour avoir ta vie, et tu vas tout simplement jeter ça par la fenêtre ? Mais à quoi est-ce que tu penses ?"

— Est-ce que ma mère t'a dit pourquoi je suis partie ?"

L'hésitation d'Anabelle trahit ses prochains mots. — Non. Mais ça n'a pas d'importance."

— Ah non ? Ça ne te dérangerait pas d'épouser quelqu'un qui couchait avec une autre le jour même de ton mariage ?"

Anabelle poussa un lourd soupir. — Thomas est désolé. Il sait qu'il a fait une erreur. Il veut t'épouser."

— Je ne veux pas l'épouser."

— Ne dis pas ça, siffla Anabelle. — Ne t'avise surtout pas de dire ça. As-tu la moindre idée de ce que ta mère a dû endurer pour arranger ce mariage ? De ce qu'elle a dû faire ?"

— De quoi est-ce que tu parles ? ai-je demandé.

— Jo, dis-moi juste quand tu rentres. On va arranger tout ça, mais on a besoin de toi ici pour y arriver. Tu as tout. Tu as un homme formidable qui attend de t'épouser, un travail stable, une maison magnifique. Tu as tout ce que n'importe qui pourrait vouloir. Ton avenir est tout tracé. Je ne comprends pas pourquoi tu gâcherais tout pour une histoire pareille."

— Tu ne comprends pas ? Vraiment ? Tu ne comprends pas ?"

— Non, déclara fermement Anabelle. — Je ne comprends pas. Si j'avais Thomas, je l'épouserais sans hésiter une seule seconde. J'ignorerais les petits problèmes pour me concentrer sur l'essentiel. Tous les hommes sont infidèles. Surtout les hommes séduisants et puissants. Mais il est prêt à t'épouser. C'est toi qui pourras dire qu'il est à toi. Pourquoi est-ce que tu jetterais tout ça par la fenêtre, Jo ?"

Ma mâchoire me faisait mal à force de grincer des dents. Mes joues s'enflammèrent. Le souffle me manqua. — Je m'appelle Joelle, pas Jo."

— Très bien. Joelle. Ça m'est égal. Ce qui m'importe, c'est que tu reviennes. J'ai besoin de ça. On en a tous besoin."

— De quoi est-ce que tu parles ?"

— Le fait que Thomas et toi vous mariez va être une bonne chose pour la chaîne. Tu dois savoir que les choses ne vont pas bien, et la fille de notre propriétaire qui épouse le fils de la chaîne concurrente ? C'est comme Roméo et

Juliette. Ça va être bon pour tout le monde. Ça va faire grimper l'audimat, et j'ai besoin de l'argent."

— De l'argent ?

Elle a soupiré. — Le bonus que ta mère a promis à toutes les demoiselles d'honneur. Mon Dieu, Joelle, c'est comme si tu n'étais même pas au courant de tout ça.

Les larmes me sont montées aux yeux. Ma mère la payait pour être ma demoiselle d'honneur. Pour faire semblant d'être mon amie. Et elle pensait que j'étais au courant. Ma mère les payait toutes.

— Désolée. J'ai oublié. C'est juste que… J'ai reniflé.

— Tu pleures ? Arrête de faire comme si tout ça était plus grave que ça ne l'est, Joelle. Reviens. Marie-toi. Et on pourra toutes tourner la page. Ta mère pourra sauver la face devant les gens du coin, et devant la famille de Thomas. Ou alors on vient te chercher. Tu es où ?

— Non ! ai-je lâché, ne voulant dire à personne où j'étais. — Je… Je serai de retour d'ici le week-end.

— Ah oui ? Donc tu vas quand même te marier en juin ? Ce samedi ?

— Bien sûr. Oui. On se voit dans quelques jours.

— D'accord…

J'ai raccroché avant qu'elle puisse dire quoi que ce soit d'autre. Des larmes coulaient sur mes joues. Tout dans mon mariage était faux. Le marié qui ne m'épousait que pour l'entreprise de son père. Les demoiselles d'honneur qui n'étaient là que parce qu'elles étaient payées. Même l'église était payée, un supplément, pour s'assurer que j'aie un mariage en juin.

Personne ne se souciait de moi. Personne ne se souciait que je ne veuille pas me marier. Que je ne ressentais rien pour Thomas. Que ma mère couchait avec lui le jour de mon mariage.

Elle le baisait.

Eh bien, qu'il aille se faire foutre. Et qu'elle aille se faire foutre. J'en avais fini. Je ne retournerais pas en arrière. Je ne céderais pas. Je ne ferais rien de tout ça. Ni maintenant, ni plus jamais.

J'ai cliqué pour chercher à nouveau des applications et j'ai trouvé celle de rencontres en ligne qu'Elise avait mentionnée. J'ai suivi toutes les instructions et complété mon profil, en cochant tout ce que je savais que ma mère détesterait. Je voulais un rendez-vous pour me venger. Quelqu'un qui ne ressemblerait en rien à Thomas.

En fait, ça semblait être une sacrément bonne idée.

Non pas que j'aie de grands espoirs de trouver un rendez-vous, mais j'étais enfin libre. Et c'était bon.

7

ANDRE

Au moment où je quittais le Auberge L'anse MacKellar, une voiture arrivait. Je savais que Joelle était dans cette voiture, mais je ne pouvais pas faire demi-tour pour la suivre sans passer pour un gros lourd. C'était déjà assez grave que je la harcèle à moitié.

Molly m'attendait quand je suis rentré, me faisant savoir ce qu'elle pensait du fait que j'étais sorti sans elle : elle a agité la queue dans ma direction et est allée dans son panier dans le salon au lieu de me suivre dans ma chambre.

— Très bien. Boude si ça te chante, lui ai-je dit en lui grattant quand même la tête, récoltant un coup de patte pour toute réponse à mon affection.

J'ai ri et je suis parti me coucher après un rapide passage par la salle de bain. Je me suis déshabillé, ne gardant que mon caleçon au cas où Molly déciderait de me rejoindre au milieu de la nuit. J'avais appris très tôt qu'elle ne comprenait pas bien la notion d'espace personnel et que les griffes, ça coupe.

J'ai tapoté mon oreiller et j'ai essayé de comprendre ce que Sebastian ne me disait pas à propos de Joelle. Il n'avait pas été d'une grande aide avec ses paroles évasives et son absence totale d'explication.

Était-elle en fuite ?

Il avait dit qu'elle n'était pas en danger.

Mais il avait laissé entendre qu'elle ne serait pas ouverte à une relation. Gavin, lui, c'était tout le contraire, ce qui me troublait encore plus.

Cette femme m'avait volé mon t-shirt et avait dit qu'il sentait bon. Ce n'était pas le comportement d'une femme qui fuyait une relation. Ou pas de relation du tout.

Je voulais trouver ce que mes parents avaient. Ce que mon frère et ma sœur avaient tous les deux. Ce que je pensais avoir avant de revenir à L'anse MacKellar, mais que j'avais abandonné quand ma famille a eu besoin de moi. Je voulais une personne pour la vie, qui serait toujours là pour moi. Molly était géniale, mais la compagnie d'un félin avait ses limites.

Oui, je pensais au sexe.

Au sexe avec Joelle. Ses courbes me faisaient bander rien qu'en y pensant. J'ai empoigné ma queue et je l'ai serrée. Joelle était timide à propos de sa silhouette, se cachant dans les vêtements qu'elle portait, mais elle était magnifique. Elle me donnait envie de la libérer de ces tenues guindées et de révéler toute la souplesse en dessous. Comme quand je l'avais bousculée en ville alors qu'elle portait cette robe qui épousait son corps. Toutes ses courbes, sa douceur et sa beauté exposées.

Je me masturbais avec force, incapable de m'empêcher d'imaginer ce que ce serait de la voir tout entière. Mon bassin se soulevait au rythme de l'image que mon esprit évoquait, baisant ma main. J'imaginais ses seins rebondir contre mon visage tandis que je m'enfonçais dans son étroitesse.

— Putain, ai-je grogné, en attrapant un mouchoir juste

avant de jouir. J'ai joui avec force, l'esprit entièrement occupé par l'image de Joelle.

Je me suis nettoyé du mieux que j'ai pu avec un mouchoir et je suis allé à la salle de bain pour faire ça plus proprement.

Depuis son lit, Molly me lança un regard noir, mais elle miaula.

— Ne sois pas comme ça. Allez, lui ai-je dit.

Elle miaula de nouveau, puis sauta sur ses pattes et roucoula en me suivant jusqu'au lit. Elle se blottit sur son oreiller et attendit que je la rejoigne, posant sa patte sur mon visage quand je l'ai fait.

— Moi aussi, je t'aime, lui dis-je en embrassant ses petits coussinets.

Elle me répondit par un miaulement, puis posa sa tête et ferma les yeux.

Drôle de chat.

Avant que je ne puisse fermer les yeux et rejoindre Molly, mon téléphone bipa, signalant une nouvelle alerte. Je ne reconnaissais pas la sonnerie, alors je l'ai attrapé pour vérifier que tout allait bien.

À la Recherche du Héros Littéraire Parfait.

J'avais une nouvelle compatibilité. Une certaine Enfin gratuit. Drôle de pseudo. J'ai cliqué sur son profil et j'ai ri en lisant certaines des choses qu'elle disait.

« Pas de tricheurs. Si vous avez l'intention de tricher, ignorez-moi. Si vous pensez que l'apparence est plus importante que la connexion, ignorez-moi. Si vous êtes assez courageux pour me contacter, je serai surprise. »

Je ne pouvais pas l'ignorer. Elle me faisait rire sans même l'avoir rencontrée. Son profil était tout nouveau, mais je me suis dit que ça me donnait plus de chances que d'habitude d'engager la conversation.

L'HERBE EST PLUS VERTE

Je ne sais pas si c'est courageux de ma part, mais il fallait que je te contacte. Comment vas-tu ?

ENFIN GRATUIT

Tu es un bot ?

L'HERBE EST PLUS VERTE

Pas un bot. Un homme, en chair et en os. Et toi, tu es un bot ?

ENFIN GRATUIT

Non.

L'HERBE EST PLUS VERTE

Alors, tu es libérée de quoi ?

ENFIN GRATUIT

D'être contrôlée. De faire ce que les autres me disent de faire. Ce n'est pas pour moi.

L'HERBE EST PLUS VERTE

Parfois, ça peut être vraiment amusant d'avoir quelqu'un qui te dit quoi faire.

ENFIN GRATUIT

Je n'ai jamais… Tu parles de sexe ?

L'HERBE EST PLUS VERTE

MDR. Ouais.

ENFIN GRATUIT

Oh. Eh bien. Je ne sais pas quoi répondre à ça.

L'HERBE EST PLUS VERTE

Je ne voulais pas te mettre dans l'embarras. Être sous emprise, ça craint. Ce n'est pas comme ça qu'une bonne relation devrait être. Je suis content que tu en aies fini avec ça.

ENFIN GRATUIT

Moi aussi. La vie est meilleure ainsi.

L'HERBE EST PLUS VERTE

Je suis d'accord.

J'ai attendu qu'elle dise autre chose, mais elle n'a pas répondu. Quelques minutes plus tard, j'ai vu qu'elle s'était déconnectée.

Mais elle m'a fait sourire. Et oublier Joelle assez longtemps pour que je commence à m'assoupir. J'ai posé mon téléphone, prêt à dormir.

JE NE SUIS PAS RETOURNÉ au Auberge L'anse MacKellar le lendemain, ni le surlendemain. Je me suis dit que c'était parce que je travaillais, mais ce n'était qu'une partie de la raison. Je me sentais comme un idiot de continuer à courir après Joelle. Surtout que Sebastian m'avait laissé entendre que je devais lui laisser de l'espace.

J'ai échangé quelques messages de plus avec EnfinLibre et j'ai été surpris quand elle m'a demandé si je voulais qu'on aille boire un verre. Peu disposé à laisser passer l'occasion de rencontrer une femme qui me faisait rire, j'ai accepté et je me suis mis en route pour le O'Kelley's à dix-huit heures le mercredi soir, espérant que la femme que j'allais rencontrer serait aussi facile d'approche en personne que sur l'application.

Le bar était animé, mais pas bondé. Je me suis assis au bar et j'ai commandé une bière à Jonathan. Hudson n'était pas là, mais Jonathan était présent aussi souvent que lui, et parfois un peu plus sympathique.

— Vous attendez quelqu'un ce soir ? m'a demandé Jonathan en me voyant regarder autour de moi.

— C'est exact. Vous n'auriez pas vu une femme seule par ici ?

81

Jonathan a hoché la tête et a désigné une banquette vers le fond. Je pouvais voir sa main alors qu'elle attrapait le verre sur la table. Le verre a disparu pendant quelques secondes avant qu'elle ne le repose.

— Merci. Je vais voir si c'est elle que je cherche.

— Bonne chance, a dit Jonathan en allant prendre une autre commande alors que je glissais de mon tabouret.

Je me suis dirigé vers la femme, en essayant de trouver quoi dire. Mon Dieu, comme je détestais les rencards. C'était épuisant et, par moments, humiliant.

Je me suis approché de la femme d'assez loin pour qu'elle me voie arriver, mais dès que je l'ai vue, je me suis arrêté.

— Joelle ?

Elle s'est retournée, clairement surprise d'entendre son nom. — Andre, c'est ça ? Le paysagiste. Oh, merde. Tu es LeGazonEstPlusVert, n'est-ce pas ?

J'ai eu un petit rire. — Eh bien, ce n'est pas la réaction à laquelle j'espérais, mais oui. Ça fait de toi EnfinLibre ?

Elle a hoché la tête, les joues devenant roses tandis que je désignais la place en face d'elle dans la banquette. Elle a tendu la main pour m'inviter à m'asseoir.

— Désolé d'être une déception pour toi, ai-je dit, en essayant de sourire, mais en me sentant un peu blessé.

— Non, non. Ce n'est pas ça. Merde, ce n'est absolument pas toi.

— D'accord ? ai-je gloussé, déconcerté par l'appréciation dans son ton. — Qu'est-ce que je rate ?

— Je connais à peine trois personnes ici. Trois hommes. Et tu es l'un d'eux. Je pensais que la personne que je rencontrerais sur cette appli serait quelqu'un que je ne connaissais pas.

— Ah, donc soit tu espérais l'anonymat, soit juste un nouveau visage.

— Je n'ai rien contre ton visage, dit-elle, ses joues rougissant de plus en plus à cet aveu.

J'ai souri. — Je n'ai rien contre ton visage non plus.

— Vraiment ? laissa-t-elle échapper.

Un rire m'a échappé. — Pas le moins du monde. Ni contre quoi que ce soit d'autre chez toi.

Elle a plissé le nez. — Mais je suis loin d'être aussi belle que la moitié des femmes ici. Et l'autre moitié n'est pas disponible.

— Eh bien, premièrement, tu as tort. Tu es plus belle que toutes les femmes ici. Et la moitié qui n'est pas disponible ne compte définitivement pas, donc sur ce point, je suis d'accord.

Elle a gloussé. — Tu es un séducteur.

J'ai hoché la tête et je me suis penché en arrière. — La vie est trop courte pour se retenir. Tu n'es pas d'accord ?

Elle a penché la tête. — Je n'y ai jamais vraiment pensé, je suppose.

— À la vie ? Ou au fait de se retenir ?

— Les deux ? L'un ou l'autre. Je ne sais pas. J'ai toujours fait ce qu'on me disait. Je n'ai jamais eu l'occasion de remettre les choses en question.

— Si tu pouvais faire n'importe quoi, là, tout de suite, que ferais-tu ?

— Crier « putain » très fort.

Un autre rire m'a échappé. — Fais-le.

— Quoi ? Non. Je ne peux pas faire ça. Les gens vont me regarder.

— Et alors ?

Elle a balayé la pièce du regard, et ses joues sont redevenues roses quand elle l'a fait. Elle a secoué la tête. — Je vais me sentir ridicule.

— PUTAIN ! !! ai-je hurlé de toutes mes forces.

Quelques personnes se sont retournées en riant avant de

reprendre le cours de leur soirée. Quelques autres ont répété le mot. Un type s'est approché et m'a tapé dans la main.

— Je n'arrive pas à croire que tu as fait ça ! a chuchoté Joelle, la main sur la bouche.

J'ai haussé les épaules et j'ai bu une gorgée de ma bière. — Personne ne s'en est soucié. Tu devrais essayer. C'est assez libérateur de faire ce qu'on veut.

Elle a regardé autour d'elle, puis a penché la tête en arrière et a crié : — PUTAIN !

D'autres acclamations se sont élevées de la foule, et quelques « putain » en écho ont retenti en réponse.

Joelle a ri, l'air ravi sur son visage a suffi à me donner envie de faire plus pour la faire sourire.

— Quelle est la prochaine étape ?

Elle a siroté sa boisson, quelque chose qui ressemblait étrangement à une boisson non alcoolisée, et s'est mordillé la lèvre. — Je veux de l'alcool.

— Tu es au bon endroit pour ça. Une serveuse passait, et je lui ai fait signe. — Elle voudrait commander un verre.

La serveuse a regardé Joelle avec un sourire. — Qu'est-ce que je vous sers ?

— Hum, que me recommandez-vous ?

— Sucré ou corsé ?

— Est-ce que ça peut être les deux ?

La serveuse sourit. — Je reviens tout de suite.

— Qu'est-ce que je viens de commander ? demanda Joelle.

J'ai haussé les épaules. — On va le découvrir dans un instant.

— C'était probablement une mauvaise idée. Je ne bois pas beaucoup.

— Tu n'es pas obligée de le finir s'il est trop fort. J'ai vu la serveuse arriver avec le verre de Joelle et j'ai sorti mon portefeuille. Je lui ai tendu ma carte pour régler la consommation avant que Joelle ne puisse faire la même chose.

— Tu n'étais pas obligé de faire ça, a protesté Joelle.

— J'ai l'impression de t'y avoir un peu poussée. C'est la moindre des choses que je paie.

— Tu vas attendre quelque chose en retour ? Parce que si c'est le cas, alors je ne veux pas que tu me paies mon verre.

J'ai hoché la tête, gardant mon sérieux en la fixant. — En effet, j'attends quelque chose. Je vais attendre que tu le goûtes.

— Et quoi d'autre ?

J'ai laissé échapper un rire. — Rien d'autre, Joelle. Promis. Et puis, on a déjà couché ensemble. Qu'est-ce que je pourrais attendre de plus de toi ?

Elle a éclaté de rire, comprenant ma plaisanterie.

J'ai ri avec elle, plus que ravi qu'elle ait compris mon humour stupide.

— Tu vas être une source d'ennuis pour moi.

— Moi ? Jamais. Goûte ton verre.

Elle a levé son verre. — Tu sais ce que c'est ?

Je fis non de la tête. — Aucune idée. D'habitude, je suis plutôt bière. Mais je ne pense pas que ce rose soit naturel.

— Clairement pas naturel. Elle porta le verre à sa bouche, en lécha le bord avant de poser ses lèvres dessus et de prendre une gorgée.

Putain. Je dus me réajuster rien qu'en apercevant sa langue.

Elle sourit en reposant son verre. — C'est dangereux.

— J'imagine que ça veut dire que c'est bon.

— C'est vraiment bon. Et soit il n'y a pas d'alcool dedans, soit il est si savamment concocté qu'il va me mettre sur le cul avant même que j'aie pu le finir.

Je levai ma bouteille de bière pour la faire tinter contre son verre. — À notre absence de retenue.

Elle eut un petit rire et cogna son verre contre le mien.

Elle prit une autre gorgée, puis le reposa. — Alors, que ferais-tu si tu pouvais faire n'importe quoi, là, maintenant ?

— T'embrasser, lui dis-je sans hésiter.

— Pourquoi moi ?

— Parce que tu'es magnifique. Et ça fait des jours que je me demande quel goût tu as.

— Tu ne me connais même pas.

— Tu n'as jamais embrassé quelqu'un que tu ne connaissais pas bien ?

Elle fit non de la tête.

— OK, il faut que je te demande, mais tu n'es pas vierge, si ?

— Non, je ne suis pas vierge.

— Tu as quel âge ?

— Je pensais qu'on n'était pas censé poser cette question aux femmes.

— Seulement aux femmes qui se vexent facilement. Je ne pense pas que ce soit ton cas.

Elle se mordit les lèvres pour retenir son sourire. — J'ai vingt-huit ans.

— Oh, mon Dieu, ai-je soufflé en me penchant en arrière. — Tu es toute jeune.

— Quel âge as-tu ?

— Trente-sept ans.

— Tu es un vieil homme, a-t-elle taquiné en prenant une autre gorgée. Ses joues étaient roses et ne retrouvaient pas leur couleur normale. La boisson était clairement corsée et elle allait le sentir en se levant.

— Comparé à toi, ouais.

— J'ai toujours aimé les hommes plus âgés.

— Ah oui ? ai-je demandé.

Elle a hoché la tête.

— Il est comment, ton verre ? ai-je demandé alors qu'elle aspirait la dernière goutte avec sa paille.

— Il est vide, a-t-elle dit en faisant la moue. — Mais je ne devrais pas en reprendre un. Je le sens déjà. Maintenant que j'y pense.

J'ai gloussé. — Quelle est la prochaine chose sur la liste de ce que tu ferais ?

— Je crois que je t'embrasserais en retour.

— Ah oui ?

— Oui, mais tu commences à hésiter.

— C'est seulement parce que tu as bu ça très vite, et que je ne veux pas que tu fasses quelque chose que tu pourrais regretter.

Elle a pincé les lèvres et m'a regardé. — Pourquoi ferais-tu ça ?

— Faire quoi ?

— M'empêcher de faire quelque chose que je pourrais regretter ?

J'ai haussé les épaules. — Les regrets, ça va de pair avec le fait de se retenir. Si tu regrettes quelque chose, ça veut dire que soit tu as fait quelque chose que tu ne voulais pas vraiment faire, soit tu n'as pas fait quelque chose que tu voulais faire. Dans tous les cas, ça n'en vaut pas la peine.

— Et si j'ai vraiment envie de t'embrasser ?

— Alors, tu auras toujours vraiment envie de m'embrasser quand tu seras sobre.

— Et tu me laisseras faire ?

— Crois-moi, Joelle, je ne dirai jamais non à un baiser d'une belle femme.

Elle m'a regardé en plissant les yeux. — N'importe quelle belle femme ?

J'ai secoué la tête. — Non. Juste toi.

Un sourire s'est lentement dessiné sur son visage, soulevant ses lèvres avant d'illuminer ses yeux. Elle a glissé sa lèvre inférieure entre ses dents et m'a regardé de sous des cils infiniment longs.

— Personne ne m'a jamais dit que j'étais belle avant.

— Tu n'as jamais connu que des aveugles ?

Elle a rejeté la tête en arrière et a ri.

J'ai regardé la colonne de son cou bouger au rythme de sa joie. Sa peau crémeuse était tentante. J'ai eu envie de la lécher juste là, où ses cheveux bouclaient autour de sa gorge et où ses clavicules disparaissaient sous sa chemise.

Elle a eu un petit rire et a de nouveau croisé mon regard. — À quoi tu penses ?

— C'est une putain de torture d'attendre que tu dessoûles.

Elle a eu une inspiration brusque, les yeux écarquillés. — Alors peut-être qu'on devrait commander à manger. Pour éponger l'alcool.

J'ai levé la main pour appeler la serveuse. Elle a pris notre commande et a dit qu'elle l'ajouterait sur ma note avant d'aller dire en cuisine que nous voulions manger.

— Comment va Molly ? a demandé Joelle.

J'ai reniflé. — Elle va bien. Elle va sûrement bouder quand je rentrerai. Elle n'aime pas trop quand je sors le soir.

— Tu fais ça souvent ? Sortir ?

— Tu es en train de me demander si je vois quelqu'un ? Parce que si c'est le cas, ton profil disait bien que tu n'acceptais pas la tromperie. Pour information, moi non plus. Je ne sors qu'avec une seule femme à la fois.

— Tu viens de mettre fin à une relation ?

J'ai secoué la tête. — Non. Mais mon pote, oui. Ça fait quelques mois, mais ils étaient ensemble depuis des années. Il a été au plus mal pendant un moment.

— Il va mieux maintenant ?

— Ouais, je crois. Mais je traînais beaucoup chez lui quand ils ont rompu. Juste pour qu'il ne soit pas tout le temps seul. Ça peut être dur d'être seul avec ses pensées quand elles prennent une direction que tu ne veux pas.

— On dirait que tu parles d'expérience. Tu as eu une mauvaise rupture ?

— Pas comme lui. Toutes mes ruptures ont été mutuelles.

— Mutuelles ?

J'ai haussé les épaules. — L'un de nous disait quelque chose en premier, bien sûr, mais l'autre était toujours d'accord.

— On t'a déjà brisé le cœur ?

— Brisé ? Je me suis penché en arrière, le cœur serré. — Non. Meurtri, peut-être. L'amour est une chose qu'on garde pour soi bien trop souvent. Il devrait être partagé, savouré.

— Tu es tombé amoureux plus d'une fois ? a-t-elle demandé, en haussant les sourcils.

— Ouais. Plein d'autres fois. Et toi ? Combien de fois es-tu tombée amoureuse ? J'ai pris un air confiant et décontracté, en espérant que ça produirait l'effet escompté. Je n'avais aucune envie de déballer toute ma vie sentimentale.

— Aucune. Jamais. Pas une seule fois. Je ne sais même pas ce que l'amour représente pour moi.

— Jamais ?

Elle a secoué la tête. — Non. Je… Je n'ai jamais prononcé ces mots à qui que ce soit de toute ma vie.

— Jamais ? Et tes parents ? Ta famille ? La première personne avec qui tu as couché ? Personne ?

— Non. Jamais. Et personne ne me l'a jamais dit non plus.

— Eh bien, merde, alors je sais ce que tu dois faire maintenant. Tu dois tomber amoureuse. Même si ce n'est que de ce verre que tu as descendu comme si c'était la seule chose qui te maintenait en vie.

Elle a ri, comme je l'espérais. — C'était peut-être le cas.

J'ai ri avec elle, en me demandant quelle était son histoire. — Alors je suis heureux d'être le témoin de ton premier coup de foudre. Ce verre le méritait bien pour t'avoir sauvé la vie.

Elle a de nouveau éclaté de rire, et le sérieux de notre conversation s'est dissipé.

Comment personne n'avait-il pu lui dire qu'il l'aimait ? J'étais à moitié amoureux d'elle, et nous n'avions eu que quelques conversations.

Joelle était une énigme pour moi. Une énigme que je n'étais pas près d'abandonner. Surtout si elle était sérieuse quand elle parlait de m'embrasser une fois sobre.

Je t'attends.

$\mathcal{N}$os plats sont arrivés, et Joelle n'a pas hésité à dévorer son dîner. J'ai fait de même, même si ma bière était loin d'être aussi forte que sa boisson rose fluo. Elle a enfourné un beignet au fromage dans sa bouche et a gémi.

— Comment ai-je pu ignorer l'existence de ces choses ?

— J'ai l'impression que tu as mené une vie très rangée et ennuyeuse.

Elle a hoché la tête, son visage s'assombrissant à mes mots. — Tu as raison. J'ai laissé les autres me dire quoi faire pendant si longtemps, et je me suis privée de tout ce qui est amusant. Comme les beignets au fromage.

— Et de tomber amoureuse. De quoi d'autre t'es-tu privée ?

Elle a soupiré et s'est penchée en arrière, attrapant le verre d'eau auquel elle était passée une fois sa boisson rose terminée. — De tout. Je ne crois pas avoir pris la moindre décision par moi-même avant de venir ici.

— D'accord, alors tu as crié *putain*, tu es tombée amoureuse d'un cocktail, tu savoures de la friture. Qu'est-ce que tu ferais d'autre ?

Elle m'a de nouveau regardé de sous ses longs cils, ses yeux noisette virant au marine alors que je soutenais son regard. Elle s'est redressée, a posé son verre d'eau et s'est penchée vers moi. — Eh bien, je me sens plutôt sobre, et je n'arrête toujours pas de penser à t'embrasser, alors…

J'ai eu un sourire en coin. — Tu crois vraiment qu'il y a la moindre chance que je te dise non ?

— Tu ne serais pas le premier, a-t-elle marmonné.

J'ai attrapé sa main avant qu'elle ne la retire.

Elle a eu le souffle coupé et a levé les yeux vers moi.

— Quiconque te dit non est un imbécile.

— Je n'ai pas encore entendu de oui.

— Oh, ce oui va bel et bien arriver. Mais pas ici. Je vais t'embrasser quand il n'y aura pas de témoins et personne pour nous dire d'arrêter. Je vais t'embrasser jusqu'à ce que tu sois aussi perdue que moi.

Elle inspira brusquement, ses yeux se fermant à demi.

— Tu loges toujours à l'auberge ?

Elle hocha la tête. — Tu cherches à te faire inviter chez moi ?

J'ai ri. — Pas ce soir. J'étais juste curieux. Tu restes en ville pour combien de temps ?

Elle plissa le nez. — Je ne sais pas.

— Tu ne sais pas combien de temps tu es là en vacances ?

— Ce n'était pas vraiment prévu. Mais je ne compte pas partir tout de suite.

— Tant mieux. J'ai vu la serveuse s'approcher avec notre addition. Je l'ai remerciée et j'ai signé la note, rangeant ma carte avant de prendre la main de Joelle.

Elle m'a laissé l'aider à sortir de la banquette et n'a pas retiré sa main de la mienne alors que nous marchions vers la porte. Ni quand nous sommes sortis dans la douce chaleur du soir.

— Tu es garée où ? lui ai-je demandé.

Elle a montré la direction où j'étais garé, et nous avons commencé à descendre le trottoir ensemble, main dans la main.

— Tu seras là ce week-end ?

Elle hocha la tête. — Oui.

— Un festival pour célébrer L'anse MacKellar, ça t'intéresse ?

— Je comptais déjà y aller. Je t'y verrai ?

— C'est ce que j'espérais. J'ai repéré sa voiture quelques places plus loin que mon pick-up. Au lieu de continuer jusqu'à sa voiture, je nous ai arrêtés et j'ai collé son corps contre le mien. J'ai enveloppé sa mâchoire de ma main libre, inclinant sa tête en arrière pour croiser son regard sous le lampadaire.

Elle a mordu le bout de mon pouce, puis a fait glisser sa langue sur la pulpe.

Ma queue a tressailli contre son ventre. — Es-tu encore assez sobre pour savoir que tu m'embrasses ?

— Je pourrais me trouver un autre mec canon à embrasser si tu n'arrêtes pas de parler pour passer à l'action, a-t-elle lancé avec impertinence.

Il ne m'en fallait pas plus comme invitation, ou comme menace. Je l'ai tirée plus près de moi, ma main glissant sur sa nuque et remontant dans ses cheveux, s'emmêlant dans les mèches alors que je pressais mes lèvres contre les siennes.

Elle a eu un hoquet de surprise quand nos lèvres se sont touchées. J'ai ignoré la décharge électrique qui m'a traversé instantanément et j'ai léché l'intérieur de ses lèvres.

Elle a soupiré et a resserré son emprise sur moi, ses mains agrippant ma chemise. Sa langue a glissé contre la mienne, son souffle chaud se pressant contre ma joue. Les petits sons qu'elle émettait accentuaient la lourdeur de ma queue.

Elle avait un goût sucré d'alcool et de grains de fromage

frits. Son parfum était subtil, comme un souvenir oublié. Ses cheveux étaient doux sous mes doigts.

J'ai reculé jusqu'à ce que mon dos heurte le flanc de mon pick-up et j'ai laissé tomber une main sur sa taille, la faisant glisser autour de son dos pour garder son corps contre le mien. Ses courbes étaient pleines et douces, et si putain de tentantes que je pouvais à peine me contrôler. Je la désirais à en crever. Je désirais plus qu'un baiser.

Elle a gémi doucement, le son et la sensation me frappant en même temps. J'ai pris le contrôle du baiser, plongeant ma langue profondément dans sa bouche, laissant mes dents s'entrechoquer avec les siennes. Elle a eu le souffle coupé, puis a soupiré, avant de glisser sa main autour de mon cou pour taquiner les cheveux de ma nuque.

Sa cheville s'est enroulée autour de mon mollet, et j'ai resserré mon étreinte, la laissant se frotter contre mon érec-tion. Le gémissement qui s'est échappé de ses lèvres n'était pas celui d'un plaisir anodin. C'était un son de pur bonheur.

— Joelle, ai-je murmuré contre ses lèvres, rompant le baiser juste assez pour prononcer son nom. — Putain, je le veux plus que tu ne l'imagines, mais pas dans la rue.

— Je pensais que tu n'essayais pas d'obtenir une invitation dans ma chambre.

J'ai gloussé. — Ce n'est pas le cas. Pas maintenant. Surtout quand tu as dit que tu voulais m'embrasser, pas rentrer avec moi.

Elle a soupiré. — Es-tu toujours aussi perspicace ?

— J'essaie. Je n'ai aucune intention d'être ton regret de vacances.

— Et ton aventure de vacances ?

J'ai gémi. — Tu me tues, ma belle.

Elle a gloussé. — C'était moi qui essayais d'obtenir plus qu'un simple baiser.

— Et j'accepterai avec plaisir tout ce que tu voudras, quand tu seras sûre que ça te convient.

— Je n'ai jamais connu personne comme toi.

— J'espère que ce n'est pas une mauvaise chose.

Elle s'est dégagée de moi et a reculé d'un pas. — Non, pas comme tu le penses. Ce qui est peut-être mauvais, c'est que j'ignorais qu'il existait des gens honnêtes. À moins que tu ne sois très doué pour prétendre être quelqu'un que tu n'es pas.

J'ai secoué la tête. — Je suis comme tu me vois. Je n'aime pas les jeux. On avait assez joué avec moi.

— Je crois que ça me plaît.

— Tu crois ?

— Certains jeux peuvent être amusants, a-t-elle murmuré.

— Eh bien, merde, vu comme ça. Je l'ai tirée de nouveau contre moi et je l'ai dévorée, lui faisant sentir à quel point je la désirais dans mon baiser et dans ma queue.

Elle m'a repoussé contre mon pick-up, pressant ses courbes contre mon corps et tirant mon t-shirt hors de mon short. Elle a glissé une main sur ma peau nue, et j'ai sifflé à son contact.

— Je vais avoir encore plus de mal à te dire non si tu continues à faire ça.

— Te toucher ? a-t-elle demandé, en traînant ses ongles sur mon ventre.

— Putain, ai-je sifflé.

Elle a de nouveau gloussé.

J'ai frissonné à son contact et je l'ai tirée contre moi, piégeant ses mains pour qu'elle ne puisse pas me faire perdre la tête, là, sur le trottoir. — Et moi qui pensais que c'était toi qui allais perdre la tête quand je t'embrasserais. Je ne savais pas que tu étais une tentatrice.

Elle a ri, le son de sa voix rauque et plein de désir. — Je

n'ai jamais eu ce pouvoir sur aucun autre homme que j'ai rencontré.

— Et encore une fois, c'étaient tous des imbéciles.

— Ou c'est toi qui l'es.

J'ai ricané. — Je n'en doute pas, mais ce n'est pas parce que j'ai hâte de te déshabiller.

Elle a frémi en inspirant. — Il faut vraiment que j'y aille si tu ne comptes pas tenir toutes ces promesses.

J'ai gloussé. — Je le ferai. Quand je saurai que c'est toi, et pas seulement ton désir, qui m'en supplie.

— Je ne supplie pas. Les femmes comme il faut ne supplient pas.

— Qui a parlé d'être comme il faut ? Moi, je supplierai pour t'avoir encore à chaque fois que j'en aurai l'occasion.

Elle s'est mordillé la lèvre, et je me suis demandé ce que ça voulait dire.

— Tu es en état de conduire, n'est-ce pas ? ai-je demandé, en me redressant pour l'accompagner jusqu'au bout du trottoir.

— Oui, ça va, a-t-elle dit en me jetant un regard de côté.

— Quoi ?

— Tu pensais que j'étais assez sobre pour t'embrasser, mais pas pour conduire ?

J'ai ri. — Je voulais juste m'en assurer. Conduire est plus dangereux.

— C'est toi qui le dis.

J'ai ri à nouveau en secouant la tête. — On se voit ce week-end ?

— Je serai dans le coin.

Nous nous sommes arrêtés à sa voiture, et je l'ai prise dans mes bras pour un autre avant-goût rapide. Je ne pouvais pas lui résister.

Elle a soupiré et s'est laissée tomber contre moi, me

rendant tout ce que je lui donnais. C'est elle qui s'est retirée la première. — Merci pour ce soir.

— Je suis content que tu aies voulu qu'on se rencontre.

— Je suis contente que ce soit avec le paysagiste sexy qu'on m'ait mise en relation.

J'ai grogné. — Tu vas vraiment avoir ma peau.

Elle a ri. — C'est tout à fait réciproque.

Je me suis reculé pour qu'elle puisse monter dans sa voiture, puis j'ai attendu qu'elle s'en aille. Quand elle a tourné et a disparu, je suis allé à ma camionnette et je suis rentré chez moi pour retrouver Molly.

LES DEUX JOURS suivants sont passés à toute vitesse. Je travaillais sans arrêt, m'occupant à peine de tous mes clients avant de m'effondrer le soir.

Samedi matin, j'étais de nouveau sur le pont. Avec le festival qui se déroulait pendant le week-end, les abords de la ville étaient calmes. J'ai commencé ma journée à Retraite avec vue sur la montagne au lieu d'attendre le dimanche. Natalie, la propriétaire du domaine, m'avait dit qu'il n'y avait aucun événement ce jour-là. Je n'ai jamais aimé avoir des choses qui traînent pendant mon week-end, et répartir les deux plus grandes propriétés que j'entretenais me permettait d'avoir deux journées plus courtes au lieu d'une seule très longue.

Molly courait partout sur la propriété pendant que je travaillais. J'ai commencé par tondre la pelouse, en partant des confins du terrain pour revenir vers l'avant. Quand j'ai eu fini de tondre, Molly m'a miaulé dessus depuis le porche du bâtiment des bureaux.

— Tu as besoin d'eau ? lui ai-je demandé, en attrapant sa

gamelle dans la camionnette et une bouteille dans ma glacière.

Molly s'est frottée contre ma main pendant que je lui versais de l'eau, puis elle a plongé la tête dans la gamelle.

J'ai ri. — T'es un drôle de chat, toi.

Elle a levé les yeux vers moi, le visage dégoulinant d'eau. — Miaou.

J'ai secoué la tête et lui ai gratté les oreilles. J'ai fini mon eau et j'ai ramené la bouteille vide à ma camionnette. Quand je suis revenu sur le porche, Molly était enroulée à côté de son eau, dans une flaque qui l'entourait, la gamelle vide.

— Je suppose que tu avais chaud, ai-je dit.

Elle a ouvert un œil pour me regarder, puis l'a refermé et s'est rendormie.

J'ai attrapé le taille-haie et j'ai continué à travailler sur l'immense propriété. J'ai échangé cet outil contre un autre, et j'ai continué, ignorant le soleil qui tapait sur moi et le gargouillement de mon estomac.

La dernière chose que je devais faire était de vérifier les plantes autour des bâtiments. Natalie voulait que l'endroit soit accueillant, alors nous avions planté des fleurs et d'autres végétaux autour des bâtiments pour en adoucir l'apparence.

La plupart d'entre elles avaient repoussé sans problème. J'avais bichonné quelques-unes des plantes. C'étaient celles qui se trouvaient le plus près des allées et les plus suscep- tibles d'être piétinées par des enfants excités en entrant et sortant des bâtiments. Jusqu'à présent, elles se portaient plutôt bien, mais la colonie de vacances commençait dans quelques semaines, et mes espoirs de les voir survivre étaient minces.

J'ai pris une note dans mon téléphone pour parler des options à Natalie, et une autre pour demander à Landon s'il existait des plantes plus résistantes au piétinage, même si je savais ce qu'il allait répondre.

Ça n'existe pas.

J'ai rangé le reste de mes affaires et j'ai fait une inspection générale de la propriété. Tout semblait en ordre, alors j'ai appelé Molly pour qu'elle monte dans la camionnette et j'ai attrapé sa gamelle d'eau avant d'aller à Blossom & Grow pour y déposer la remorque.

J'ai entendu la voix de Landon en entrant. Il était resté évasif au sujet du festival, mais je savais que ça lui ferait du bien d'y aller. J'ai attendu qu'il ait fini avec le client dont il s'occupait, puis je suis sorti de l'arrière-boutique. — Salut.

Il s'est retourné et a fait un signe de tête dans ma direction. — Salut. Tu es là pour me convaincre de venir ?

— Ouaip. Il faut que je prenne une douche, puis je reviens te chercher.

Il a secoué la tête. — Ouais, tu as vraiment besoin d'une douche. Je croyais que tu avais des projets aujourd'hui.

— Rien de concret.

— Je croyais que Joelle te plaisait ?

— C'est le cas. Mais je ne vais pas te laisser tomber.

— Pourquoi pas ? Tu as toujours voulu te poser. Pourquoi ne sauterais-tu pas sur l'occasion ?

— Elle n'est ici que pour un temps. Elle a dit qu'elle finirait par rentrer chez elle.

— C'est où, chez elle ?

J'ai haussé les épaules. — Je ne sais pas. Elle ne l'a jamais dit.

— Sérieusement ?

— Quoi ?

Landon me dévisageait, d'un peu trop près. Il voyait des choses que je ne voulais montrer à personne. Des choses dont je n'avais aucune envie de parler, ni même d'affronter. — Et si elle décidait de rester ?

La question m'a serré la gorge. Quelqu'un qui changerait sa vie pour moi ? J'avais déjà entendu ce mensonge et je m'étais fait avoir quand la vérité avait éclaté. — Elle ne le fera pas.

— Mais si jamais elle le faisait ?

— Pourquoi tu me demandes ça ? Elle a sa vie ailleurs. Elle loge au Auberge L'anse MacKellar. Elle ne va pas s'installer ici.

— Pourquoi tu te mets sur la défensive ?

— Et toi, pourquoi tu es si curieux ?

Landon a haussé les épaules. — Je me demande juste pourquoi tu dis toujours que tu veux te marier et fonder une famille, mais que tu approches de la quarantaine et que tu es toujours célibataire.

— Ouah, merci. Je suis ravi que tu sois là pour me rappeler mes échecs.

— Ce n'est pas un échec. Mais je me demande pourquoi tu passes du temps avec une femme dont tu sais qu'elle ne fera pas partie de ton avenir.

— Parce qu'elle me plaît. C'est mal ?

Landon a pincé les lèvres et secoué la tête. — Non. Je ferme dans une heure. On se voit tout à l'heure.

J'ai hoché la tête. — Ça marche.

Landon m'a fait un signe de la main alors qu'un autre client entrait par la porte d'entrée.

Je suis sorti par l'arrière, irrité par ses questions. Je n'avais rien à justifier. Joelle était amusante. Le fait qu'elle soit là temporairement n'était pas un problème. Je n'aimais pas me limiter aux personnes qui vivaient à L'anse MacKellar. Même si je n'avais aucune intention de repartir.

Je finirais bien par trouver quelqu'un. Je voulais ce que mes parents avaient. Cette personne qui serait toujours là pour moi. Je la trouverais un jour ou l'autre. Mais si je ne sortais qu'avec des personnes qui voulaient la même chose, je serais malheureux.

Il n'y avait rien de mal dans ma façon de vivre. De

profiter de moments avec des gens qui n'allaient pas être dans ma vie pour toujours. Joelle et moi savions à quoi nous en tenir. Je ne faisais pas de promesses que je ne pouvais pas tenir, et elle non plus.

Une heure plus tard, j'étais de retour chez Landon. La boutique était fermée à clé, il s'était changé pour une tenue qui ne portait pas l'inscription Blossom & Grow, et nous étions prêts à partir.

— J'ai un match, a-t-il dit en montant dans mon pick-up.

— Tu l'as contactée ?

Il a secoué la tête. « Pas encore. »

— Tu comptes le faire ?

— Je ne sais pas.

— Je croyais que tu étais prêt à te relancer.

— C'est ce que je croyais aussi, mais maintenant que c'est une possibilité, je n'en suis plus si sûr.

— Tu n'es pas obligé de rencontrer cette femme. Contente-toi d'avoir une conversation.

— Comment diable tu fais, toi ? J'ai été avec Reegan pendant des années. Nos vies étaient si étroitement liées que je n'ai jamais imaginé qu'elles puissent être séparées. Maintenant, c'est comme si nous étions des étrangers.

— Je ne sais pas, mec. Je n'ai jamais eu une relation comme la vôtre. Où on faisait tout ensemble et on partageait tout.

— Sauf vivre ensemble, a-t-il dit. C'était la raison pour laquelle ils avaient rompu des mois plus tôt. Landon lui avait demandé d'emménager avec lui, et elle avait signé un bail pour son propre appartement.

— Vous finirez bien par savoir si c'était la bonne décision.

Il a ricané. « Vraiment ? On ne se parle même pas. »

— Alors c'est peut-être ça, la réponse. Je me suis garé à quelques rues de Catherine Park et j'ai coupé le contact.

— Tu ne l'as jamais aimée, n'est-ce pas ?

— Oh, attends, quoi ? Je n'ai jamais dit ça.

— Tu n'as pas non plus essayé de me convaincre de la reconquérir.

— Parce que ce n'est pas mon rôle. C'est toi qui as rompu avec elle. C'était ton choix. Je n'ai pas à te dire que tu as fait une erreur.

— Alors tu penses que j'ai fait une erreur ?

— Bon sang, mec, je n'ai pas dit ça. Je veux te voir heureux. Si c'est avec Reegan, tant mieux. Si c'est avec quelqu'un d'autre, super. Ce n'est pas à moi de te dire ce qui est juste.

— Mais toi, tu tombes amoureux toutes les semaines, alors tu penses que je devrais trouver quelqu'un d'autre.

— Landon, je n'ai pas dit ça.

— Non. Tu dis que la vie est trop courte pour avoir des regrets et se retenir. Mais est-ce que tu vis vraiment ta vie ? Tu t'amuses avec une femme qui ne va pas rester ici et ça te convient parfaitement. Pourquoi ? Tu veux vraiment une relation ou tu dis simplement ça parce que tu penses que c'est ce que tu es censé faire ?

— Pourquoi tu essaies de me psychanalyser ?

Il a penché la tête. — Je ne crois pas que je devrais aller à ce truc aujourd'hui.

— Pourquoi pas ? On est déjà sur place.

— Ouais, mais je ne suis pas d'humeur pour un festival. Vas-y, amuse-toi bien. Je vais rentrer à pied. Il est sorti de la camionnette et a longé le trottoir, s'éloignant de la ville.

— Landon !

Il a fait un signe de la main et a continué son chemin.

— Fait chier, ai-je soufflé. Je l'ai regardé s'éloigner, ses épaules voûtées me disant qu'il n'était pas d'humeur à avoir de la compagnie.

Je pensais qu'il allait mieux. Je pensais qu'il se remettait de Reegan. Je pensais qu'il allait s'en sortir.

Ils n'étaient qu'un couple de plus qui avait échoué. Une fois de plus, l'amour prenait fin. Je l'avais vu plus de fois que je ne pouvais les compter. L'amour finissait toujours.

9

JOELLE

Je n'étais jamais allée à une fête de village auparavant. J'étais incroyablement excitée à cette idée. Tout à L'anse MacKellar m'attirait, et le fait d'ajouter une nouvelle expérience à mon séjour me faisait sourire comme une idiote depuis mon réveil jusqu'au moment de partir.

Piper et Zoey ont eu la gentillesse de me laisser me joindre à elles et à leurs familles. Elles avaient toutes prévu d'y aller à pied, même si le festival se trouvait à près d'un kilomètre et demi du Auberge L'anse MacKellar. Piper m'a dit que ce n'était pas facile de se garer en ville et que tous ceux qui habitaient à un kilomètre et demi ou moins y allaient généralement à pied.

Ma mère n'aurait jamais osé marcher pour aller quelque part. Et certainement pas sur un kilomètre et demi. Elle aurait insisté pour qu'on la dépose juste devant l'entrée de sa destination et qu'on lui trouve une place de parking. Quitte à se garer illégalement. Elle se considérait comme la personne la plus importante de la ville. C'était risible, mais vrai.

J'ai lacé mes baskets flambant neuves, mon dernier achat

pour la « nouvelle moi », et j'ai attrapé le sac en bandoulière que Piper avait insisté pour que je lui emprunte. Il était d'un jaune doré avec une large sangle qui se portait en travers du corps. La couleur rappelait les détails du nouveau haut que Valentina avait choisi pour moi le jour de notre rencontre. Je le portais avec un short en jean bleu foncé.

Si ma mère pouvait me voir en ce moment !

Mon téléphone a sonné sur la table de chevet où j'avais oublié de l'éteindre. Avant, j'étais scotchée à mon téléphone, mais depuis mon départ, j'y prêtais à peine attention.

Pour une bonne raison.

Je n'ai pas reconnu le numéro, mais l'indicatif était celui de Washington. J'avais enregistré tous les numéros que ma mère utilisait pour m'appeler afin de savoir quand c'était elle, mais celui-ci… Quelque chose n'allait pas ? Et si quelque chose était arrivé ?

J'ai attrapé mon téléphone avant que l'appel ne soit redirigé vers la messagerie vocale. —Allô ?

—Où diable es-tu ?

Merde. —Bonjour, Maman.

—Où es-tu, Joelle ? Anabelle m'a dit que tu serais là aujourd'hui. J'ai tout organisé pour ton mariage.

—Tu les as toutes payées pour être mes demoiselles d'honneur, Maman ? Tu les as forcées à le faire ?

—Bien sûr, a-t-elle dit sans aucune honte. —Qui d'autre l'aurait fait ? Tu n'as pas d'amis, Joelle.

— Parce que tu ne me laisses pas vivre ma propre vie.

Elle a ricané. — Tu ne saurais pas quoi faire sans moi.

— Tu ne m'as jamais laissée essayer de me débrouiller seule. Tu as contrôlé chaque aspect de ma vie depuis ma naissance.

— Et alors ? Tu crois que tu as une vie si horrible ? Sais-tu ce que les autres dans cette ville feraient pour avoir ta vie ?

Ce qu'ils donneraient pour avoir une mère aussi puissante que moi, prête à faire tout ce que j'ai fait pour toi ?

— Comme… baiser mon fiancé ?

Elle a eu le souffle coupé. — Comment oses-tu me dire ça ?

J'ai laissé échapper un rire. — Pourquoi ? C'est ce que tu faisais. Le jour de mon mariage, quinze minutes avant que je ne doive remonter l'allée.

— Je m'assurais qu'il soit content jusqu'à ce que tu sois mariée. Tu devrais être reconnaissante.

— Reconnaissante ? Reconnaissante. Tu es complètement folle, Mère ? Pourquoi aurais-tu pu penser que c'était acceptable ? Et pourquoi voudrais-je épouser un homme qui m'a trompée ? Pourquoi voudrais-tu que je le fasse ?

— Parce qu'unir nos forces à celles de sa famille fera de nous les familles les plus puissantes de toute la ville, a grondé ma mère. — Personne ne pourra nous atteindre. Thomas devenait nerveux. Il n'était pas disposé à attendre ta nuit de noces, alors je me suis assurée qu'il le ferait.

— Ma… Je… Comment pouvais-je argumenter contre ça ? Comment pouvais-je la convaincre qu'elle avait mal agi ? Elle ne voyait que ce qu'elle voulait voir. Me faire du mal ? Ce n'était pas sur son radar.

— Joelle, tu vas revenir. Tu vas revenir ici, et tu épouseras l'homme que j'ai choisi pour toi. Personne d'autre ne veut de toi, et il est un bon parti. Tu vas l'épouser, même si je dois te traîner hors du trou dans lequel tu t'es terrée-

J'ai raccroché. Je n'en pouvais plus. J'ai raccroché. Immédiatement, le téléphone a sonné de nouveau, mais j'ai appuyé sur le bouton d'alimentation et l'ai maintenu enfoncé jusqu'à ce que l'écran devienne noir.

Je l'ai jeté sur le lit, le fixant comme s'il allait se rallumer tout seul et permettre à ma mère de me trouver. Elle ne le pouvait pas. Je ne voulais pas la voir. Je ne voulais voir personne.

Mes mains tremblaient. Mon corps entier était secoué de tremblements. J'ai aspiré une grande bouffée d'air et j'ai réalisé que j'étais en train de pleurer.

Elle était horrible. Me reprochant de ne pas avoir rendu Thomas heureux. Me disant que personne ne voulait de moi. Elle ne se souciait que d'elle-même, de son avenir, pas de moi.

J'en avais plus qu'assez. De l'écouter. De la laisser faire des choix pour moi. D'espérer pouvoir un jour être à la hauteur de ses attentes.

Il n'y avait aucune chance que j'y parvienne un jour. Même après l'avoir trouvée avec mon fiancé enfoncé au plus profond d'elle, j'espérais…

J'ai ri tout haut. Pourquoi avais-je espéré qu'elle soit décente ? Pourquoi étais-je si stupide ? Elle a baisé mon fiancé. Le jour de mon mariage. Sans la moindre honte ni le moindre regret.

Il était temps que je vive ma vie de la même manière. Sans aucun regret.

Le festival était l'antidote parfait à la nature toxique de ma mère. Zoey, Piper et leurs familles ont partagé cette expérience avec moi, m'encourageant à goûter aux différentes spécialités culinaires et à participer aux activités qui rendaient L'anse MacKellar si spécial.

Nous avons retrouvé d'autres de leurs amis, dont j'ai reconnu beaucoup de membres du club de lecture. Tout le monde était gentil et amical, mais ils étaient tous en couple. Au fur et à mesure que la journée avançait, je me suis sentie de plus en plus comme la cinquième roue du carrosse.

Surtout quand les questions ont commencé.

— Tu es ici toute seule ? a demandé une femme. Natalie, peut-être ? Elle tenait la main d'un homme qui portait une belle chemise à boutons et un pantalon de ville, et qui avait l'air officiel. Je crois que quelqu'un a dit qu'il était le maire.

— Oui, c'est ça, lui ai-je répondu.

— Je ne crois pas que j'aurais jamais eu le courage de faire ça. J'ai toujours voulu, mais chaque fois que j'y pensais, je changeais d'avis. Son fiancé a glissé une main sur sa hanche, et elle a levé les yeux vers lui avec un sourire. — Maintenant, je ne crois pas qu'il me laisserait aller quelque part seule.

— Non. Où tu vas, je vais, a-t-il dit, sa voix profonde riche et douce alors qu'il penchait la tête pour un baiser.

Elle a souri contre ses lèvres, et je me suis surprise à être jalouse de deux inconnus. J'étais censée être mariée et vivre une vie que tout mon entourage considérait comme formidable.Avec un homme qui a couché avec ma mère le jour de notre mariage.Avais-je si tort de ne pas vouloir de cette vie-là ?

— J'espérais te voir ici, a dit une voix derrière moi.

Des frissons m'ont parcouru l'échine en reconnaissant la voix d'Andre. J'ai chassé les pensées concernant ma mère et Thomas et je me suis concentrée sur l'homme qui ne cherchait pas à améliorer sa situation en m'épousant. — Je suis là depuis des heures.

— J'en suis désolé. J'ai bien essayé de t'envoyer un message.

Ma gorge s'est nouée. — Désolée. J'ai essayé de déconnecter. Je n'ai même pas mon téléphone sur moi.

— Eh bien, je suppose que je vais devoir trouver un autre moyen de te contacter.

— Par pigeon voyageur ? Est-ce qu'ils en ont ici ?

Il a ri, penchant la tête en arrière et passant un bras

autour de mes épaules. — Nous ne sommes pas si arriérés. Même si, comparés à toi, nous le sommes peut-être.

— Qu'est-ce que ça veut dire ? me suis-je moquée, le taquinant à mon tour.

— Eh bien, vous, les citadins, vous vous précipitez dans la vie au lieu de ralentir pour en profiter de temps en temps. La vie ici est si lente que tu pourrais avoir l'impression de reculer.

J'ai secoué la tête en lui souriant. — Je trouve qu'ici, c'est à peu près exactement ce dont j'ai besoin en ce moment.

Il a haussé un sourcil et a hoché la tête. — Eh bien, je suis heureux de l'apprendre. As-tu mangé quelque chose ? Puis-je t'offrir à dîner ?

J'ai souri. — J'ai déjà mangé, mais je lorgnais ces douceurs à la boulangerie du Cove.

Il a gémi. — J'en prendrai deux. Mais nous ferions mieux de nous dépêcher parce que je suis certain qu'elles vont disparaître, si ce n'est pas déjà fait.

— Ouvre la marche, ai-je dit.

Andre a pris ma main et m'a entraînée, faisant un signe de tête à quiconque observait notre interaction. Le raidissement de ses lèvres a été la seule raison pour laquelle j'ai jeté un coup d'œil en arrière pour voir Sebastian nous observer, Andre et moi.

Ne voulait-il pas que nous soyons ensemble ? Y avait-il quelque chose que j'ignorais ? Ou pensait-il que je n'étais pas juste après la façon dont je suis arrivée à L'anse MacKellar ?

Je me suis demandé si je devais en parler à Zoey. Peut-être y avait-il une raison pour laquelle je devais garder mes distances avec Andre…

Non. Je n'allais pas refaire ça. Je profitais de mes moments avec Andre. Il n'était pas l'héritier d'un conglomérat de médias concurrent. Il n'était pas une personne influente que ma mère aurait voulu que je fréquente. C'était juste un homme ordinaire avec qui je me sentais bien. C'était tout ce dont j'avais besoin pour le moment.

Andre a commandé une de chaque gourmandise restante au stand de la Cove Bakery. Il a fait un baisemain à la propriétaire, une femme nommée Harriett, qui a rougi quand Andre l'a comblée d'attentions.

— Tu ferais mieux de le surveiller, celui-là, m'a dit Harriett. Il flirterait même avec un lampadaire.

— Seulement si le lampadaire est mignon, a dit Andre en me faisant un clin d'œil.

Harriett a gloussé. — Je vous le dis, c'est le genre d'homme qui me fait croire qu'il y a encore des hommes biens. Bien sûr, sa mère n'aurait pas toléré qu'il en soit autrement.

— Non, en effet, a dit Andre. Merci pour les gourmandises.

Andre a pris ma main dans la sienne alors que nous retournions vers les autres. Il saluait les gens que nous croisions, sans jamais cacher nos mains jointes.

— Tu es proche de ta mère ? lui ai-je demandé avant que nous rejoignions le groupe.

Andre a hoché la tête. — Très. J'ai vécu avec mes parents jusqu'à il y a environ un an. Je t'ai dit que mon père était malade. Il a eu un AVC il y a quelques années, et je suis revenu ici pour être là pour lui et pour aider. J'ai trouvé assez difficile de partir, mais j'ai trouvé un super appartement en ville.

— Ton père va bien ?

— Oui, il va bien. La plupart des gens ne remarqueraient pas les petits changements. Il dit qu'il se fatigue plus facilement maintenant, mais je pense qu'il en est juste plus conscient. Il prend mieux soin de lui qu'avant. Et ma mère aussi.

— Ils ont de la chance de t'avoir.

Il a eu un petit rire. — C'est ce qu'ils disent. Ils auraient fait la même chose pour moi, si j'en avais eu besoin.

— Espérons que tu n'en auras pas besoin.

— Je suis d'accord. Et toi ? Tu es proche de tes parents ?

J'ai ricané. — Non.

— Je suis désolé d'apprendre ça.

J'ai secoué la tête. Je n'étais pas d'humeur à parler de ma mère, ni à avouer que mon père était un parent encore pire. Andre avait tout laissé tomber pour aider ses parents, sachant qu'ils auraient fait de même, alors que ma mère n'avait même pas pu s'empêcher de coucher avec mon fiancé. — Ce n'est rien.

Andre avait l'air de vouloir dire autre chose, mais la femme qui m'avait demandé si j'étais seule nous a rappelés au groupe.

— Est-ce qu'il reste quelque chose là-dedans ? a-t-elle demandé.

— Qu'est-ce que tu insinues, Natalie ? a taquiné Andre.

Natalie a secoué la tête. — C'est un grand sac que tu as là.

— J'allais partager avec les enfants. Andre m'a tendu le sac. — Sers-toi la première.

— Ce sont eux qui devraient choisir en premier, ai-je protesté.

Andre a secoué la tête, et Natalie a fait de même.

— Il ne restera plus rien, a dit Andre.

Natalie a hoché la tête.

J'ai ri et j'ai ouvert le sac. Il y avait un brownie au chocolat à l'air fondant qu'il avait demandé. Un truc avec des noisettes et un supplément de chocolat par-dessus. Je l'ai sorti et j'ai rendu le sac à Andre. J'ai pris une bouchée et j'ai gémi.

— Il a l'air trop bon, a dit Natalie. Elle a tapé sur le torse de son mec. — Omar, tu veux bien m'en prendre un ? S'il te plaît ?

— N'importe quoi pour toi, mon amour, a dit Omar en

l'embrassant avant de faire un signe de tête à un autre homme noir, et tous deux se sont dirigés vers la boutique.

— Bien joué, a dit une femme blonde en lorgnant ma pâtisserie. — Je suis Daisy, au fait. J'ai manqué le club de lecture de dimanche. Tu es Joelle ?

J'ai hoché la tête en rattrapant le chocolat qui coulait de mon brownie. Je me suis léché le doigt. — Enchantée.

— Moi de même. Le type qui est parti avec Omar, c'est Kingsley. C'est le vétérinaire du coin.

— Et sa moitié, a dit Natalie en donnant un petit coup de coude à Daisy.

Daisy a affiché un grand sourire. — Oui, c'est tout à fait ça. J'ai beaucoup de chance. Sa fille, c'est Isla. C'est elle qui porte la robe rose.

J'ai regardé dans la direction qu'elle indiquait et j'ai vu une adorable petite fille dont j'aurais été incapable de deviner l'âge, mais elle était jeune. Certainement en primaire. — Elle est trop mignonne.

— C'est vrai. Et je ne doute pas qu'elle va en vouloir un aussi, c'est pour ça que Kingsley est parti avec Omar. Natalie est l'une de ses personnes préférées, et elle aime tout ce que Natalie fait. Daisy a souri à son amie, sans la moindre trace de jalousie dans le regard.

— Je m'occupe de la colonie de vacances locale, a dit Natalie. — Beaucoup de petits m'adorent parce que je rends leur été amusant. Mais Daisy a un magasin de jouets, alors elle est aussi l'une des favorites des plus jeunes. Ne te laisse pas avoir, ce n'est pas pour autant qu'elle n'est pas une super belle-mère.

— Je n'imagine même pas avoir des enfants. Cette idée ne m'avait jamais traversé l'esprit auparavant, et après l'échec de mes fiançailles, c'était une possibilité encore plus lointaine. Mais le chocolat, ça, je pouvais l'envisager.

— J'adore les enfants. On en parle, mais il faut d'abord

qu'on se marie. Natalie a haussé un sourcil en me regardant. — Tu as l'air assez proche d'Andre.

— Oh, on… on apprend à se connaître. Je crois. On s'est rencontrés sur cette application de rencontres…

— À la Recherche du Héros Littéraire Parfait ? ont demandé Natalie et Daisy en chœur.

J'ai hoché la tête et j'ai avalé la dernière bouchée de ma friandise. — Ouais. Elles en parlaient au club de lecture. Je me suis dit que j'allais essayer.

Natalie et Daisy ont échangé un regard que je n'ai absolument pas compris, mais qui m'a rendue anxieuse.

— Tiens, a dit Andre en me tendant le sac. — Tu veux autre chose ?

— Euh, bien sûr, ai-je répondu en lui prenant le sac, essayant d'ignorer les regards de Daisy et Natalie. J'ai regardé ce qu'il restait et j'ai trouvé un sablé au fond. Je l'ai attrapé, la bouche en salivant, puis j'ai rendu le sac à Andre.

Il le tendit à Daisy et Natalie. — Vous voulez quelque chose, les filles ? Les enfants n'ont pas laissé grand-chose, mais tout ce qui vient de la Cove Bakery est bon.

— C'est tellement vrai, dit Natalie. — Mais Omar et Kingsley sont justement partis nous chercher quelque chose. Merci.

Andre hocha la tête et se retourna vers moi au moment où je prenais ma première bouchée. Le sablé n'était pas aussi sucré que le brownie, mais il n'en était pas moins délicieux. Je gémis de plaisir.

— On dirait bien que ça te plaît, dit Andre d'une voix qui devint plus grave, envoyant une nouvelle vague de frissons le long de ma colonne vertébrale.

Je hochai la tête et le lui tendis.

Il se lécha les lèvres et se pencha en avant. Son regard s'ancra dans le mien. Il planta ses dents dans le biscuit moelleux, en arrachant un morceau tout en me regardant. Il se recula et mâcha, sans jamais me quitter des yeux.

Mon Dieu, regarder cet homme manger un biscuit suffisait à me faire mouiller. Mais bon sang, comment était-ce possible ? Je déglutis, la gorge et d'autres parties de mon corps nouées par le désir.

Andre laissa échapper un murmure d'approbation en se léchant les lèvres. — Presque aussi bon que toi.

Ces mots marmonnés envoyèrent une bouffée de chaleur me parcourir. Soit il était très doué pour flirter, soit il était tout aussi fou que moi.

— D'accord, dis-je.

Il sourit, penchant la tête pour m'embrasser rapidement sur les lèvres.

J'en voulais plus. Je voulais tellement plus de lui. — Une chance que je puisse te montrer ma chambre au Auberge L'anse MacKellar ce soir ?

Ses sourcils se haussèrent. — Est-ce que tu es en train de me demander ce que je crois que tu me demandes ?

Je jetai un coup d'œil autour de moi et vis que personne ne nous prêtait vraiment attention. Omar et Kingsley étaient revenus avec leurs propres sacs en papier, et Natalie et Daisy y cherchaient des friandises. Les autres couples et familles discutaient entre eux. Il n'y avait qu'Andre et moi. — Je veux plus qu'un simple baiser.

Sa main glissa autour de ma taille, trouvant le chevauchement de mon t-shirt et de mon short. Il fit glisser son pouce le long de ma colonne vertébrale et me tira plus près. — C'est ce que je veux aussi. Tu es sûre ?

J'ai levé les yeux vers lui, j'ai enroulé mes bras autour de son cou et j'ai dit : — Je suis complètement sobre, sauf si tu comptes le sucre. Et je te le demande maintenant, pas quand tu me taquines avec des baisers et que tu t'éloignes de moi.

Il a souri et a réduit la distance entre nous avec une lenteur douloureuse. — J'accepte.

10

Andre m'a touchée constamment pendant le reste de la soirée. S'il n'avait pas une main sur moi, son bras était enroulé autour de mes épaules. Il était évident qu'il n'était pas seulement bien connu en ville, mais aussi très apprécié et respecté.

Mais pas en raison de ses relations ou de sa famille. Il était apprécié et respecté pour ce qu'il était.

À un moment donné, une famille s'est approchée pour dire bonjour à un autre couple, mais quand le fils a vu Andre, il a tiré son père par la main pour aller le saluer.

Andre s'est agenouillé par terre devant le petit garçon et lui a tapé dans la main. — Comment vas-tu, Danny ?

— Je vais bien, monsieur Andre. Son père l'a poussé du coude. — Et vous, comment allez-vous ?

— Je vais très bien. Tu as grandi depuis l'été dernier. Qu'est-ce que tu manges ? Tu es presque aussi grand que moi !

Danny a gloussé et a caché son visage contre la jambe de son père. — Je ne sais pas.

— Dis donc, il va falloir que tu me donnes tes astuces.

Molly grossit, elle aussi, et ce n'est pas si facile de la porter partout.

Danny a regardé autour de lui, les yeux brillants d'excitation. — Elle est là ?

Andre a eu un petit rire et a secoué la tête. — Non, désolé, mon grand. Certaines personnes sont allergiques aux chats, alors je ne l'amène pas aux festivals en ville. Mais on sera à la Retraite dimanche après-midi prochain si toi et ton père avez une minute pour passer. J'y suis presque tous les dimanches.

Danny a levé les yeux vers son père, qui a hoché la tête. — On peut faire ça.

— Oui ! a crié Danny, en levant son petit poing en l'air.

— Allez, Danny. Allons retrouver Maman et Ella.

— Au revoir, monsieur Andre ! À dimanche !

Andre tapa de nouveau dans la main de Danny et lui fit un signe. — À dimanche. Il se leva, glissant à nouveau sa main autour de ma taille. — Je m'occupe de l'entretien de la propriété où se trouve la colonie de vacances. Danny voyait Molly là-bas avant que je ne puisse l'attraper. Il a été tellement déçu quand je l'ai adoptée et qu'elle n'était plus dans les parages pour qu'il la voie. Natalie est la propriétaire de la colonie et m'a demandé si je pouvais les retrouver de temps en temps. Ils viennent environ une fois par mois pour courir partout avec Molly, mais ce n'était pas vraiment facile de se voir pendant l'hiver.

— C'est vraiment adorable, lui ai-je dit. — Je pense qu'il t'aime bien presque autant que Molly.

Andre éclata de rire. — Loin de là. Sans elle, je serais invisible. Mais ce n'est pas grave. Elle est sacrément mignonne. Comme quelqu'un d'autre que je connais.

Il me tapota le nez alors que mes joues s'empourpraient. — Tu es en train de me comparer à ta chatte ?

— C'est ma femelle préférée, donc ce n'est pas une si mauvaise comparaison.

— Ne dis pas ça à ta mère.

Andre rit de nouveau. — Bonne idée. Ni à ma nièce. Je serais relégué au rang de deuxième oncle préféré si j'avouais ça.

Je ris et le laissai m'attirer pour un baiser rapide. Il s'attarda un peu plus longtemps que ce à quoi je m'attendais, sa main glissant jusqu'à ma hanche. Je soupirai contre ses lèvres, sentant ces picotements qui ne cessaient d'apparaître quand j'étais près de lui.

— Tu es prête à partir ? murmura-t-il contre mes lèvres.

Je hochai la tête.

— Tu es venue en voiture ?

Je secouai la tête. — Nous sommes venues à pied.

— Ma camionnette est à quelques pâtés de maisons. Si ça ne te dérange pas que je conduise.

Je hochai la tête. — Absolument.

Il prit ma main et m'entraîna loin du festival. Il se faisait tard et la foule s'amenuisait, mais il y avait encore beaucoup de gens qui traînaient, écoutant la musique live et prenant des en-cas sur le pouce.

Andre m'a ouvert la portière passager et a attendu que je boucle ma ceinture avant de la refermer. Il est monté à côté de moi et a démarré le pick-up avant de se pencher par-dessus la console et de m'embrasser avec fougue.

De sa main, il a tiré ma mâchoire vers lui, se rapprochant le plus possible. Sa langue a glissé contre mes lèvres, et je me suis ouverte à lui sans hésiter. Il a grogné en plongeant sa langue dans ma bouche, resserrant ses doigts sur ma mâchoire pour se rapprocher encore plus.

Il s'est reculé une seconde plus tard, respirant lourdement et me fixant du regard. — Je veux que tu saches que je ne serai pas contrarié si tu n'es pas d'humeur pour ça, mais j'ai vraiment hâte de te déshabiller.

J'ai laissé échapper un rire. — Je suis tout à fait d'humeur à te déshabiller, toi aussi.

Andre a passé une vitesse et a fait demi-tour, s'éloignant de l'agitation du festival. Il a attrapé ma main, la serrant fort tandis qu'il parcourait la courte distance jusqu'à l'auberge.

Il s'est garé sur une place visiteur et a contourné l'avant du pick-up en courant pour me rejoindre à ma portière. Il m'a tenu les hanches pendant que je glissais hors du véhicule, me tirant dans ses bras et m'embrassant à perdre haleine. Je me suis accrochée à lui, repoussant toutes mes pensées. Je voulais ça. Je le voulais, lui.

J'avais passé des années à me sentir indésirable. À sentir que je n'étais pas assez bien. Je n'étais pas vierge, mais je n'avais pas une vie sexuelle très active. Et ces dernières années, entre la cohabitation avec ma mère et sa quête pour me marier, je n'avais eu aucune relation sexuelle. Bon sang, j'en avais à peine envie la plupart du temps. Imaginer ma vie avec Thomas n'inspirait aucune pensée torride, et le peu d'exploration que nous avions fait n'avait jamais déclenché quoi que ce soit qui s'approche de ce que m'embrasser Andre me faisait ressentir.

Andre s'est reculé et m'a éloignée du pick-up, claquant la portière et m'entraînant vers le Auberge L'anse MacKellar. Il m'a plaquée contre le mur à côté de la porte d'entrée, nous faisant pivoter rapidement pour que son dos soit contre le parement plutôt que le mien. Ce geste m'a presque mis les larmes aux yeux, mais il a plongé sa langue dans ma bouche et je me suis concentrée sur ça à la place.

— Est-ce qu'ils ferment la porte à clé ? a-t-il soufflé.

Ses mains ont frotté la parcelle de peau entre mon short et mon tee-shirt et ont court-circuité mon cerveau d'une manière que je n'aurais jamais cru possible. — Hmm ?

Il a eu un petit rire. — La porte ? Comment on entre ?

— Oh, une clé. J'ai une clé. J'ai fouillé dans mon sac pour trouver la clé, me dirigeant vers la porte.

Andre a glissé ses mains sous mon tee-shirt dans mon dos, puis les a ramenées sur mon ventre mou. J'ai aspiré une grande bouffée d'air, essayant de contracter la partie flasque de mon ventre. Il a embrassé l'arrière de mon cou et a fait glisser sa langue vers mon épaule, ne semblant pas du tout dérangé par la mollesse de mon corps.

J'ai repris mon souffle, oubliant ce que j'étais censée faire pendant qu'il me torturait avec sa langue.

— La clé, Joelle. Où est ta clé ?

— Ah, c'est vrai. J'ai essayé de m'éloigner de lui et de sa langue tentatrice, mais il m'a poursuivie. J'ai cherché la clé et je l'ai trouvée à l'endroit même où je l'avais mise pour m'en souvenir. C'est drôle comme les choses se passent. J'ai présenté la clé au lecteur situé à côté de la porte, qui a émis un bip discret et s'est déverrouillée.

Nous avons poussé la porte et sommes entrés. L'auberge était silencieuse, mais toutes les lumières étaient encore allumées dans les pièces principales.

Andre m'a laissée passer devant, me tenant la main alors que nous nous dirigions vers la salle à manger. — Je pensais que toutes les chambres étaient dans l'autre direction.

— Je loge dans une autre chambre. Ce n'est pas une de celles qu'ils louent, mais comme je suis arrivée à l'improviste, ils ont eu la gentillesse de me laisser rester ici.

— Vraiment ?

J'ai hoché la tête et je me suis arrêtée devant la porte de la chambre que j'utilisais. — C'est bizarre, non ? Je veux dire, tu es une cliente, mais tu n'es pas dans une chambre de client ?

J'ai haussé les épaules. De toute évidence, il ne savait pas ce qui m'avait amenée dans cette petite ville. Je devrais le lui dire. Je devrais lui avouer que j'étais censée me marier il y a deux semaines et que je me suis retrouvée coincée sur le bord de la route dans ma robe de mariée parce que je me suis enfuie avant la cérémonie. Que je n'aurais jamais dû être là, mais que Zoey et Piper me rendaient service.

— Tu as des doutes ? a-t-il demandé, s'éloignant légèrement de moi.

J'ai secoué la tête, tendant la main vers lui avant qu'il ne puisse trop s'éloigner. — Absolument pas.

— Alors nous devrions probablement entrer dans ta chambre. Je ne suis pas très partageur, et je suppose qu'il y a d'autres clients ici.

J'ai gloussé et acquiescé, le contournant pour passer ma carte sur le lecteur mural. La porte s'est déverrouillée, et nous sommes entrés.

La première chose qu'a faite Andre a été d'allumer les lumières. La deuxième a été de me plaquer contre la porte et de déclencher encore plus de ces picotements dont je commençais à devenir aussi dépendante que de l'homme qui les créait.

Il s'est saisi d'une de mes mains et l'a passée au-dessus de ma tête, enlaçant mes doigts dans les siens. Sa barbe naissante a frotté ma mâchoire et j'ai frissonné à l'idée de sentir cette rugosité sur l'intérieur de mes cuisses.

— À quoi tu penses ? m'a-t-il demandé contre mes lèvres. Son autre main s'est glissée sous mon haut, le remontant avec son bras.

— Je pensais à quel point j'aime sentir ta barbe sur moi.

Il s'est reculé juste assez pour croiser mon regard. — Ah oui ?

J'ai hoché la tête.

— Où d'autre veux-tu la sentir ? Ses mots murmurés contre ma nuque étaient d'autant plus intimes. Le bout de ses doigts a frôlé la bande de mon soutien-gorge, comme pour me demander mon accord.

— Partout, ai-je avoué.

— Ici ? Il a glissé un doigt sous la bande, frottant le dessous de mon sein lourd.

— Oui.

Il a embrassé l'intérieur de mon biceps. — Ici ?

— Oui.

Il s'est glissé entre mes cuisses, écartant mes pieds pour que je sente son érection. — Ici ?

— Oh, mon Dieu, oui, ai-je gémi.

— Putain, Joelle. On est loin des autres clients ? Est-ce qu'ils vont nous entendre ?

J'ai secoué la tête. — L'insonorisation de cet endroit est étonnamment bonne.

Il a souri en coin. — Rappelle-moi de remercier Gavin et Sebastian pour ce choix judicieux, une autre fois.

J'ai hoché la tête.

Il m'a mordillé le lobe de l'oreille, frottant sa mâchoire contre ma gorge. J'ai gémi à ce contact, mon dos se cambrant pour me rapprocher de lui. Il a gloussé et a fait glisser sa mâchoire le long de mon cou, jusqu'à ce que mon t-shirt l'arrête.

De ma main libre, j'ai atteint l'ourlet, et sans attendre qu'il le demande, je l'ai relevé.

Il m'a aidée, lâchant mon autre main pour faire glisser les siennes le long de mes flancs. Il a plongé son visage entre mes seins généreux pendant que je jetais mon t-shirt. Sa langue a léché le dessous d'un bonnet, puis de l'autre, et ses mains ont défait l'agrafe dans mon dos.

J'ai baissé les épaules pour laisser glisser les bretelles, et mes seins lourds sont tombés dans ses mains tendues.

Il les a soulevés, ses pouces frôlant mes tétons, et les a portés à sa bouche avide.

Ma tête est retombée en arrière contre la porte tandis que sa langue s'amusait avec mes pointes durcies. Mes mains se sont glissées dans ses cheveux, s'agrippant aux mèches comme pour le maintenir contre moi.

Ses mains ont cessé de soutenir le poids de mes seins et ont glissé autour de ma taille. Il s'est baissé, son corps se pliant avant qu'il ne s'agenouille devant moi, embrassant et léchant mon ventre. — J'adore la douceur de ta peau.

J'ai fredonné mon approbation, puis j'ai gémi quand il a tourné la joue et a frotté sa barbe naissante sur la peau sensible de mon ventre.

— Je suppose que tu aimes vraiment ça, a-t-il chuchoté dans mon nombril. — Ça me donne envie d'en laisser.

— Oui, s'il te plaît.

Il a eu un petit rire, puis a effleuré le bouton de mon short du doigt. — Ça te va si on se débarrasse de ça ?

— Oui, ai-je soufflé.

Il a embrassé ma peau en déboutonnant mon short. Il l'a fait glisser sur mes hanches, puis l'a laissé tomber à mes pieds. Son souffle était chaud sur ma culotte en dentelle, la seule chose que ma mère m'avait envoyée que je ne m'étais pas empressée de remplacer.

— Putain, maintenant je regrette de m'être débarrassé de ton soutien-gorge si vite. Il a levé les yeux vers moi, profitant d'une vue plongeante sur mes seins. — Quoique.

J'ai gloussé alors qu'il se relevait d'un bond, prenant et modelant mes seins dans ses mains. Il a capturé mes lèvres, plongeant sa langue dans ma bouche sans la moindre hésitation.

Je lui ai rendu son baiser, la douceur de sa chemise frôlant mes tétons hypersensibles. Son érection s'est à nouveau calée entre mes cuisses.

— Pourquoi portes-tu encore autant de vêtements ?

— Personne ne m'a encore dit de les enlever, a-t-il dit, comme si c'était la chose la plus évidente du monde.

— Déshabille-toi, ai-je dit en riant quand il a haussé un sourcil.

— Oui, madame. Il a reculé, soutenant mon regard tandis qu'il portait la main derrière lui pour saisir le col de sa chemise. Il l'a arrachée d'un mouvement fluide, la laissant tomber avec un clin d'œil.

Sa poitrine était couverte de poils sombres, ses muscles ondulaient à chacun de ses mouvements. Il n'avait pas le même corps de salle de sport que Thomas, mais c'était mieux. C'était un vrai corps. C'était un homme qui profitait de tout ce que la vie lui offrait, pas seulement en passant tout son temps dans une salle de musculation. Même s'il était clair qu'il appréciait ça aussi.

— Est-ce que la vue te plaît ?

Mon regard est brusquement remonté vers son visage, puis s'est attardé de nouveau sur son corps. —Oui, énormément.

— Moi aussi.

J'ai levé les yeux vers lui. Son regard affamé était fixé sur mes seins, mais plongeait entre mes cuisses toutes les quelques secondes.

Il a attrapé le bouton de son short, faisant glisser la fermeture éclair. Le bruit a retenti fort dans la pièce silencieuse, comme un rappel de ce que nous nous apprêtions à faire.

J'ai eu une prise de conscience soudaine. — Je n'ai pas de préservatifs.

Andre a secoué la tête. — J'en ai un. Tout va bien.

— Oh, d'accord.

— Sauf si c'était une façon pour toi de te trouver une excuse. Tu n'as pas besoin de…

Je me suis avancée et j'ai posé ma main sur ses lèvres. — Je ne cherche pas d'excuse.

Il a léché mes doigts, puis en a mordu un légèrement,

aspirant le bout dans sa bouche. Il a fait tourner sa langue autour de mon doigt, sans me quitter des yeux, faisant trembler mon corps sans le moindre effort supplémentaire.

— Je ne crois pas que je vais tenir longtemps, ai-je murmuré.

Il a souri. — Je crois que c'est censé être ma réplique.

J'ai ri doucement. Je n'avais pas le souvenir d'avoir déjà ri, ou parlé, avant de faire l'amour. C'était toujours passionné et intense, ou sensuel et émouvant. Ce n'était jamais amusant en plus de tout le reste.

— Viens là, Joelle, m'a appelé Andre.

J'ai fait glisser son short sur ses hanches et j'ai attrapé l'érection vêtue de coton qui tendait son caleçon.

Il a eu un soubresaut à mon contact, gémissant quand j'ai caressé sa longueur. — Putain. Je ne vais vraiment pas tenir longtemps.

Je l'ai caressé à nouveau. — Tu veux que j'arrête?

— Jamais, a-t-il expiré. — Mais si on veut utiliser le seul préservatif que j'ai, tu devrais probablement.

Je l'ai lâché à contrecœur, regrettant de ne pas l'avoir eu nu entre mes mains.

Il est de nouveau entré dans mon espace personnel, m'a pris la mâchoire en coupe et a approché mes lèvres des siennes. Il était plus grand que moi de quelques centimètres, mais pas au point de devoir se pencher pour m'embrasser.

Le baiser n'a pas tardé à nous laisser tous les deux haletants et à nous diriger vers le lit. J'ai fait tomber ma culotte par terre et j'ai souri quand Andre a gémi, puis il a fait de même avec son caleçon.

— Allonge-toi, a-t-il ordonné d'une voix qui me disait que je ne serais pas déçue si je faisais ce qu'il demandait.

Je me suis allongée sur le lit, sur le dos, le regardant se caresser une fois, puis une autre, avant de grimper sur le lit avec moi. Il s'est maintenu au-dessus de moi, m'a embrassée une fois avant de faire descendre sa mâchoire rugueuse le long de mon corps, léchant le même chemin jusqu'à s'installer entre mes cuisses.

Il a embrassé l'intérieur d'une de mes cuisses, frottant sa joue sur l'autre. J'ai frissonné contre lui. Il m'a souri, son regard croisant le mien par-dessus les sommets de mon corps. — Tu es tellement magnifique.

Avant que je puisse protester ou contrer ses paroles, sa bouche est descendue sur moi, se scellant fermement sur mon clitoris et le suçant avec force.

Tous ses baisers et ses taquineries m'avaient rendue si réceptive. Mes hanches se sont cambrées, pressant mon bassin contre son visage alors qu'il effleurait le petit bouton tendre du bout de la langue.

— Oh, mon Dieu, Andre. Putain. Bordel… Oui !

Avant que je n'aie fini, il a glissé deux doigts en moi, les faisant tournoyer pour m'étirer et me rendre folle. Il a relâché la succion intense sur mon clitoris et a pompé ses doigts en moi. Il me léchait le clitoris, me taquinant à chaque passage.

Mon corps a frissonné et a suivi ses mouvements, prête pour un autre orgasme qu'il me faisait miroiter. Quand j'ai gémi, il a de nouveau aspiré mon clitoris dans sa bouche et a recourbé ses doigts, me faisant hurler alors que tout explosait en moi.

Ma vision s'est obscurcie sur les bords, mon corps était sans force. J'ai vaguement senti qu'il se retirait, puis j'ai entendu le bruit de l'emballage du préservatif qui se déchirait.

— Tu es toujours avec moi ?

— Mm hm, ai-je marmonné.

— Tu veux que je parte ?

— Pas question, ai-je murmuré en tendant la main vers lui.

— Le préservatif d'abord. Attends, a-t-il dit, la voix tendue.

J'ai forcé mes yeux à s'ouvrir pour le regarder, me retrouvant presque au niveau de sa queue. Je me suis léché les lèvres. Je voulais le goûter. Je n'avais jamais eu cette pensée auparavant, mais j'étais curieuse de savoir quel goût il aurait. Ce qui lui ferait plaisir. S'il aimait qu'on joue avec ses couilles ou s'il ne jurait que par sa bite.

— À quoi tu penses maintenant ? Sa voix m'a ramenée à l'instant présent.

J'ai levé les yeux vers lui.

Il me souriait d'un air suffisant. — On dirait que je suis ton prochain repas.

— Je me demandais quel goût tu avais.

Sa queue a tressailli à mon aveu. — Putain, Joelle. Je… Tu avais un goût divin, mais je ne savais pas que tu voulais me sucer.

— La prochaine fois, ai-je dit.

Sa bite tressaillit à nouveau. — La prochaine fois. Il se déplaça au bout du lit. Le matelas se creusa sous son poids. Il se pencha, déposant un baiser sur mon pubis avant de se glisser au-dessus de moi. Il s'arrêta à quelques centimètres de moi. — Je peux t'embrasser ?

— Et pourquoi pas ?

— Je n'étais pas sûr de ce que tu en pensais, de m'embrasser après t'avoir fait jouir.

— C'est mon propre corps. Ça ne va pas me mettre mal à l'aise.

Il laissa retomber son poids sur moi et m'embrassa tendrement. Je pouvais sentir mon odeur sur son visage, mais ça ne me dérangeait pas. J'entrouvris les lèvres et j'écartai les cuisses pour le laisser s'installer entre elles.

Au bout d'une minute, il se recula et se mit à genoux. Il

tint son érection et s'aligna avec mon entrée. Il effleura mes lèvres et glissa de quelques centimètres à l'intérieur.

Son regard remonta le long de mon corps et croisa le mien. Il revint à l'endroit où nous étions joints, et il s'enfonça de quelques centimètres de plus. Un coup de rein de plus et il fut entièrement en moi.

— Oh, c'est si bon, gémis-je.

— Putain, ouais.

Je lui souris, le regardant reprendre son contrôle. Je voulais à la fois le presser et figer cet instant.

Il se retira, puis pénétra lentement. Ses coups de reins étaient réguliers et fluides, s'ajustant pour trouver le bon angle jusqu'à ce que mon corps frissonne. — C'est bon ?

— Oh, oui, soufflai-je.

Il accéléra un tout petit peu son rythme, juste assez pour toucher à nouveau ce point et faire grimper ma température.

Je contractai mes muscles autour de lui, et il trembla à sa prochaine inspiration.

— Putain, Joelle. Si bon. Si bon.

Je tendis la main vers lui, ayant besoin de sentir cette connexion que je ressentais depuis notre rencontre. Depuis que je l'observais par ma fenêtre en voulant savoir quelle odeur avait le jardinier sexy et en sueur.

— Toi aussi, tu sens bon, a-t-il dit.

— J'ai dit ça à voix haute ?

Il a eu un petit rire. — Moi aussi, je t'ai regardée. Tu portais quelque chose de sexy, en dentelle, et j'avais envie de te regarder toute la journée. Je n'aurais jamais cru que tu m'adresserais la parole.

— J'avais envie de faire bien plus que parler.

Il a donné un grand coup de rein. — Je suis heureux de l'apprendre, puisque nous y sommes.

J'ai ri, juste assez longtemps pour que son coup suivant me prenne par surprise. Mon orgasme était tout proche, et sans que je m'y attende, il m'a sauté à la gorge et m'a précipitée dans le vide, me submergeant en un instant. — Andre ! Oh, putain. Oui. Andre ! Oh !

— Joelle, a-t-il grogné, s'enfonçant violemment en moi avant de s'immobiliser. — Magnifique.

J'ai senti son corps frissonner au moment de sa jouissance, et cela a déclenché une réplique chez moi. Mon corps s'est recroquevillé, se tendant alors que je jouissais à nouveau.

— Putain de merde, a soufflé Andre, avant de s'effondrer sur moi. — Qu'est-ce qui vient de se passer, bordel ?

— Je me le demandais aussi.

11

ANDRE

Je me suis laissé rouler sur le côté, loin de Joelle, et j'ai mis mon bras sur mon visage. Chaque parcelle de mon corps vibrait d'énergie. D'excitation. Elle me parcourait de part en part et pulsait dans ma queue.

Était-ce l'effet de la nouveauté ? Parce que ça faisait un moment que je n'avais été avec quelqu'un ? Parce qu'on m'avait dit de lui laisser de l'espace et que j'avais l'impression de désobéir à un ordre ? Parce qu'elle était tellement plus jeune que moi ?

Bordel, qu'est-ce qui venait de se passer ?

J'ai regardé dans sa direction et je l'ai trouvée à moitié endormie, un sourire satisfait sur son magnifique visage. Mon cœur s'est emballé.

Il fallait que je parte.

J'ai bondi hors du lit et je me suis dirigé vers la salle de bain attenante à sa chambre. J'ai fermé la porte mais je ne l'ai pas verrouillée et je n'ai pas allumé la lumière. Une faible lueur dans la petite pièce m'a guidé pour jeter le préservatif et me laver les mains.

Elle n'a pas bougé. Toujours étalée sur le lit, glorieusement nue et tentante.

Ma queue a eu un soubresaut, la désirant une deuxième fois quelques minutes seulement après la première. Je l'ai ignorée et j'ai attrapé mon caleçon, l'enfilant avant que Joelle ne s'assoie.

— Tu t'en vas ?

J'ai hoché la tête et j'ai enfilé mon short. — Je dois être de retour ici de bonne heure demain matin.

— Alors tu devrais rester. Tu n'auras qu'à sortir du lit pour aller travailler.

L'envie de faire exactement ça, de m'enrouler autour d'elle et de ne jamais partir, était bien trop forte. Elle était temporaire, et moi, j'étais…

Pas.

Je devais me le rappeler. Elle n'allait pas changer sa vie pour moi. Je ne le lui demanderais pas, et elle ne le proposerait pas.

J'ai enfilé mon t-shirt par-dessus ma tête. — Je n'ai pas mon matériel ici, et Molly ne m'adressera plus jamais la parole si je la laisse seule toute la nuit.

— Oh, a dit Joelle, l'air étonnamment déçue.

— On se voit demain. Je me suis penché sur elle pour l'embrasser.

Elle a fait glisser ses mains sur ma poitrine et a agrippé ma chemise, me retenant contre elle. Elle a gémi doucement et a eu un petit rire. — Je n'en ai jamais assez de toi.

— Moi non plus, ai-je dit avec sincérité. Ça devait être parce que notre relation n'était qu'une aventure. J'en avais eu par le passé, mais ça devait être la raison pour laquelle le sexe était si incroyablement bon. Mon corps savait qu'il fallait se laisser aller et profiter.

— Attends, tu as dit tôt le matin ?

J'ai ri. — Ouais. Ici à neuf heures.

Elle s'est laissée retomber sur le lit. — Argh ! J'aurais dû négocier de commencer plus tard avant que tu ne me tiennes éveillée si tard.

J'ai ri de nouveau et je me suis penché pour l'embrasser. — La prochaine fois.

Ses yeux se sont ouverts et ont plongé dans les miens. — La prochaine fois.

J'ai hoché la tête, sentant de nouveau ce coup dans ma poitrine. Je l'ai embrassée rapidement, puis je me suis éloigné de son lit. — J'imagine que la porte d'entrée se verrouille automatiquement. Tu as besoin de fermer celle-ci à clé ?

Elle est sortie du lit et s'est dirigée vers moi. — Ouais.

J'ai attendu qu'elle soit derrière la porte, au cas où quelqu'un se trouverait dehors, puis je l'ai ouverte et je me suis éclipsé.

— Bonne nuit, a-t-elle murmuré.

— Bonne nuit. J'ai regardé en arrière, souriant en la voyant jeter un coup d'œil derrière la porte.

Je devais partir. Rester était la mauvaise décision. Mais c'était terriblement difficile de m'éloigner d'elle.

Je me suis retourné et j'ai marché vers l'avant, en étant aussi silencieux que possible tandis que je me dirigeais vers l'entrée.

L'auberge était silencieuse, endormie. Il n'était pas si tard, mais L'anse MacKellar se calmait bien avant minuit, même le week-end.

J'ai pris une profonde inspiration en sortant sur le porche. Ça sentait la maison. L'air humide et l'herbe fraîche, avec une touche de fleurs. La paix m'a envahi, apaisant les nerfs à vif que m'avait laissés mon départ loin de Joelle.

Elle n'était pas censée m'affecter comme elle l'a fait. Elle n'était que de passage. Notre histoire était éphémère. Elle pouvait partir du jour au lendemain, et moi, je restais.

Tout irait bien.

— Andre ? ai-je entendu dans l'obscurité.

Je me suis figé, essayant d'identifier la voix avant que Sebastian ne pénètre dans le halo de lumière du porche. — Salut. Qu'est-ce que tu fabriques ici ?

— Zoey voulait que je récupère son chargeur de téléphone. Elle l'a monté tout à l'heure et elle l'a oublié. Qu'est-ce que tu fais… ? Tu étais avec Joelle.

— C'est vrai, ai-je dit en me balançant sur les talons et en fourrant les mains dans mes poches.

Sebastian a secoué la tête et s'est dirigé vers la porte d'entrée.

— Qu'est-ce qui cloche tant chez moi pour que je doive rester loin d'elle ?

— Ce n'est pas toi, Andre. Je… Elle ne semble pas dans un état d'esprit où elle serait prête pour une relation.

— Nous ne sommes pas en couple. On passe du temps ensemble. On profite des moments passés ensemble. Qu'y a-t-il de mal à ça ?

— Il n'y a rien de mal à ça. Je ne veux juste pas te voir souffrir.

— Pourquoi est-ce que je… Tu sais quoi ? Peu importe. Joelle me plaît. Et je lui plais. Nous sommes des adultes consentants, et c'est tout ce qui compte vraiment. J'ai dévalé les marches et traversé le parking pour rejoindre ma camionnette.

Je n'avais pas à rester là à me faire dire que je n'étais pas assez bien pour Joelle. Ou qu'elle allait me faire du mal. Tout allait bien. Je n'allais pas souffrir. Il n'y avait rien de mal dans ce que nous faisions.

Sebastian ne comprenait rien, c'est tout.

J'ai dormi comme une merde. Toute la nuit, je me suis retourné dans mon lit, frustré et en colère.

Je n'ai rien fait de mal. Je ne devrais pas avoir à me justifier auprès de Sebastian, ni de personne d'autre.

Mais ce n'était pas la seule chose qui me tracassait.

Il fallait que ce soit un pur hasard que le sexe avec Joelle ait été si putain de génial. Ce n'était pas une sorte de connexion étrange que nous avions, même si elle me plaisait. Je ne l'aimais pas, et on en était loin. Un rencard, un après-midi ensemble et une seule fois au lit ? Non. Ça n'équivalait pas à de l'amour.

Mon stupide cœur était juste plein d'espoir. Je cherchais quelqu'un depuis si longtemps que j'en faisais toute une histoire. Ça irait.

Mais au cas où, j'ai terminé mon travail et j'ai chargé ma remorque. Je ne l'ai pas vue m'observer depuis sa fenêtre, et je n'allais pas traîner dans le coin pour affronter Sebastian ou quiconque avait un avis sur le fait qu'on se voie.

Je fermais la remorque au moment même où la porte d'entrée du Auberge L'anse MacKellar s'est ouverte. J'ai levé les yeux, la poitrine serrée, en espérant que ce soit Joelle.

Elle est sortie sur le porche, et mon téléphone a vibré dans ma poche.

J'avais une envie folle de l'ignorer et d'aller vers elle, mais depuis l'AVC de mon père, je ne pouvais pas ignorer mon téléphone. Jamais. Au cas où quelque chose d'autre arriverait et que mes parents aient besoin de moi.

Je n'ai pas reconnu le numéro, mais c'était un numéro local, alors j'ai répondu. — Davidson Outdoors.

— Vous êtes bien Andre Davidson ?

— Oui. Qui est à l'appareil ?

— Ah, parfait. Je suis ravi de vous joindre. Ici Dan Hernandez. Je suis le…

— Le directeur du district scolaire central de L'anse MacKellar.

— C'est exact, oui. Je ne pensais pas que vous sauriez qui j'étais.

— C'est une petite ville. Que puis-je faire pour vous, Monsieur Hernandez ? ai-je demandé en souriant alors que Joelle s'approchait de moi.

— Je sais que c'est beaucoup demander, mais le superviseur de nos bâtiments et terrains vient de m'appeler. Le tracteur-tondeuse qu'ils utilisent pour entretenir la propriété de l'école vient de tomber en panne. La pièce dont ils ont besoin n'est pas quelque chose que nous avons en stock. Y a-t-il une chance que vous puissiez nous aider ?

— Euh, je peux essayer. Pour quand en avez-vous besoin ?

Joelle a penché la tête, essayant de comprendre ma partie de la conversation.

— Euh, aujourd'hui ? Si possible.

J'ai pris une profonde inspiration. Ma journée était entièrement libre. Je n'avais aucun autre travail de prévu. Ma mission au Retraite avec vue sur la montagne était terminée pour le week-end, puisque je l'avais faite la veille, et j'en avais fini avec le Auberge L'anse MacKellar.

Le seul obstacle, c'était la femme qui se tenait en face de moi.

Mais cette décharge électrique était de retour. Alors, j'ai fait la seule chose sensée. — Bien sûr. Je finis tout juste au Auberge L'anse MacKellar, et je peux être là-bas dans dix minutes.

— Vraiment ? Oh, ce serait formidable.

— Y a-t-il quelqu'un sur place qui pourrait m'accueillir et me dire ce qu'il y a à faire ?

— Oui. Oui, absolument. Le responsable de l'entretien est au lycée en ce moment. Il peut vous faire faire le tour et vous expliquer tout ce que vous devez savoir. Merci, monsieur Davidson. Vous nous sauvez vraiment la mise.

— Je vous en prie. Je suis content que ça ait pu s'arranger.

— Moi aussi. Merci.

J'ai raccroché et je me suis tourné vers Joelle.

— Tu dois y aller.

J'ai hoché la tête et j'ai jeté mon téléphone dans ma camionnette. — Oui. Le district scolaire a besoin d'un coup de main. Un problème avec leur équipement.

— Et tu ne dirais jamais non à quelqu'un qui a besoin de quelque chose, n'est-ce pas ?

— Non. Ça te dérange ?

Elle a ri. — Non. C'est assez incroyable, en fait. Je ne connais pas beaucoup de gens comme toi. Des gens qui renonceraient à leur temps libre pour aider les autres.

Mes sourcils se sont haussés. — On dirait que tu as fréquenté des gens plutôt nuls.

Elle a pincé les lèvres et a hoché la tête. — Ouais.

Je lui ai touché le bras. — Je ne voulais pas...

— Non. Tu n'as rien dit de mal. Tu as raison. C'est l'une des raisons pour lesquelles je suis ici.

— L'une d'elles ? Quelles sont les autres raisons ?

Elle a souri et a baissé la tête. — Disons simplement que j'étais dans une situation qui ne me convenait pas, et que partir était la meilleure chose à faire.

— Tu es en danger ?

Elle a eu un petit rire. — Non. Rien de tout ça. J'essaie juste de comprendre ce qui est bon pour moi. J'avais besoin de changer de vie, et c'est un bon endroit pour réfléchir et voir quelle forme ce changement doit prendre.

J'ai hoché la tête, une partie de moi voulant lui poser plus de questions et l'autre voulant ficher le camp avant de le faire. — Je déteste devoir filer, mais...

— Non, vas-y. Ne t'en fais pas. Je pense que je vais profiter du soleil aujourd'hui, et Zoey et Piper m'ont de nouveau invitée à leur club de lecture ce soir. On se verra peut-être cette semaine ?

— Ouais, ce serait bien. Je me suis penché pour l'embrasser, puis je me suis arrêté.

Elle s'est penchée à son tour et s'est aussi arrêtée.

Nous avons ri tous les deux, et je l'ai attirée à moi. Je lui ai pris la mâchoire en coupe et j'ai porté ses lèvres aux miennes. Elle était douce, comme du sirop, et sentait son lit. Nous.

Ma queue a eu un soubresaut.

Je voulais que ce soit un simple et rapide baiser, mais mon corps a pris le dessus et l'a approfondi en inclinant la tête et en pressant ma langue contre ses lèvres.

Elle a soupiré contre ma bouche, s'ouvrant pour moi et rencontrant ma langue qui s'aventurait. Ses mains ont glissé sur ma poitrine et autour de mon cou, pressant son corps contre le mien.

Mon sexe a palpité contre son corps, son doux parfum floral me rappelant que j'étais sale et en sueur. Je me suis reculé. — Désolé. Je me suis un peu emporté.

— Je ne me plaignais pas.

J'ai eu un petit rire. — Je vais te salir complètement.

— Je ne me plaignais pas de ça non plus.

J'ai souri. Cette femme. Je voulais tout envoyer balader, toutes mes responsabilités, et me perdre en elle. Passer tous mes jours et toutes mes nuits avec elle.

— Je dois y aller, ai-je lâché.

Elle a souri et a reculé d'un pas. — À bientôt.

J'ai hoché la tête et je suis monté dans mon camion. Je l'ai démarré et lui ai fait un signe de la main.

Elle m'a fait un signe en retour, me regardant m'éloigner.

Je la regardais me regarder.

Je voulais faire demi-tour. Retourner dans son lit. M'enfouir en elle. Ne jamais remonter à la surface.

J'ai détourné le regard du rétroviseur et je me suis concentré sur la route. Molly m'a donné un coup de tête dans la main, puis m'a léché.

Je l'avais, elle, ma chienne. Je n'avais pas besoin d'une autre femme. Joelle partirait, comme tout le monde, et je passerais à autre chose, comme je l'avais toujours fait.

JE ME SUIS GARÉ sur le parking du lycée et j'ai fait un signe à l'homme qui se tenait à côté de la tondeuse. J'ai garé mon camion et je me suis approché de lui.

— Andre Davidson ? a-t-il demandé.

J'ai hoché la tête. — Dan Hernandez m'a dit que vous aviez besoin d'aide.

— En effet. Merci d'être venu si vite. Je suis Karl Downs. Je ne crois pas qu'on se connaisse.

J'ai secoué la tête. — Non, je ne crois pas. Enchanté de faire votre connaissance.

— Moi de même. Alors, écoutez, j'avais presque fini le lycée. Le collège et l'école primaire n'ont pas été touchés. C'est beaucoup de travail.

— Pas de problème. Vous pensez que vous allez pouvoir la réparer ? ai-je demandé en désignant de la tête l'antique tondeuse garée sur le bitume.

Il a renâclé. — Je l'espère, mais ce truc est probablement plus vieux que moi. Je vais passer chez Al's Hardware pour voir si je peux y trouver ce dont j'ai besoin, mais je n'ai pas beaucoup d'espoir.

— Oui, s'ils n'ont pas ce dont vous avez besoin, je ne sais pas où d'autre vous dire de regarder.

— J'espère qu'ils pourront le commander, mais ils ne

fabriquent plus ce modèle. On va peut-être devoir en acheter un neuf, et à cette période de l'année…

J'ai fait la grimace. — Oui. Vous n'êtes pas le seul à chercher.

Karl a hoché la tête. — Eh oui. Et puis, nous ne sommes pas un gros district. Ce genre de dépense n'est peut-être pas dans nos moyens. Sans compter que fidéliser les employés est un combat presque aussi difficile.

— Ah oui ? Ce n'est pas une bonne nouvelle.

— L'école ne paie pas aussi bien qu'une entreprise privée. J'entretiens tout ici, et j'ai deux personnes qui m'aident, mais ils ne sont qu'à temps partiel. En hiver, ils n'ont pas beaucoup d'heures, alors c'est un défi de les garder. En général, les employés restent pour l'été, puis trouvent autre chose avant l'hiver.

— Ce n'est pas facile. Vous vous occupez vous-même du déneigement ?

— Oui. Ce n'est pas un espace immense, et on peut le faire en quelques heures, donc ce n'est pas beaucoup de travail pour nous trois.

— Oui, c'est vrai. Waouh.

Karl a haussé les épaules. — Bon, je ne vais pas vous retenir plus longtemps que vous ne le serez déjà. Il n'y a rien d'enterré dont vous devriez vous inquiéter. C'est un espace assez dégagé. Les terrains de baseball et de softball ont été la première chose que j'ai faite, donc vous n'avez à vous soucier que de l'herbe.

J'ai suivi du regard la direction qu'il indiquait et j'ai hoché la tête. — Assez facile.

— Merci. Je vais passer chez Al pour voir ce que je peux trouver, puis je reviens. Laissez-moi vous donner mon numéro au cas où vous auriez besoin de quelque chose avant mon retour.

J'ai hoché la tête et j'ai sorti mon téléphone. Il m'a donné son numéro, et je l'ai enregistré.

Karl m'a fait un signe de la main et est monté dans une camionnette de l'autre côté du bâtiment abritant le matériel.

J'ai déchargé ma tondeuse et installé la cage de Molly pour qu'elle puisse m'accompagner, car c'était un endroit que nous ne connaissions pas.

J'ai terminé la dernière partie du lycée et je suis passé au collège. Le travail était facile, mais la surface était grande. Quand j'ai eu fini les trois écoles, c'était presque l'heure du dîner. Et comme j'avais sauté le déjeuner, je mourais de faim.

Karl bricolait sa tondeuse quand je suis retourné vers lui.
— Vous avez terminé ?

— Ouais. De votre côté, ça a marché ?

Karl a secoué la tête. — Non. J'ai commandé un nouveau contacteur d'allumage parce qu'elle ne voulait pas démarrer, mais elle se comportait bizarrement, et j'ai bien peur que ce soit la transmission.

—Ouh, ce n'est pas bon signe, ai-je dit.

Karl a hoché la tête. — Oui. Carrément pas bon. Mais c'est peut-être mieux que le moteur.

J'ai reniflé. — Que ce soit l'un ou l'autre, vous serez bon pour en acheter une neuve.

— C'est vrai, a dit Karl avec un soupir. « Ce qui veut dire que garder les employés va être encore plus compliqué s'ils me retirent ça de mon budget inexistant.

— Je vous souhaite bon courage.

— Merci. J'apprécie vraiment votre aide aujourd'hui. Si vous n'avez pas de nouvelles de Dan d'ici un jour ou deux, contactez-moi et je lui mettrai un peu la pression pour m'assurer que vous soyez payé.

J'ai hoché la tête. — Merci.

Karl m'a serré la main. — Non, merci à vous. J'espère que je n'aurai pas à vous appeler toutes les semaines pour me tirer d'affaire. Mais s'ils tiquent sur le prix d'une nouvelle tondeuse, ils pourraient bien vous engager pour le faire chaque semaine.

J'ai grimacé à cette pensée. Ça avait marché cette fois-ci parce que j'avais pu m'occuper du Retraite avec vue sur la montagne la veille, mais si je prenais le district scolaire en plus, je travaillerais toute la journée du samedi et du dimanche, tous les week-ends.

Ce n'était pas ce que je voulais faire. Surtout que je travaillais presque tous les jours de la semaine.

— J'aimerais pouvoir dire oui à ça, mais je ne suis pas sûr de pouvoir m'arranger.

Karl a haussé les épaules. — J'ai l'impression qu'ils vont chercher à sous-traiter ce travail plus tôt que tard. Entre le coût de l'équipement et celui des employés à temps partiel, c'est une chose que Dan a mentionnée plus d'une fois.

J'ai soufflé un bon coup. — Je… j'adorerais le faire, mais je ne vois pas comment je pourrais y arriver. Je suis tout seul, et j'ai déjà de gros contrats commerciaux.

— Avez-vous pensé à embaucher ? Les deux personnes qui travaillent avec moi en ce moment sont formidables. Jeunes, mais talentueuses et avec une solide éthique de travail. Elles connaissent cet endroit et pourraient prendre ce poste sans beaucoup de formation. Vous n'auriez qu'à leur fournir le matériel.

Je me suis frotté la mâchoire. Mon activité se développait de manière constante depuis un an, et il devenait de plus en plus difficile de suivre la demande. Embaucher un ou deux employés m'aiderait, mais je devrais alors endosser le rôle de patron au lieu de simplement faire ce que j'aimais, c'est-à-dire entretenir des propriétés.

— Il faudrait que j'y réfléchisse, mais pour l'instant, je ne suis pas sûr que ce soit la bonne voie pour moi.

Karl a hoché la tête. — Je comprends. Ce n'est pas fait

pour tout le monde. Quoi qu'il en soit, merci pour votre aide aujourd'hui.

— Avec plaisir. Bonne chance.

Karl a ri. — Merci.

J'ai chargé ma tondeuse et déposé ma remorque chez Blossom & Grow, tout en pensant à développer Davidson Outdoors. Ou plutôt à ne pas le développer.

12

JOELLE

Je n'ai pas eu de nouvelles d'Andre pendant les jours qui ont suivi. Est-ce qu'il m'évitait ? J'ai essayé de me convaincre que non, mais la vérité, c'est que je ne le connaissais pas si bien que ça. Peut-être qu'il était le genre de mec qui ne cherchait que le sexe et qui, une fois qu'il l'avait obtenu, passait à autre chose.

Au début, ça m'a mise en colère, mais ensuite j'ai décidé que ça n'avait pas d'importance. Je n'allais pas rester. Je ne savais pas où j'allais atterrir, mais ce ne serait pas à L'anse MacKellar. Je m'y étais réfugiée pour fuir ma mère et Thomas, pas pour commencer une nouvelle vie. Mon avenir n'était pas là, et Andre m'avait clairement fait comprendre que le sien s'y trouvait. Si tout ce que nous avions eu n'était qu'une nuit ensemble, ce n'était pas grave.

C'est pourquoi, ce mercredi après le petit-déjeuner, je me suis dirigée vers la ville pour prendre un peu le soleil et profiter de ma journée. J'en avais marre de rester à tourner en rond à l'auberge en espérant qu'Andre se montre.

J'ai hésité à chercher un nouveau rencard sur À la Recherche du Héros Littéraire Parfait, mais chaque fois que je tendais la main vers mon téléphone, je craignais que ma mère n'appelle à nouveau, et je ne l'ai jamais rallumé.

L'école n'était pas encore finie pour les enfants du coin, ce qui signifiait que la ville était plus calme le mercredi que pendant le week-end. Les boutiques avaient leurs portes grandes ouvertes pour laisser passer la brise fraîche, et j'adorais ce temps.

Je me suis arrêtée à la Cove Bakery pour m'offrir une gourmandise de chez Valentina et j'ai discuté avec Harriett pendant quelques minutes. Harriett m'a suggéré de me rendre au parc Catherine, où le festival avait eu lieu le week-end précédent, pour profiter de la vue sur la baie et du soleil.

J'ai suivi sa suggestion et j'ai emporté ma tartelette aux myrtilles et au citron ainsi que mon café glacé quelques rues plus loin, jusqu'au parc. De jeunes enfants se pourchassaient entre eux et poursuivaient leurs parents. Des couples plus âgés étaient assis sur des chaises Adirondack et souriaient aux familles. Quelques coureurs longeaient le parc sur les trottoirs avoisinants.

J'ai trouvé une chaise à l'ombre du kiosque et je me suis laissée tomber sur le bois chaud. Contempler l'eau, avec les immenses navires qui passaient au loin et les plus petits bateaux qui filaient partout, m'apportait la paix. J'ai toujours aimé l'eau sous toutes ses formes, la trouvant apaisante d'une manière que rien d'autre ne l'a jamais été. Peu importait que ce soit une douche qui s'abattait sur moi, un bain avec un verre de vin, une piscine ou un jacuzzi, ou des eaux libres comme la rivière, un lac ou l'océan. J'aimais tout.

Ma tartelette aux myrtilles et au citron était aussi délicieuse que tout ce que Valentina créait, et le café glacé équilibrait parfaitement le sucré. Je me suis penchée en arrière dans ma chaise et j'ai savouré mes deux douceurs tandis que le paysage et le bruit des enfants qui jouaient m'apaisaient.

J'ai fermé les yeux et laissé la brise m'envelopper. Un livre aurait rendu la matinée encore meilleure, mais je n'en avais pas avec moi. J'ai envisagé de passer à la boutique de Finley, où se tenait le club de lecture, avant de retourner à l'auberge pour la journée. Zoey et Piper avaient des étagères bien garnies, mais je voulais quelque chose que je ne me sentirais pas obligée de rendre le plus vite possible.

Pendant que j'étais assise là, les sons environnants se sont estompés. Le vent s'est levé, jouant avec mes cheveux et me faisant sourire. Jusqu'à ce que j'entende un grondement de tonnerre.

J'ai ouvert les yeux et je me suis redressée. Presque tout le monde était parti. Les familles avaient vidé les lieux, les coureurs avaient disparu, et les couples plus âgés se dirigeaient vers leurs véhicules.

Et les nuages sombres s'amoncelaient rapidement.

Je me suis levée de ma chaise et je me suis dirigée vers l'endroit où j'avais garé ma voiture. Je me suis arrêtée pour jeter mes déchets et j'ai posé le pied sur le trottoir au moment où le ciel s'est déchaîné.

J'ai été trempée en dix secondes, et alors que je me dépêchais de traverser la rue, la porte de l'établissement en face de moi s'est ouverte et une main m'a fait signe d'entrer.

— Joelle ! Viens ici !

Je ne m'attendais pas à ce que quelqu'un connaisse mon nom, mais quand je suis entrée, j'ai reconnu Blake, du club de lecture. Elle portait un tablier et un t-shirt noir sur lequel était écrit *Cracked.* — Blake !

— Salut. Je t'ai vue traverser la rue. Tu n'avais pas vu que l'orage arrivait ? Elle m'a conduite à une table près de la porte.

J'ai secoué la tête. — Je profitais de l'air frais. J'imagine que j'aurais dû ouvrir les yeux.

Blake a gloussé. — Pas de souci. Je peux te servir un café ?

Ou un déjeuner ? Mais tu n'es pas obligée d'acheter quoi que ce soit pour t'asseoir ici.

Mon estomac a gargouillé, faisant écho au tonnerre extérieur, et j'ai haussé les épaules. — Je veux bien déjeuner.

Blake a souri et a montré les menus qui dépassaient du porte-condiments au milieu de la table. — I'Je vais te chercher de l'eau pendant que tu regardes. À moins que tu aies eu assez d'eau et que tu veuilles un café, un chocolat chaud ou autre chose ?

— Ooh, un chocolat chaud, ça me dit bien. Et de l'eau, si ça ne te dérange pas.

— Bien sûr. Je reviens tout de suite.

Je l'ai remerciée, puis j'ai pris un menu. Les œufs étaient l'ingrédient principal, ce qui était logique vu le nom du restaurant. Tout avait l'air bon, même si j'avais déjà pris un petit-déjeuner. Mais j'adorais la nourriture du petit-déjeuner et je n'allais pas refuser l'occasion d'en manger deux fois dans la même journée.

Ce matin-là, Piper préparait du pain perdu fourré, alors j'ai jeté un œil aux autres options en attendant mon eau et mon chocolat chaud.

Un homme a fait irruption par la porte, amenant avec lui un vent humide. Il a tapé des pieds et secoué son imperméable avant de balayer le restaurant du regard.

— Salut, Landon ! a lancé Blake en souriant à l'homme tout en m'apportant mes boissons. — La pluie t'a surpris, toi aussi ?

L'homme prénommé Landon a hoché la tête. — C'est bien rempli aujourd'hui.

— Ouais. Les gens s'attardent un peu plus longtemps avec cette averse. Mais je suis sûre que quelqu'un partagera sa table. Blake a déposé mes boissons tout en parlant.

J'ai croisé le regard de l'homme et je me serais sentie

comme une idiote si je ne lui avais pas proposé de s'asseoir à ma table de quatre. — Tu peux te joindre à moi si tu veux.

— Je dois retrouver un ami. Ça te dérange si on se joint à toi tous les deux ?

— Bien sûr que non. Moi, c'est Joelle.

Landon a marqué une pause, puis a eu un petit rire. — Enchanté de te rencontrer, Joelle. Moi, c'est Landon. Il m'a tendu la main pour la serrer.

Je lui ai souri, plus rassurée à l'idée qu'un inconnu et son ami se joignent à moi, puisque Blake le connaissait. Nous nous sommes serré la main, sans la moindre étincelle, et il s'est assis en diagonale par rapport à moi. C'était un homme séduisant, avec des cheveux châtain foncé et un sourire amical. Il sentait la terre et quelque chose de floral.

Landon a immédiatement attrapé un menu et a remercié Blake lorsqu'elle est revenue avec un café pour lui.

— Tu es prête à commander, ou tu veux attendre ton troisième invité ?

Landon a secoué la tête. — Je vais attendre une minute, si ça ne te dérange pas.

— Bien sûr. Joelle ? Et toi ?

— Euh, je peux attendre. Merci, Blake.

— Avec plaisir. Comment se passe ta semaine ? Blake a regardé Landon et a ajouté : — Joelle est en vacances dans notre petite ville. Elle séjourne à l'Inn.

— Je sais, a dit Landon.

Les poils de ma nuque se sont hérissés à ses mots. — Comment sais-tu ça ?

Landon a fait un signe de tête vers la porte au moment où elle s'ouvrait.

Un autre homme est entré, mais celui-là, je le connaissais. Intimement.

— Andre, ai-je soufflé.

Il a vivement relevé la tête. Ses cheveux étaient plaqués

sur son crâne, sa chemise également. Son regard a oscillé entre Landon et moi, puis il a froncé les sourcils.

Blake a disparu, me laissant seule avec les deux hommes.

— Qu'est-ce qui se passe ? a demandé Andre à Landon d'un ton qui était tout sauf amical.

Est-ce qu'ils ne s'aimaient pas ? Des ennemis ?

— Il y avait foule quand je suis arrivé. Joelle a eu la gentillesse de me proposer une place. Et une pour mon ami, a dit Landon, en accentuant le dernier mot.

Andre a plissé les yeux en regardant Landon.

Landon a levé les mains en signe de défense. — Je suis juste assis là, mec.

— Tu as intérêt. Andre s'est glissé sur la banquette à côté de moi, s'asseyant si près que sa jambe s'est collée à la mienne. — Salut.

— Euh, salut. Vous vous connaissez ?

Andre a hoché la tête, et Landon s'est adossé à sa chaise avec un sourire en coin. — Ouais. On est bons amis.

J'ai regardé Andre pour qu'il confirme ce que Landon disait.

— Le pote dont je t'ai parlé.

— La rupture, ai-je lâché avant de pouvoir me retenir.

Landon a froncé les sourcils à cette remarque. — Merci.

— On parlait du fait de tomber amoureux et des ruptures. C'est tout, s'est défendu Andre.

— Et Reegan qui me piétine le cœur, c'était ça, le sujet ?

— J'ai juste dit que tu avais traversé une rupture difficile, a dit Andre.

— C'est tout ce qu'il m'a dit. Je m'excuse. Je ne voulais pas donner l'impression qu'on cancanait sur ton compte. Je te promets que ce n'était pas le cas. Il ne m'a même pas dit ton nom. Mais toi, tu connaissais visiblement le mien quand tu t'es assis. J'ai haussé un sourcil en direction de Landon, le mettant au défi de me contredire.

Ses joues ont rougi. Il a tordu la bouche sur le côté et a hoché la tête. — C'est vrai. Mais rien de mal. Juste que tu lui plais.

C'était au tour d'Andre d'être embarrassé. Il a écarquillé les yeux en regardant son ami tandis que Landon affichait un sourire suffisant.

Puis Andre a tourné son regard vers moi, et mes joues se sont échauffées.

— Salut, a dit Andre, sa voix basse et intime dans le petit espace qui nous séparait.

— Salut, ai-je murmuré.

Blake est réapparue et a posé une carafe de café avec un bruit sourd, souriant lorsque nous avons tous levé les yeux vers elle. — Vous êtes prêts à commander ?

Je me suis occupée de mon chocolat chaud pendant que Blake prenait les commandes d'Andre et de Landon. Elle a fini avec la mienne, puis m'a fait un clin d'œil avant de s'éloigner, ce qui m'a donné l'impression qu'elle n'essayait pas d'interrompre ce qui se passait entre Andre et moi.

Bien sûr, je n'avais aucune idée de ce qui se passait. Je n'avais pas eu de ses nouvelles depuis des jours, et j'avais supposé que c'était fini. Nous n'avions pas prévu de nous voir, et je n'étais pas censée être au Cracked.

Qu'est-ce que je faisais, bon sang ?

— Alors, Joelle, tes vacances se passent bien? m'a demandé Landon en sirotant son café et en ignorant le regard noir que lui lançait Andre.

— Oui. L'anse MacKellar est un endroit très relaxant.

Landon a hoché la tête. — C'est vrai, je suis d'accord. Qu'as-tu fait de beau? Ça fait quelques semaines que tu es là?

— Ouais. Je n'ai pas vraiment fait grand-chose. Je me suis reposée, je me suis promenée en ville. Je suis allée au festival le week-end dernier.

— C'était comment?

— C'était sympa. Je ne suis jamais allée à ce genre d'événement.

— Non? Il n'y a pas de festivals là où tu habites?

— Je… n'y vais pas.

— Tu viens d'où?

— Pourquoi tu l'interroges comme ça? a lâché Andre.

— Je fais juste la conversation, a dit Landon. Il a souri de nouveau, en sirotant son café.

— Je viens de Washington, ai-je dit, sachant que Landon posait des questions pour Andre.

— Vraiment? a demandé Andre.

J'ai hoché la tête. — Oui. J'ai toujours vécu là-bas. La ville est animée et trépidante, et être ici, c'est tout le contraire.

— Je ne crois pas que je pourrais vivre en ville. Trop de pollution, a dit Landon.

— Il possède le fleuriste local avec un immense jardin où il cultive la plupart des choses qu'il vend, a expliqué Andre.

— Vraiment? C'est incroyable. Et je suis d'accord pour la pollution. C'est horrible. J'utilise les transports en commun autant que possible et j'achète autant de produits locaux et bio que je peux.

— C'est vraiment malin. J'ai fabriqué mon propre insecti-cide naturel. Il n'est pas parfait, mais je n'aime pas l'idée d'avoir une tonne de produits chimiques sur mes plantes, ou sur moi.

— C'est tellement horrible. Surtout quand c'est toi qui les utilises tout le temps. Pour la plupart des consommateurs, ce n'est pas un gros problème, mais pour les gens qui s'occupent de plusieurs jardins ou de grands espaces comme un potager, c'est dangereux. Ça fait des années que j'essaie de convaincre ma mère de passer à des produits bio et naturels, mais elle ne veut rien entendre.

— Elle a un grand jardin ? a demandé Landon.

J'ai pris conscience de ce que je venais d'avouer et j'ai

acquiescé, reprenant le fil de la conversation. — Oui, c'est vrai. Son jardinier est d'accord avec moi, mais elle ne veut rien entendre. Elle a dit qu'avoir des insectes, même ceux qui favorisent une végétation saine, ce n'est pas acceptable. Elle veut un espace complètement dépourvu d'insectes.

— Ce n'est pas raisonnable. Il faudrait avoir une serre pour y arriver, et même comme ça, ce n'est pas garanti, a dit Landon.

J'ai hoché la tête. — Elle s'en fiche. Ce n'est pas une personne très raisonnable à bien des égards. Je ne voulais pas que la conversation dérive sur ma mère. — Mais on ne choisit pas sa famille, n'est-ce pas ?

— C'est vrai, a dit Landon. — Tout le monde n'a pas la chance d'Andre à la loterie des parents.

J'ai regardé Andre, et il a souri largement.

— Landon est juste jaloux parce que mes parents voulaient que je vive avec eux le plus longtemps possible et que les siens étaient prêts à ce qu'il déménage dès qu'il a eu dix-huit ans.

Landon a fait un doigt d'honneur à Andre. — Mes parents voulaient un logement plus petit.

— Et se débarrasser de toi, l'a taquiné Andre.

Landon a secoué la tête et a gloussé. Il était évident qu'ils avaient eu cette conversation plus d'une fois. — Mes parents ont acheté un camping-car et parcourent le pays depuis quelques années. Ils passent quelques semaines ou quelques mois dans chaque État, puis ils repartent quand ça leur chante.

— Waouh. C'est unique, ai-je dit. Je ne connaissais personne qui ait jamais possédé un camping-car.

— C'est vrai, mais ils adorent ça. Ils reviennent me voir tous les ans. Ils ont toujours voulu voir du pays. Ils sont à la retraite et ils s'éclatent. Ils n'arrêtent pas de parler de monter jusqu'au Canada et de traverser les provinces avant de revenir pour l'hiver.

— La vie ici est très différente de tout ce que j'ai connu, ai-je admis. — J'ai toujours cru que tout le monde voulait le pouvoir et l'argent, et travailler sans cesse. C'est épuisant, mais être ici, c'est rafraîchissant. Entendre parler de gens qui partent à l'aventure et profitent de la vie… Je ne savais pas que c'était quelque chose que les gens faisaient pour de vrai.

Andre et Landon ont gloussé.

— La vie est plus tranquille ici, a dit Andre. — Les gens ont toujours des envies, mais c'est différent. Quand je suis revenu, mes priorités ont changé. Je n'ai jamais été aussi ambitieux que ce que tu décris, mais je pensais qu'il y avait quelque chose qui clochait chez moi parce que je ne courais pas constamment après plus.

— Je continue de soutenir qu'il y a quelque chose qui cloche chez toi, a dit Landon.

Andre a levé les yeux au ciel. — Bref, je dis juste que chacun doit choisir à quoi il veut que sa vie ressemble. Avoir plus et faire plus n'est pas une mauvaise chose, mais dire non à ça ne l'est pas non plus. Sa voix s'est éteinte, comme s'il était perdu dans ses pensées.

— Tu vas le faire, n'est-ce pas ? a demandé Landon.

J'ai regardé de l'un à l'autre, me demandant ce que je manquais.

Andre a hoché la tête. — Je crois bien que oui.

Blake nous a apporté nos plats, m'empêchant de demander de quoi Andre et Landon parlaient.

— Ça sent incroyablement bon. J'en avais l'eau à la bouche rien qu'aux effluves de la nourriture que Blake distribuait.

— Bon appétit, a dit Blake. — Encore du café ? Du chocolat chaud ? Autre chose ?

Nous avons tous secoué la tête et fixé nos assiettes.

Andre a tendu le bras par-dessus la table pour piquer une pomme de terre de l'assiette de Landon, et ce dernier lui a tapé sur la main. Andre a enfourné la pomme de terre dans sa bouche et a grogné. — Bordel, qu'est-ce que c'est bon.

— Tu aurais dû en commander. Au lieu de me piquer toutes les miennes, grogna Landon.

— C'est plus amusant de piquer les tiennes.

Je gloussai en les regardant. Je n'avais jamais connu d'amis qui se comportaient comme eux. Ni personne, d'ailleurs. Leurs taquineries et leur complicité me rendaient envieuse. J'avais observé la même chose chez les femmes du club de lecture, et chez Zoey et Piper au Auberge L'anse MacKellar.

Je n'avais personne qui me connaissait assez bien pour me taquiner sur quoi que ce soit. Ni personne que je connaissais assez bien. J'avais vécu une vie très isolée, avec ma mère qui contrôlait mes moindres faits et gestes. C'est elle qui m'avait dit dans quelle université aller, qui fréquenter, avec qui être amie, et qui épouser. Elle avait orchestré ma carrière, ignorant mon désir d'étudier les sciences de l'environnement et m'obligeant à obtenir un diplôme en journalisme audiovisuel, pour ensuite me garder dans un bureau où ma silhouette tout en courbes ne poserait pas de problème.

Le monde devenait plus tolérant envers les personnes rondes, mais pas ma mère. Elle ne m'avait jamais acceptée, de quelque manière que ce soit. Elle contrôlait tout et rejetait la moindre idée indépendante que je pouvais avoir.

Et je continuais de la laisser faire.

J'avalai ma nourriture avec difficulté, la vague d'angoisse que je ressentais en réalisant comment j'avais laissé ma vie m'échapper me poussant presque à bout. Je détestais chaque aspect de ma vie, et chaque jour passé à L'anse MacKellar me montrait qu'il n'était pas nécessaire qu'il en soit ainsi.

Landon et Andre continuèrent à plaisanter entre eux tout en mangeant, et moi, je restai assise à les écouter, riant de leurs taquineries et appréciant la façon dont ils m'intégraient à leur cercle.

Ça pourrait être ma vie. Pas exactement la même, puisque je ne restais pas à L'anse MacKellar, mais quelque chose de similaire. Avec des amis et un petit ami qui me choisirait pour moi, et non pour qui était ma mère. Peut-être même une carrière que j'aimerais, au lieu d'un faux travail qui ne signifiait absolument rien dans la vue d'ensemble de l'entreprise.

Ne pas retourner à DC était la seule chose dont j'étais sûre pour l'instant. Choisir ce que je ne voulais pas était aussi important que de choisir ce que je voulais.

Et je voulais ce que Landon et Andre avaient. Je voulais ce que Zoey et Piper avaient. Je voulais une vie que je pourrais apprécier et dont je serais fière. Une vie que j'aurais choisie.

Avec des gens que j'aurais choisis.

André a insisté pour payer mon déjeuner. J'ai protesté, mais il n'a rien voulu savoir. Landon s'est plaint qu'André n'ait pas payé le sien, et un seul regard d'André l'a fait taire.

Tout en gloussant.

— Quoi ? ai-je demandé.

— Quoi ? ont répété les deux hommes en chœur.

— Qu'est-ce que ce regard voulait dire ? ai-je demandé à André, qui a évité mon regard. Puis je me suis tournée vers Landon. — C'était quoi, ça ?

— Non, je ne vais pas me mêler d'une querelle d'amoureux. Je m'en vais.

— Nous ne sommes pas… Ma voix s'est éteinte quand les deux hommes ont haussé un sourcil dans ma direction. — Oh.

Landon a gloussé. — C'était un plaisir de te rencontrer, Joelle. J'espère te revoir avant que tu ne rentres à DC.

— J'espère aussi, Landon, lui ai-je répondu, sincèrement. C'était un homme charmant, et j'avais apprécié de déjeuner en sa compagnie.

Même si je n'étais pas si sûre qu'André aurait choisi de nous présenter.

Landon est sorti au moment où Blake revenait avec le reçu de la carte de crédit d'André à signer. Elle a fait un signe de la main à Landon et nous a remerciés d'être venus.

— Merci de m'avoir sauvée, lui ai-je dit.

— Au bon endroit, au bon moment. Tu es un peu plus sèche, maintenant.

J'ai ri. — Carrément, oui. Le retour à l'auberge aurait été très humide.

— On se revoit dimanche ?

J'ai hoché la tête. — Je pense, oui.

— Parfait. Bonne journée à vous.

— Vous aussi, avons-nous répondu en chœur.

Andre a rangé son portefeuille dans sa poche, puis s'est levé et m'a tenu la porte pour que je sorte avant lui.

On n'aurait jamais cru qu'il avait plu à verse il y a peu. Le soleil était radieux et joyeux, et les trottoirs étaient de nouveau presque secs. Il restait quelques flaques sur la route, mais dans l'ensemble, la journée s'annonçait magnifique.

— Alors, écoute… a commencé Andre.

— Je ne voulais pas… ai-je dit au même moment.

Nous avons ri, et il m'a fait signe de parler la première.

— Je ne voulais pas m'imposer à ton déjeuner. Ni te forcer à passer du temps avec moi. Si j'avais su que tu devais retrouver Landon, j'aurais…

— S'il te plaît, ne dis pas que tu serais partie, a dit Andre.

J'ai pincé les lèvres. C'est ce que j'allais dire, mais il pleuvait à verse, alors peut-être que je ne serais pas partie, mais je n'aurais pas proposé à Landon de se joindre à moi.

— Je n'ai pas bien géré les choses entre nous, et j'en suis désolé.

J'ai hoché la tête, sans le contredire.

— J'aurais dû te contacter.

J'ai secoué la tête. — Non, tu n'as aucune obligation de le faire. J'ai passé trop d'années avec des gens qui ne passaient du temps avec moi que parce qu'ils le devaient. Parce qu'ils sentaient qu'ils y étaient obligés. Je ne veux pas de ça. Ni de ta part. Ni de la part de personne, mais surtout pas de la tienne.

Il a soupiré et s'est rapproché de moi. Il a glissé une mèche de cheveux derrière mon oreille, ses doigts s'attardant sur mon cou. Le dos de ses doigts a effleuré ma gorge jusqu'au col de ma chemise. — Je sais que tu vas bientôt partir, et l'autre soir…

— Tu cherches quelque chose de sérieux, ai-je dit en me souvenant de nos conversations. — Et je ne peux pas l'être, parce que je pars. Je suis tellement stupide, Andre. Je suis désolée. Je savais que tu cherchais quelque chose de plus quand on s'est rencontrés, et je n'essayais pas de te donner de faux espoirs ou de te faire croire que j'allais changer d'avis et rester. Je…

— Ce n'est pas… Tu n'es pas stupide. Je veux quelque chose de plus, c'est vrai, mais je t'ai dit que je ne vivais pas avec des regrets. Ne pas passer de temps avec toi alors que j'en ai l'occasion serait un regret. J'ai juste été très occupé ces derniers jours.

Il y avait quelque chose dans son regard qui me disait que ce n'était pas que ça, mais j'avais moi aussi mes secrets. Je ne pouvais pas lui en vouloir de ne pas vouloir tout partager avec moi alors que je ne partageais pas grand-chose avec lui. — Tu es sûr ? Si tu me dis que c'est fini, je…

Ses lèvres se sont posées sur les miennes avant que j'aie pu finir ma phrase. Il m'a fait reculer jusqu'au mur, puis nous a fait pivoter pour s'adosser lui-même à la brique. Il m'a tirée contre lui, m'emprisonnant sur place avec ses deux bras autour de mon dos.

J'ai inspiré son odeur, une odeur d'herbe et de soleil, et de cet homme auquel je ne pouvais pas résister. J'ai léché ses lèvres, accédant à sa bouche avide, et je l'ai embrassé comme si j'étais affamée de lui depuis des jours.

Parce que je l'étais.

J'ai soupiré de bonheur, mon corps gourmand se préparant pour lui. Mes tétons étaient durs dans mon soutien-gorge, mes seins lourds de désir. Mon ventre s'est contracté, désirant ardemment qu'il me remplisse. Nous étions en public, et j'étais prête à grimper sur cet homme et à m'oublier.

Mais qu'est-ce qu'il me faisait, bon sang ?

— Je peux t'inviter à sortir ce soir ? a-t-il murmuré contre mes lèvres.

— Oui.

— Viens chez moi.

— Maintenant ?

Il a eu un petit rire. — Je voulais dire après le dîner. J'ai une réunion à laquelle je dois me rendre tout de suite. Mais je passerai te prendre à six heures. Si ça te va ?

J'ai hoché la tête. — Ça me va. Je me suis écartée, le laissant remettre ses vêtements en ordre et reprendre son souffle.

— Joelle ?

— Ouais ?

— Je suis vraiment heureuse que tu aies été là aujourd'hui.

— Moi aussi.

— Prends une brosse à dents pour ce soir. Je ne te laisserai pas partir une fois que je t'aurai dans mon lit.

— C'est un ordre ?

Il s'est approché si près que je pouvais sentir son souffle sur mes joues. — Non, ma belle, c'est une promesse.

Mes genoux ont tremblé et un frisson a parcouru mon corps.

— On dirait que ça te plaît.

Je me suis mordu la lèvre et j'ai hoché la tête. — On dirait bien que oui.

Il m'a embrassée. — Parfait. Tu me plais.

J'ai souri. — J'espère bien.

Il a gloussé. — Tu veux que je te ramène ?

J'ai secoué la tête. — Non. Ma voiture n'est pas loin. J'étais en ville pour profiter de la belle journée quand il s'est mis à pleuvoir des cordes.

Il a ri bruyamment. — C'est bien ça. J'espère que tu as pu bien en profiter avant ça.

— Et après, ai-je dit.

Ses joues ont rosi. — J'ai hâte d'être à ce soir, Joelle.

— Moi aussi.

Il m'a de nouveau embrassée, rapidement, puis s'est éloigné. — Je te vois à dix-huit heures.

— Moi et ma brosse à dents.

— Ouais. Salut, ma belle.

— Salut.

Je l'ai regardé traverser la rue en courant et disparaître au coin de la rue avant de faire demi-tour pour rejoindre ma voiture.

Mon esprit s'est mis à tourner à plein régime pendant que je conduisais jusqu'au Auberge L'anse MacKellar, et quand je suis arrivée, j'ai su que je devais commencer à faire des projets.

Piper était à la réception et a souri quand je me suis approchée d'elle. — Salut. Tu viens d'où ?

— Je reviens de déjeuner. Je suis allée à la Cove Bakery, et Harriett m'a suggéré d'aller voir le Catherine Park. Elle aurait dû me suggérer de vérifier la météo, mais tout s'est bien terminé.

— Oh, non ! Tu t'es fait surprendre par l'orage ?

J'ai ri. — Oui, mais ça a été. Blake m'a vue et m'a fait signe d'entrer chez Cracked.

— Oh, super. C'est un bon endroit pour attendre la fin d'un orage. Et c'est délicieux, en plus.

— Ça l'était.

— On dirait que tu es investie d'une mission. Qu'est-ce qui se passe ?

J'ai secoué la tête. — Je ne sais pas comment tu peux le voir, mais c'est le cas. J'ai réalisé en mangeant que j'ai mené une vie qui ne me plaît pas vraiment. Je veux commencer à définir à quoi je veux que ma vie ressemble. Tu aurais du papier ou quelque chose sur quoi je pourrais écrire ?

— Bien sûr. Elle a cherché sous le bureau et en a sorti un petit bloc-notes. — Tu veux ça ou tu préfères du papier d'imprimante ou du papier à lignes ?

— C'est parfait. Si ça ne te dérange pas que je le prenne.

Elle a secoué la tête. — Pas du tout. Amuse-toi bien à planifier ta nouvelle vie.

— Merci, Piper. J'ai emporté le bloc-notes dans ma chambre et enlevé mes chaussures. Je me suis blottie sur le lit, attrapant la télécommande de la télé pour avoir un fond sonore. J'étais tellement habituée à l'agitation de la maison de ma mère qu'il y avait des moments où le Auberge L'anse MacKellar était trop calme.

J'ai commencé à écrire toutes les choses dont je ne voulais plus dans ma vie. Des choses comme quelqu'un qui contrôlait mes moindres faits et gestes, des gens qui ne s'intéressaient qu'à ce que je pouvais leur apporter, et un mari prêt à me tromper.

En écrivant, je suis devenue de plus en plus en colère contre la vie que j'avais menée. Je voulais faire mes propres choix et vivre comme je l'entendais. Je m'étais pliée aux règles de ma mère pendant si longtemps que j'avais cessé de penser par moi-même il y a des années. Probablement à l'époque où j'avais choisi la spécialisation universitaire qu'elle m'avait imposée.

Quand j'ai eu épuisé toutes les choses que je ne voulais plus voir dans ma vie, j'ai su que je devais faire une pause. J'ai tourné à une nouvelle page et j'ai posé le bloc-notes et le stylo sur la table d'appoint. Je suis descendue du lit et j'ai enlevé mes vêtements. Entre les habits que j'avais achetés et les quelques affaires que j'acceptais de porter de ma valise, il me restait encore des choses propres, mais elles s'épuisaient rapidement. Je devais demander à Piper et Zoey s'il y avait un endroit où je pouvais faire ma lessive.

Et si elles pouvaient m'apprendre comment faire.

Une autre chose sur la liste. J'avais besoin d'indépendance. De voler de mes propres ailes et de faire des choses simples comme ma propre lessive.

Mais d'abord, je devais guérir.

Mes larmes montaient alors que j'entrais dans la salle de bain. Toute une vie de regrets pesait sur moi. Tout ce que disait Andre sur le fait de ne pas avoir de regrets me donnait envie de lui ressembler davantage.

Je le serais. Je créerais une vie qui me le permettrait.

La douche était chaude sur ma peau, mais c'était agréable. Je me suis mise sous le jet et j'ai renversé la tête en arrière, laissant mes larmes se mêler à l'eau. J'ai pleuré pour la petite fille que j'étais, qui ne voulait que l'amour de sa mère. J'ai pleuré pour l'adolescente qui voulait avoir des amis avec qui sortir. J'ai pleuré pour l'étudiante qui voulait choisir son propre chemin. Et j'ai pleuré pour la femme adulte dont la mère avait baisé le fiancé le jour de son mariage.

Je ne voulais plus de tout ça dans ma vie. Je ne voulais plus être cette personne. Je ne pouvais pas changer mon passé, mais je pouvais refuser d'en emporter les aspects toxiques dans mon avenir.

Quand mes larmes se sont taries, je me suis lavé les

cheveux et le corps, puis j'ai passé un rasoir sur mes jambes et mes aisselles. L'épilation à la cire sur laquelle ma mère avait insisté commençait à s'estomper, et des poils drus commençaient à apparaître. Je ne voulais pas de ça pour mon rendez-vous avec Andre.

Je suis sortie de la douche et je me suis séchée. J'ai enroulé mes cheveux dans une serviette et mon corps dans un peignoir. J'ai appliqué de la lotion sur ma peau et j'ai pris mon temps pour me préparer pour mon rendez-vous.

Quelqu'un a frappé à ma porte à dix-sept heures cinquante-sept, et j'ai su que c'était Andre. J'ai glissé ma brosse à dents dans mon sac à main et j'ai ouvert la porte.

Ses mains étaient posées sur le haut du cadre de la porte, et il me bloquait le passage. Son regard a glissé sur mon corps, m'enflammant comme si ses mains avaient suivi le même chemin. — Bon sang, tu es magnifique.

— Tu n'es pas mal non plus, ai-je dit.

Il portait une chemise bleue à col dont les manches étaient retroussées, dévoilant ses avant-bras musclés. Il portait un short kaki et des tongs marron. Même ses pieds étaient sexy. J'ai levé les yeux et j'ai croisé son sourire en coin.

— Tu es prête à y aller ?

— Je le suis, ai-je dit en sortant dans le couloir.

Il ne s'est pas beaucoup éloigné, son corps frôlant le mien alors que je fermais la porte derrière moi. Il a attrapé ma main, la portant à ses lèvres pour un baiser. — Je savais que si je t'embrassais, on n'arriverait jamais au restaurant, alors je dois me contenter de ça.

Mon cœur a raté un battement à ses mots, et mon souffle s'est coupé. La femme dont cet homme tomberait amoureux serait une sacrée veinarde.

Dommage que ce ne soit pas moi.

LE RESTAURANT où Andre m'a emmenée était petit, intime et magnifique. Il se trouvait au bord d'une partie de la rivière sans aucune maison en face, et nous pouvions voir le Canada de l'autre côté de l'eau. Ce n'était pas chic, mais c'était parfait, car nous pouvions nous asseoir l'un à côté de l'autre et discuter sans avoir l'impression que l'on empiétait sur notre espace.

Aller dîner à Washington m'a toujours donné l'impression d'être exposée. Ma mère captait l'attention de tout le monde dans une pièce, et si elle n'était pas là, les gens guettaient son arrivée. J'avais toujours l'impression de vivre dans un bocal.

Mais pas à L'anse MacKellar. Une autre chose à ajouter à la liste d'exigences pour ma nouvelle vie. Je voulais vivre quelque part où on ne me dévisagerait pas tout le temps. Où je pourrais être moi-même sans me soucier qu'un autre média essaie de me surprendre dans une position compromettante, ou avec une sale tête.

Généralement la deuxième option.

Mais ici, je n'y ai pas pensé une seule fois.

— Ton dîner te plaît ? a demandé Andre en repoussant son assiette vide.

— C'est délicieux. J'ai commandé un risotto aux épinards, aux champignons et aux crevettes, et c'était le meilleur que j'aie jamais mangé. Crémeux et onctueux, avec un je-ne-sais-quoi qui lui donnait vie. — Comment était ton steak ?

— Vraiment bon. Il a attrapé son verre de vin. Nous avons partagé une bouteille de vin dont le prix abordable aurait mis ma mère en colère. Tout était abordable. Parce que nous payions pour la nourriture, pas pour être dans un restaurant branché en ville.

— Est-ce que tu as pu tout régler pour ce travail pour

lequel on t'a appelé dimanche ? Je me le demandais, mais il n'en a pas parlé. Une partie de moi craignait qu'il ait menti en disant qu'il devait partir.

— Oui, a-t-il dit avec un hochement de tête. — C'était une mission ponctuelle. La tondeuse du district scolaire est tombée en panne, et ils avaient besoin que je les dépanne pour la journée. J'espère pour eux qu'elle sera bientôt réparée.

— C'était gentil de ta part.

Il a laissé échapper un rire. — Ils m'ont payé, donc ce n'est pas comme si je travaillais gratuitement.

— Oui, mais quand même. Tu as dû modifier ton emploi du temps pour le faire. Il y a des gens qui auraient dit non.

Il a secoué la tête. — Je ne connais pas ces gens-là. Par ici, on s'entraide. J'imagine que c'est différent de DC ?

J'ai inspiré et souri. — Très différent.

— C'est pour ça que tu es ici ? Tu as dit que tu ne savais pas combien de temps tu resterais en ville. Tu avais besoin de changer de rythme ?

— Quelque chose comme ça.

Il a haussé un sourcil dans ma direction, m'implorant de continuer.

— Je me suis disputée… avec ma mère. Elle est très exigeante, et elle a dépassé les bornes avec moi, alors je suis partie.

— Pourquoi a-t-elle son mot à dire sur ce que tu fais ?

— C'est ma patronne, et je vis encore chez elle.

Il haussa les sourcils. — Je suppose que je suis mal placé pour dire quoi que ce soit, vu que je vivais chez mes parents il n'y a pas si longtemps. Mais bon, je ne travaillais pas vraiment pour eux. Ça ne doit pas être facile.

Je secouai la tête. — Ça ne l'est pas. Elle aime que les choses soient faites à sa façon, et si elle n'obtient pas ce qu'elle veut, elle n'est pas contente.

— Laisse-moi deviner, ton opinion ne compte généralement pas.

— Non. Mon opinion ne compte *jamais*.

Andre grimaça. — Aïe.

Je pris une inspiration et secouai la tête. — Mais c'est fini. Je ne peux plus vivre comme ça.

— Tu as bien raison. Ce n'est pas facile de tenir tête, mais c'est une bonne chose. Quand j'ai déménagé, mes parents n'étaient pas contents, mais ça nous a fait du bien à tous. Je dîne encore avec eux environ une fois par semaine.

— Vraiment ?

Il hocha la tête. — Ouais. Je n'ai pas déménagé parce que je les détestais. J'ai déménagé parce que j'avais besoin de mon propre espace. Ta mère finira par le comprendre. Il est normal de quitter le nid un jour ou l'autre. Votre relation changera, mais ce ne sera pas forcément une mauvaise chose.

— Elle va très certainement changer, marmonnai-je.

— Ce n'est pas grave. Tu trouveras un équilibre qui te convient.

— Comment peux-tu avoir une telle confiance en moi ?

Il sourit. — Comment pourrais-je ne pas en avoir ? Je ne te connais peut-être que depuis une semaine, mais je sais déjà que tu es intelligente, créative et gentille. Tu as de superbes idées et tu te soucies de la planète et des gens qui y vivent. Je ne sais pas ce que tu fais dans la vie, mais je suppose que c'est quelque chose en rapport avec l'environnement, puisque ça te passionne tant.

Il se pencha plus près, et j'imitai son mouvement.

— Et la raison la plus importante pour laquelle j'ai confiance en toi, c'est parce que je t'écoute, et je sais que tu peux faire tout ce que tu veux.

Il a capturé mes lèvres avec les siennes et a glissé sa langue entre elles. Son baiser a été bref, mais il m'a fait tourner la tête. Cet homme ne ressemblait à personne que j'avais connu auparavant. Si je ne faisais pas attention, j'oublierais que je devais quitter la ville et le laisserais me convaincre de rester.

Si je ne faisais pas attention, je tomberais amoureuse de lui. Éperdument.

14

ANDRE

J'étais repu, mais quand le serveur nous a demandé si nous voulions un dessert et que les yeux de Joelle se sont illuminés à la mention du cheesecake à la pâte à cookie, je n'ai pas pu résister.

Le serveur l'a apporté sans grande cérémonie, laissant la douceur parler d'elle-même.

Joelle s'est léché les lèvres, me taquinant sans le vouloir, tandis qu'elle dévorait le dessert du regard.

Je me suis rajusté, ma queue s'imaginant que ce regard lui était destiné et non à un cheesecake. Tout chez Joelle me faisait cet effet. De son rire à la joie qu'elle trouvait dans les choses simples, en passant par la façon dont elle me regardait comme si j'étais spécial.

L'avoir évitée pendant trois jours n'avait fait que me rendre plus affamé d'elle maintenant qu'elle était à ma portée. Je m'attendais à ce que mon besoin d'elle s'estompe, mais quand je suis entré dans le Cracked et que je l'ai vue assise avec Landon, j'ai eu envie de démolir mon meilleur ami pour lui avoir parlé.

J'avais des ennuis. Et je le savais. Tomber amoureux était facile pour moi, mais je n'avais jamais ressenti ce que je ressentais avec Joelle. Comme si elle était essentielle à ma survie. Comme si j'allais me briser quand elle partirait. Parce qu'elle allait partir.

Mais je connaissais déjà la vérité. Tout le monde part. Tout le monde passe à autre chose. Toutes les autres relations que j'avais eues se sont terminées. Je survivrais quand celle-ci se terminerait aussi.

— Tu en veux un peu ? me demanda Joelle, me ramenant à l'instant présent.

J'ai attrapé la fourchette que le serveur m'avait apportée et j'ai pris une petite bouchée. Elle m'a observé alors que je la portais à mes lèvres. Je ne savais pas si elle guettait ma réaction ou si elle était jalouse que je mange une partie du dessert, mais dès que la douceur a touché ma langue, j'ai gémi.

— C'est bon, hein ? s'est-elle exclamée.

— Presque aussi bon que toi, ai-je murmuré.

Ses joues ont pris cette délicieuse teinte rosée dont je ne me lassais pas. Elle a baissé la tête en se mordillant la lèvre inférieure.

Pourquoi avais-je résisté à l'envie de passer du temps avec elle ? Pourquoi m'étais-je empêché de profiter de chaque minute que nous avions ensemble ? Oui, elle allait partir, mais je le savais depuis le début. Me tenir loin d'elle ne m'empêchait pas de vouloir être près d'elle.

Elle piqua une autre bouchée du cheesecake, et j'ai posé ma fourchette pour la regarder savourer. Elle lécha la fourchette, puis ferma les yeux pour apprécier le dessert.

Ma queue a durci, mon esprit l'imaginant réserver le même traitement à ma bite. Je ne me rappelais pas la dernière fois où j'avais désiré quelqu'un autant que je la désirais. La dernière fois où j'étais assis en face d'une femme et que j'avais lutté pour rester sur ma chaise au lieu de me glisser sous la table pour faire d'elle mon dîner.

Joelle savourait le cheesecake, sans se douter à quel point je la désirais. Elle m'a laissé la dévisager et siroter mon eau tandis qu'elle dévorait le dessert, de la même manière que j'avais l'intention de la dévorer une fois que je l'aurais pour moi tout seul.

Pourquoi avais-je choisi un restaurant à trente minutes d'ici ?

J'ai remué sur ma chaise, essayant de soulager ma queue qui pulsait. Elle a levé les yeux vers moi, sa langue glissant le long des dents de sa fourchette, et ses yeux se sont écarquillés.

— Ça va ?

J'ai secoué lentement la tête.

— Qu'est-ce qui ne va pas ?

— Je fais le compte à rebours jusqu'à ce que je puisse t'avoir pour moi tout seul et te faire hurler mon nom. Le chiffre est au-dessus de zéro, alors je suis… mal à l'aise.

— Oh, a-t-elle murmuré, son regard glissant de mon visage au bord de la table, puis à mes mains avant de revenir sur mon visage. Un sourire en coin a soulevé ses lèvres. « Je suppose que je devrais arrêter de manger mon cheesecake et commencer à penser à te dévorer. »

J'ai grogné, ma queue pressant contre ma fermeture Éclair, menaçant de faire une apparition au dîner. — Tu vas me tuer.

Elle a gloussé, son visage s'illuminant de joie. — Je suis mouillée depuis que j'ai ouvert la porte, alors je suppose que c'est de bonne guerre.

— Putain, ai-je soufflé. J'ai cherché notre serveur du regard et j'ai levé la main pour attirer son attention.

— Vous avez terminé ? a-t-il demandé en tendant la main vers l'assiette de dessert.

— Pourriez-vous emballer le reste ? Et m'apporter l'addition, s'il vous plaît.

— Bien sûr. Il a eu un petit rire quand Joelle a piqué une dernière bouchée du dessert avant qu'il ne nous le prenne.

— Je n'avais pas encore fini.

— Tu pourras finir plus tard. Pour l'instant, il faut qu'on sorte d'ici avant que je ne dérape.

— Déraper comment ?

— En t'embrassant les lèvres.

Elle a tendu les lèvres. — Tu peux m'embrasser.

— Pas celles-là.

Elle a eu un hoquet de surprise et un rouge magnifique lui est monté aux joues.

J'ai souri largement et j'ai fini mon eau, puis j'ai sorti mon portefeuille au moment où le serveur s'approchait. Je lui ai tendu ma carte sans regarder l'addition et je lui ai laissé un très gros pourboire quand il est revenu rapidement.

J'ai tenu le cheesecake devant la tente dans mon short et j'ai entraîné Joelle avec moi jusqu'à la porte. À peine dans mon pick-up, mes lèvres étaient sur les siennes.

Elle m'a rendu mon baiser avec autant d'ardeur que moi, aspirant ma lèvre inférieure dans sa bouche et la mordillant. Elle a passé une main sur ma braguette, et j'ai sifflé entre mes dents en me retirant.

— Si tu fais ça, je ne vais pas être capable d'attendre de t'avoir dans mon lit.

— Nous avons toute la nuit, a-t-elle dit en tendant de nouveau la main vers moi.

— Et je peux être patient.

— Ah oui ? a-t-elle fait, en haussant un sourcil, un sourire narquois aux lèvres.

Un rire m'a échappé. — Merde, j'essaie, d'accord ?

Elle a ri avec moi et a bouclé sa ceinture de sécurité.

— Tu ne ressembles à personne d'autre.

— Toi non plus.

J'ai attrapé sa main et j'ai porté ses phalanges à mes lèvres. Je n'ai pas lâché sa main, qui reposait sur ses genoux, pendant que je filais vers mon appartement.

Nous sommes sortis précipitamment de la camionnette, manquant d'oublier le cheesecake, puis nous nous sommes hâtés vers l'immeuble. Ma bite s'était un peu calmée, mais dès que Joelle a effleuré ma peau, j'ai de nouveau été submergé par le désir.

J'ai enfoncé la clé dans la serrure et j'ai ouvert la porte à la volée, la poussant à l'intérieur avant de refermer la porte violemment et de la plaquer contre elle.

J'ai couvert son corps du mien, mes deux coudes appuyés sur la porte, à côté de sa tête. Je l'ai embrassée de tout mon être, de ma bite pressée contre son ventre à ma langue qui se battait avec la sienne. J'ai baissé les mains et soulevé sa robe pour lui prendre les fesses, serrant son corps plus fort contre le mien, ayant besoin de sentir ses courbes.

— Miaou ! a résonné autour de nous, suivi d'un frôlement contre mes chevilles.

— Merde, ai-je murmuré.

Joelle a gloussé et m'a regardé de sous ses cils. — Ta femelle préférée a besoin d'attention.

— Je ne suis pas sûr qu'elle mérite ce titre en ce moment, ai-je grommelé en me penchant pour ramasser Molly.

Joelle a fait des bruits d'appréciation pendant que je grattais le dos de Molly et lui parlais. J'ai laissé Molly voir Joelle et je les ai présentées à nouveau.

— Molly, tu te souviens de Joelle. Sois encore gentille avec elle. C'est une femme spéciale avec qui j'aime passer du temps.

— Tu lui parles comme si elle te comprenait.

— C'est le cas, ai-je admis. — Ou en tout cas elle en a l'air. Elle me répond parfois.

— Vraiment ? C'est assez génial. Joelle s'est approchée. — Je peux la caresser ?

Molly a répondu pour moi en miaulant et en essayant de lécher Joelle.

— Je crois que l'idée lui plaît.

Joelle a tendu la main pour que Molly la renifle et s'est fait lécher. Joelle a gloussé. — Elle'est si adorable.

— Je pense qu'elle se souvient de toi.

— Non. Ça fait plus d'une semaine, et ça a été très bref.

— Elle est plutôt intelligente. Elle sait qui est gentil avec elle, ai-je dit.

— Eh bien, il n'y a aucune raison de ne pas être gentil avec elle. Elle est bien trop adorable pour ça.

— Je suis d'accord.

Joelle a frotté les oreilles de Molly et lui a gratté le dos jusqu'à ce que Molly se blottisse contre mon épaule.

— Tu vas l'endormir. Laisse-moi la mettre dans son panier pour qu'elle reste ici.

— D'habitude, elle dort avec toi ?

J'ai haussé les épaules. — Parfois. Elle a un panier ici. Elle fait sa vie. J'ai posé Molly dans son panier, et elle a tourné en rond, puis s'est roulée en boule et a fermé les yeux. — Je suis juste content qu'elle ne me fasse pas la tête.

— Elle te fait la tête ?

J'ai hoché la tête. — Tu n'imagines même pas.

Joelle a gloussé et secoué la tête. — Elle est vraiment passive-agressive.

— Sans aucun doute.

Joelle s'est de nouveau mise à rire, jusqu'à ce que je m'approche d'elle. Elle a cessé de rire et m'a observé, son regard glissant sur moi alors que je me rapprochais.

— Tu veux que je mette ton cheesecake au frigo ?

— Vas-tu oublier qu'il est là et le manger ?

J'ai secoué la tête. — J'ai autre chose en tête pour mon dessert.

Elle a eu le souffle coupé, en se léchant les lèvres.

J'ai rangé le cheesecake, puis j'ai embrassé Joelle avec fougue, lui mordillant les lèvres tout en l'entraînant vers ma chambre. Elle a ri contre ma bouche, s'agrippant à moi et me laissant la guider sans se débattre.

J'ai éteint les lumières en arrivant dans ma chambre et j'ai fermé la porte, juste au cas où Molly essaierait de se joindre à nous. Hors de question.

Joelle a glissé ses mains sous mon t-shirt, faisant courir ses ongles sur ma poitrine et laissant la chair de poule dans son sillage. Elle a tiré mon t-shirt vers le haut, interrompant notre baiser et me léchant le téton.

— Putain, ai-je sifflé. J'adorais jouer avec les tétons d'une femme, mais on ne m'avait jamais retourné la pareille.

Elle a parcouru ma poitrine de sa langue jusqu'à l'autre téton et a refermé ses dents sur la pointe. Elle l'a taquiné du bout de sa langue.

Mes mains se sont plongées dans ses cheveux, s'enfonçant dans les mèches et ramenant sa bouche à la mienne. J'ai poussé ma langue dans sa bouche, ayant besoin du goût de ses lèvres autant que de chaque centimètre de son corps. J'ai retroussé sa robe pour pouvoir toucher sa peau nue. Je l'ai fait reculer jusqu'à ce que ses jambes heurtent le lit.

Elle s'est arrêtée, puis s'est assise sur le bord et m'a regardé. Elle a attrapé mon short, l'a déboutonné et l'a fait glisser le long de mes jambes. Elle a passé une main dans mon caleçon et m'a empoigné.

J'ai regardé le tissu bouger au rythme de sa main, la vue d'elle me caressant sans que je puisse le voir entièrement étant érotique à sa manière. Mes hanches se sont cambrées, cherchant plus d'elle, plus de sa part.

De sa main libre, elle a baissé mon caleçon et s'est penchée pour prendre ma bite dans sa bouche. Sa langue a glissé le long de mon gland, écartant la fente et me goûtant. Un grognement sourd a grondé dans sa gorge, et putain de merde, j'ai failli jouir sur-le-champ.

— Merde, ai-je murmuré.

— J'aime ton goût, a-t-elle soufflé avant d'écarter les lèvres et de m'aspirer jusqu'au fond de sa gorge.

— Joelle ! J'ai essayé de ne pas bouger, mais putain de merde, c'était tellement bon.

Elle a fredonné en faisant glisser ses lèvres jusqu'à mon gland, puis m'a relâché avec un baiser avant de lécher le liquide pré-éjaculatoire sur ma bite.

J'ai arraché mon t-shirt et me suis tenu nu devant elle. Elle était encore entièrement vêtue. Je suis tombé à genoux, écartant ses cuisses avec mes hanches, et j'ai sucé son clitoris avec force à travers sa culotte.

— Oh, oui, Andre, a-t-elle gémi en se laissant tomber sur le lit.

J'ai écarté sa culotte sur le côté et j'ai glissé deux doigts dans son intimité étroite. Elle s'est doucement bercée contre moi, en quête de plus, sans pour autant chercher à prendre le contrôle.

Ce soir, elle était toute à moi.

— Déshabille-toi, ai-je ordonné, sans attendre de voir si elle m'obéirait. Je la baisais lentement avec mes doigts et je l'ai regardée se mettre à nu pour moi.

— Andre, a-t-elle soufflé.

J'ai vu l'expression frénétique dans son regard et j'ai su qu'elle prenait autant de plaisir que moi. J'ai retiré mes doigts d'elle en douceur et lui ai enlevé sa culotte, que j'ai laissée au bord du lit. En quelques secondes, mes doigts étaient de nouveau en elle, et ma bouche a enveloppé son clitoris.

— Oui, a-t-elle gémi, un son qui ressemblait à un soupir.

Je taquinais son clitoris de la pointe de ma langue et continuais de la stimuler avec lenteur. Ce n'était qu'une question de temps avant que ce rythme langoureux ne la rende folle, et j'étais là pour savourer le spectacle.

Elle a remué ses hanches sans repos, cherchant plus de moi. J'ai léché autour de son clitoris, la goûtant et sentant la façon dont il gonflait pour moi. Son intimité pulsait.

— S'il te plaît, a-t-elle murmuré, comme si elle avait peur de demander mais qu'elle en avait besoin.

— Dis-moi.

— Te dire quoi ?

J'ai levé les yeux et je l'ai vue m'observer. — Dis-moi ce dont tu as besoin, Joelle. Dis-moi comment tu veux que je te fasse jouir.

— Je pensais que tu avais plein d'idées.

Putain, j'adorais son insolence. Quelque chose me disait qu'elle ne la laissait pas souvent paraître, mais je l'adorais. Je lui ai adressé un sourire narquois. — Oh, ma belle, j'ai tellement d'idées pour toi. J'ai recourbé mes doigts en elle pendant que je parlais, sachant que ce geste lui ferait rouler les yeux.

Et ce fut le cas. Son corps tout entier a tremblé sous mon geste. — Fais ça. Encore. Plus. S'il te plaît.

J'ai recourbé mes doigts de nouveau, en ajoutant un troisième et en augmentant la pression.

Ses cuisses frémissaient, des tremblements parcourant son corps.

— Tu vas jouir sur mes doigts, Joelle ?

— Oui.

— Et sur ma langue ? Je lui ai léché le clitoris. — Tu peux jouir là-dessus aussi ?

— S'il te plaît.

— Et après ça ? Tu vas jouir sur ma bite ? Me laisser te faire jouir jusqu'à l'épuisement ?

— Oui ! Oui ! Oui ! Son cri a été ponctué par la violente poussée de ses hanches contre ma main.

— Oh, ça, c'est de la triche, l'ai-je réprimandée. — Je crois que j'en veux un autre, pour la peine.

— Quoi ? Pourquoi ?

— Parce que je n'étais pas prêt pour toi. Je voulais regarder tes jolis tétons roses durcir. Et je voulais voir cette rougeur envahir ta peau. Et j'avais hâte de sentir le flot de ta jouissance sur toute ma main. Celui-là était trop rapide. J'en ai besoin d'un autre. Tout de suite, ma belle. J'ai recourbé mes doigts et les ai enfoncés en elle.

Elle s'est brisée instantanément, son corps excité, prêt et submergé par l'intrusion soudaine. Elle a crié de nouveau, des mots insensés tandis que son intimité trempait ma main.

— Encore, Joelle. Laisse-moi te goûter. J'ai léché autour de mes doigts et goûté sa jouissance. J'ai porté mes lèvres à son clitoris et l'ai sucé fort, sachant que la pression la ferait repartir.

Quand son dos s'est cambré et qu'elle a poussé un cri, je l'ai sucée encore plus fort. Son sexe a inondé ma main, déversant sa jouissance partout sur moi.

Putain, c'était magnifique.

J'ai attrapé une capote sur ma table de chevet, regrettant de ne pas y avoir pensé plus tôt quand j'ai dû retirer ma main de son corps. Je l'ai déchirée rapidement, manquant de faire tomber ce fichu truc. Je voulais être en elle avant qu'elle ne puisse me le demander.

Je me suis positionné à son entrée et j'ai poussé à l'intérieur. Son corps a été secoué de spasmes. Elle était trempée, et mon lit aussi. Ça a permis une entrée facile, et j'ai glissé en elle sans grande résistance.

— Je ne sais pas comment tu fais pour me procurer un tel plaisir, mais s'il te plaît, n'arrête jamais.

— Tout est dans le poignet, l'ai-je taquinée.

Elle a ri, son corps se resserrant autour de moi.

J'ai gémi. — Putain, tu es si bonne.

— Oh, ouais, a-t-elle dit en contractant ses muscles intérieurs. — Ne te retiens pas, Andre. Je veux te sentir.

— Je ne veux pas te faire mal. Ni t'effrayer.

— Impossible. Tu m'as permis de me lâcher. Laisse-moi faire de même pour toi.

— Putain, ai-je sifflé, ma bite palpitant en elle. Je n'étais pas adepte des trucs de fous, mais je me retenais la plupart du temps. Cette barrière entre moi et la femme avec qui j'étais devait rester intacte pour que je ne me perde pas.

Mais elle me demandait davantage. Elle me voulait tout entier. Et je ne pouvais pas lui dire non.

Je me suis retiré de son intimité jusqu'à ce que seul le gland reste à l'intérieur. J'ai soulevé ses genoux sur mes flancs, maintenant ses cuisses en l'air. Je l'ai écartée davantage, faisant basculer son bassin en arrière.

Puis je me suis lâché.

Je l'ai pilonnée, surveillant son visage pendant les premiers coups de reins pour m'assurer que je ne lui faisais pas mal, puis j'ai fermé les yeux et je me suis laissé aller.

Elle s'est resserrée autour de moi, soulevant ses hanches pour accompagner mes coups et cherchant mes mains. Elle a posé ses mains sur les miennes, puis l'une d'elles a disparu.

J'ai baissé les yeux et je l'ai trouvée en train de se frotter le clitoris.

— Putain.

— Si bon. Tellement bon, a-t-elle soufflé.

Je n'ai pas arrêté. Je ne pouvais pas arrêter. J'ai regardé ses doigts glisser sur son clitoris, le bouton charnu gonflant encore plus avec la friction supplémentaire. Je la fixais, son corps ouvert et vulnérable pour moi. Me laissant voir ses parties les plus intimes, ses secrets et son plaisir.

J'ai su à ce moment-là que me laisser aller avec elle était une erreur. Je ne pouvais pas me retenir. Tout était à nu, comme des nerfs à vif.

Putain, ce que je l'aimais. Et ce n'était pas comme avec les autres femmes. C'était différent, c'était plus. C'était la voir se donner à moi, et savoir que je pouvais me donner à elle en retour.

C'était censé être temporaire, mais il n'y avait rien de temporaire dans les sentiments que j'éprouvais pour elle.

Joelle, c'était putain de tout pour moi.

— Andre. Oh, merde. Je… Andre. Ses doigts se figèrent sur son clitoris, l'épuisement la rattrapant.

Je lâchai son genou et joignis mes doigts aux siens. Je lui prêtai ma force tandis que nous frottions son clitoris. Je plongeai ses doigts là où je glissais en elle, recueillant la lubrification de ses orgasmes, et la ramenai à son clitoris. Ses cuisses tremblaient, et je pressai fort sur son point sensible.

Et elle lâcha enfin prise.

Je regardai sa jouissance, voyant sa peau rougir, la chair de poule sur tout son corps, la façon dont son corps se tendait avec son orgasme. Je la fixais, me demandant putain de comment j'avais pu passer tant d'années sans elle dans ma vie et putain de comment je pourrais un jour la laisser partir.

Puis mon orgasme me percuta comme un camion. Ma gorge se serra, mes couilles se contractèrent, mes jambes devinrent douloureuses, et j'explosai en elle, m'inquiétant une demi-seconde de faire déborder le préservatif.

Mes muscles étaient à peine assez forts pour me soutenir alors que mes genoux faiblissaient et que j'avais l'impression que mon corps tout entier jouissait. Je tombai sur elle, mon torse atterrissant sur le sien, nos mains coincées entre nos corps.

Sa main libre parcourut mon dos, apaisante, quand je pus enfin ressentir quelque chose. Je me suis senti mal de l'écraser contre le matelas et fis un mouvement pour me retirer d'elle, mais elle resserra son étreinte.

— Pas encore, chuchota-t-elle.

Je me blottis contre son menton et embrassai son cou, me laissant aller là, sur elle. Sur la femme que j'aimais.

15

Quand ma verge s'est retirée de son corps, je me suis écarté d'elle et je suis allé dans la salle de bain pour me débarrasser du préservatif. J'ai souri à la délicieuse courbature qui parcourait mon corps. Je ne me souvenais pas m'être jamais senti ainsi. Je savais que la femme dans mon lit allait me changer pour toujours, et j'en étais heureux.

La réalité n'avait pas sa place en cet instant. Je n'allais pas y penser.

Elle est allée à la salle de bain après moi, puis s'est glissée dans le lit à côté de moi et a posé sa tête sur ma poitrine. Elle a fait courir ses doigts taquins sur mon ventre, sans un mot.

La douceur de sa main a fait papillonner mes paupières avant qu'elle ne murmure quelque chose que je n'ai pas bien entendu. — Qu'est-ce que tu as dit ?

Son corps a été secoué d'un frisson. — Tu dors ?

— Désolé. Ce n'était pas mon intention.

Elle a secoué la tête contre ma poitrine. — Ce n'est pas grave. On dirait que les orgasmes endorment les hommes. Moi, la plupart du temps, ça me donne de l'énergie. Toutes ces endorphines me donnent envie de rester éveillée toute la nuit.

— Eh bien, si c'est le cas… Je l'ai fait rouler sous moi et je l'ai embrassée jusqu'à ce qu'elle cesse de glousser. Nos corps se sont alignés sans effort, ses cuisses s'écartant pour me faire une place entre elles.

Sa chaleur m'a attiré, me faisant presque oublier de mettre un préservatif avant de m'enfoncer en elle. Une fois couvert, j'ai pressé mon corps contre le sien, frottant mon bassin contre son clitoris à chaque lente poussée.

— Je n'ai jamais joui comme ça, a-t-elle murmuré.

— Tu vas jouir ?

Elle a hoché la tête et s'est mordu la lèvre inférieure.

J'ai passé ma langue sur sa lèvre, l'aspirant dans ma bouche tout en continuant mes lents va-et-vient au plus profond de son intimité.

Ses talons ont glissé le long de mes mollets et se sont accrochés à mes cuisses. Son corps s'est tendu et s'est mis à trembler.

Je n'ai pas changé de rythme, laissant la tension monter entre nous jusqu'à ce qu'un orgasme la submerge et déclenche le mien presque sans crier gare.

— Putain, souffla-t-elle en m'attirant sur elle.

Je lui ai embrassé le cou et la mâchoire, et j'ai remonté jusqu'à ses lèvres. — Ouais.

Elle a ri doucement, ses yeux se sont fermés avant de laisser échapper un énorme bâillement.

— Wow, sympa de me faire comprendre que j'étais nul au lit, l'ai-je taquinée.

Elle a secoué la tête et m'a tapé sur le bras. — C'est un compliment. Tu m'as épuisée.

— Lent et constant, c'est ce qui te plaît, hein ?

Elle a haussé les épaules. — Je crois que c'est toi qui me fais cet effet.

Je savais qu'elle ne donnait pas à ses mots le même sens que moi, mais bon sang, ils m'ont touché en plein cœur.

Tomber amoureux d'elle semblait inévitable. Je ne me suis jamais retenu en amour. J'aimais tomber amoureux. Mais alors que je sortais du lit et que nous suivions notre petite routine avant d'aller nous coucher, j'ai su que l'amour n'avait jamais été comme avec Joelle. Apaisant. Simple. Évident.

Quand nous nous sommes glissés dans le lit cette fois-là, sa respiration est devenue régulière avant la mienne, le sommeil l'emportant bien plus vite que moi. J'ai murmuré les mots que je ne pouvais pas dire pendant la journée et j'ai déposé un baiser sur le sommet de sa tête, me disant que je profiterais de chaque jour que nous avions ensemble et que ce serait suffisant.

J'AI DÉPOSÉ Joelle à l'auberge le lendemain matin. J'avais une journée de travail complète, ce que je détestais ne sachant pas combien de temps elle resterait en ville, mais je me suis juré d'arrêter de perdre mon temps et d'en passer le plus possible avec elle.

Elle a accepté de dîner avec moi vendredi soir, me disant qu'elle passait la soirée du jeudi avec Piper et Zoey pour garder des enfants avec quelques-unes des autres femmes qu'elle avait rencontrées au club de lecture.

— Tu te fais des amies ici, l'ai-je taquinée alors que je garais mon camion.

Elle a hoché la tête. — Oui. C'est... différent. Ça me plaît.

— Il y a des gens vraiment géniaux ici.

Elle s'est penchée par-dessus la console. — Oui, c'est vrai.

Je l'ai rejointe à mi-chemin et je l'ai embrassée jusqu'à ce que mon téléphone vibre.

Elle s'est reculée et a attrapé la poignée. — Va travailler. On se voit demain.

— Profite bien de ta soirée, ai-je dit en lui faisant un signe de la main tout en sortant mon téléphone de ma poche. Je n'ai pas reconnu le numéro. — Davidson Plein Air.

— Monsieur Davidson, c'est Dan Hernandez à l'appareil. Comment allez-vous aujourd'hui ?

— Je vais bien, monsieur Hernandez. Et vous ? Tout se passe bien dans les écoles ?

— En fait, non. C'est pour ça que j'appelle. Karl Downs a essayé d'obtenir ce dont il a besoin pour notre équipement, mais il ne pense pas que ça arrivera à temps pour s'occuper des propriétés ce week-end. Il m'a dit que vous pourriez peut-être nous dépanner à nouveau.

J'ai pris une grande inspiration. — Honnêtement, monsieur, je ne suis pas sûr. J'ai essayé de voir comment je pourrais tout faire. J'adorerais, mais je passe généralement tout mon dimanche au Auberge L'anse MacKellar et au Retraite avec vue sur la montagne. Le Retreat a un événement samedi, donc je ne peux pas changer ça ce week-end, et je sais qu'on s'occupe habituellement des écoles pendant la semaine ou le dimanche. Je pourrais peut-être m'occuper de l'auberge samedi, mais je ne suis pas certain d'avoir assez de temps pour faire toutes les écoles avec le temps qu'il me resterait dimanche.

Monsieur Hernandez a soupiré lourdement. — Karl en avait déjà fait une partie avant que vous ne veniez le week-end dernier. Et vous méritez aussi un peu de temps libre. Il a inspiré, et j'ai senti son hésitation avant qu'il ne poursuive. — Seriez-vous d'accord pour que l'école utilise votre matériel quand vous ne vous en servez pas ? Nous pourrions nous organiser en fonction de vos disponibilités. Karl a deux employés à temps partiel qui sont excellents, d'après ce qu'il me dit. Il pourrait les superviser comme il le fait maintenant, mais nous pourrions signer un contrat pour l'utilisation de votre tondeuse puisque la nôtre est hors service.

J'ai réfléchi à cette option. Cela représenterait un petit revenu supplémentaire pour moi, je pourrais aider le district, et tout ça sans augmenter mes heures de travail. — Seriez-vous d'accord pour que je les rencontre ? Tous les trois ? L'idée me plaît, mais Karl a aussi mentionné qu'il n'y a pas beaucoup de travail pour eux pendant l'hiver. J'ai aussi dû refuser d'autres contrats par manque de temps. Ce n'était pas assez de travail pour embaucher quelqu'un d'autre, mais si je pouvais trouver une solution…

— Vous pourriez les faire travailler et ne pas avoir à tout faire vous-même. Nous sommes un peu désespérés, monsieur Davidson. Karl m'a dit que la pièce qu'il a commandée pourrait ne pas arriver avant plusieurs semaines, et il a du mal à trouver quelque chose qui respecte le budget que le district a pour ce genre de choses. Karl insiste beaucoup pour externaliser l'aménagement paysager, et si vous pensez que c'est quelque chose que vous pourriez prendre en charge de façon permanente, nous signerions un contrat pour cela dès maintenant.

— Waouh. C'est… Karl l'avait mentionné, mais je ne savais pas si c'était la direction que vous alliez prendre. Écoutez, je dois me rendre à un travail tout de suite, mais si je peux retrouver Karl et les employés à temps partiel plus tard dans la journée, on pourrait peut-être élaborer un plan. Si cela vous convient.

— Absolument. Merci. Nous vous en sommes très recon-naissants.

— Moi aussi, monsieur Hernandez. Merci pour cette opportunité.

— Il n'y a personne d'autre avec qui nous préférerions travailler. Je vais faire savoir à Karl que vous aimeriez le rencontrer. Avez-vous ses coordonnées ?

— Oui, je les ai. Je peux organiser une rencontre.

— C'est parfait. Merci.

— De rien. J'espère que nous pourrons trouver un arrangement.

— Nous aussi. On se recontacte.

J'ai raccroché et j'ai caressé la tête de Molly. Elle était assise sur le siège, me regardant pendant que je prenais l'appel. Elle a miaulé et m'a donné un coup de tête contre la main, réclamant plus d'attention.

J'ai envoyé un rapide texto à Karl pour demander un rendez-vous, lui indiquant vers quelle heure je serais libre.

J'ai gratté la tête de Molly en quittant le parking de l'auberge pour traverser la ville et me rendre à mon premier travail de la journée. Mon téléphone a vibré avant que j'arrive à destination, alors une fois garé, j'ai vérifié mes messages.

Karl m'a proposé un créneau horaire qui nous conviendrait pour nous voir. Je lui ai répondu par texto que je passerais une fois que j'aurais terminé mon dernier chantier de la journée, avant de tout remballer pour la soirée.

Molly a sauté du camion avec moi et s'est installée sur la tondeuse pendant que je m'occupais de la crèche, puis de quelques maisons dans le quartier de mes parents. J'ai gardé la maison de mes parents pour la fin et je suis entré avant de m'attaquer à leur pelouse.

— Bonjour ! ai-je lancé en entrant.

— Par ici, a répondu Maman depuis la véranda à l'arrière de la maison.

J'ai suivi leurs voix, et Molly, et j'ai trouvé ma chatte déjà blottie sur les genoux de Maman quand je suis arrivé à l'arrière. J'ai gloussé.

— Elle sait qu'elle est aimée, a dit Maman.

— Oh que oui. J'ai embrassé la joue de Maman, puis j'ai

donné une tape dans le dos de Papa. — Comment allez-vous aujourd'hui ?

— Bien, a dit Papa. — On profite du grand air. On se demandait quand tu allais de nouveau dîner avec nous. Demain soir, peut-être ?

— Oh, euh, j'ai un peu des plans pour demain.

— Landon ? On lui a déjà parlé, et il va venir, a dit Maman.

— Vous avez appelé Landon ?

Mes parents m'ont regardé comme si j'étais fou.

— Je le lui ai demandé quand je suis allé chercher des fleurs hier. C'était notre anniversaire. J'allais prendre des roses, mais Landon a insisté pour que je prenne quelque chose de plus unique. Quelque chose de spécial. Il m'a montré ces pivoines et a ajouté des hortensias et des tulipes avec ces autres petites. Comment s'appellent-elles ? a-t-il demandé à ma mère.

— De la gypsophile, a dit Maman en montrant les petites grappes blanches.

— C'est ça. Ta mère a pleuré. Je lui ai toujours offert des roses, mais celles-ci sont différentes et spéciales. On voulait organiser un dîner pour fêter notre anniversaire, alors j'ai invité Landon.

J'avais la tête qui tournait tandis que la conversation passait du coq à l'âne. Tout se résumait au fait que je ne pouvais pas dire non à mes parents.

— Comme il a déjà accepté, tu peux venir aussi, a dit maman en ricanant doucement tandis que Molly lui léchait la main. — Toi aussi, ma précieuse.

— Je… je n'avais rien de prévu avec Landon.

Mes parents ont échangé un regard.

— Avec qui avais-tu quelque chose de prévu ? a demandé maman. — Tu as un rendez-vous galant ?

— En fait, oui.

— Oh, amène-la. On adorerait la rencontrer. Attends, c'est votre premier rendez-vous ? Ça pourrait être gênant.

— Ce n'est pas un premier rendez-vous, ai-je répondu avant même de réfléchir à ce que je disais.

— Parfait. Alors amène-la. Maman a bu une gorgée de son café et m'a foudroyé du regard par-dessus le bord de sa tasse, me mettant au défi de la contredire.

J'en étais incapable. Quand mes parents décidaient de quelque chose, je suivais le mouvement. Peu importait que j'aie trente-sept ans et que je vive seul, c'étaient mes parents. Et après avoir failli perdre mon père, je faisais tout ce qu'ils voulaient que je fasse. — D'accord.

— Bien.

Tandis que je tondais leur pelouse, je me suis demandé si je devais inviter Joelle à rencontrer mes parents. Je n'avais jamais présenté de femme à mes parents. Principalement parce que je n'étais pas du tout sorti avec quelqu'un depuis mon retour à L'anse MacKellar. Je rencontrais des femmes pour prendre un verre, j'avais eu quelques aventures sans lendemain, mais je n'étais sorti avec personne. Pas sérieusement. Pas avant Joelle.

Non pas que notre relation soit sérieuse. Mais je savais que c'est ce que je voudrais si elle décidait de rester.

J'ai chassé toutes les inquiétudes que j'avais à propos de Joelle en arrivant sur le parking de l'école et je me suis dirigé vers Karl et deux jeunes gens qui se tenaient près de lui. Karl m'a fait un signe de la main alors que je m'arrêtais pour me garer à côté d'eux.

Je suis sorti de la voiture, laissant Molly sortir avec moi. Elle a poussé un petit miaulement et a filé en courant vers la pelouse.

— Est-ce qu'elle va s'enfuir ? a demandé la jeune femme.

J'ai secoué la tête. — Elle sait la chance qu'elle a, mais

c'était un chat errant, alors elle aime bien courir un peu. Je m'appelle Andre. Je lui ai tendu la main.

— Gail. Enchantée de vous rencontrer, monsieur.

— Moi de même. Je me suis tourné vers le jeune homme et lui ai tendu la main. — Enchanté de vous rencontrer. Je m'appelle Andre.

— Moi de même, monsieur. Je m'appelle Carson.

Ils avaient tous les deux une poignée de main ferme et soutenaient mon regard. Avec la recommandation élogieuse de Karl, j'avais de grandes attentes envers eux.

Je me suis tourné vers Karl. — Content de vous revoir. Même si j'imagine que pour vous, c'est moins agréable.

Karl a eu un petit rire. — Ouais. Ces derniers jours ont été difficiles. Merci de vous être déplacé à nouveau. Dan a dit que vous seriez peut-être prêt à trouver une solution.

J'ai haussé les épaules. — J'ai du temps quand le matériel ne tourne pas. Tout le nécessaire pour l'aménagement paysager tient sur la remorque. Mais je ne suis pas inépuisable.

Karl a hoché la tête, et nous nous sommes tous les deux tournés vers Gail et Carson.

— Vous envisagez d'embaucher l'un d'eux, ou les deux, pour reprendre certains projets, a déclaré Karl.

— En effet. Mais c'est là que nous devons tous trouver un accord. J'ai exposé mes idées, de l'entretien de la propriété de l'école aux autres projets que j'avais refusés récemment. J'avais recontacté les entreprises que j'avais éconduites et découvert qu'elles cherchaient toujours une solution. Gérer l'une des seules entreprises d'aménagement paysager de la ville jouait en ma faveur.

— Il me semble que vous auriez assez de travail pour les occuper, mais ça va beaucoup solliciter votre équipement, a dit Karl.

J'ai hoché la tête. — C'est vrai, mais il est neuf. Je l'ai

acheté il y a deux ans et, depuis, je développe mon entreprise petit à petit. La première année, je ne faisais que des contrats résidentiels. L'année dernière, j'ai décroché le contrat de Retraite avec vue sur la montagne et j'ai ajouté quelques projets commerciaux en plus. Cette année, j'atteins à peu près ma limite, mais l'équipement a été impeccable. C'est Stone Auto Repair qui s'en occupe pour moi, même si ça sort un peu de leur domaine de compétence habituel. Ils ont un type qui est excellent en tout, et c'est le seul qui touche à la tondeuse.

— Que nous demanderiez-vous de faire ?, a demandé Gail.

— La première chose est cette propriété. Vous la connaissez tous les deux mieux que moi. C'est vous qui avez fait le travail jusqu'à présent. Je vous tiendrais au courant de mon planning et je m'assurerais que nous nous organisions pour ne pas nous gêner. Si les choses continuent à bien se passer, j'envisagerais d'acheter une autre tondeuse l'année prochaine et de voir quelles autres opportunités nous pourrions trouver. Il y a une limite, cependant. Un travail comme celui-ci prend du temps. Il n'y a pas de raccourcis, et le potentiel de revenus est quelque peu plafonné.

— Monsieur, si je peux me permettre ?, a demandé Carson.

Je lui ai fait signe de la tête de continuer.

— Gail et moi avons tous les deux choisi cette carrière en connaissant les risques. Nous aimons être dehors, nous travaillons bien en équipe et nous sommes prêts à travailler dur. Nous sommes meilleurs amis depuis l'âge de sept ans. Nous sommes colocataires et nous apprécions la compagnie l'un de l'autre. Mais aucun de nous n'est très intéressé par le fait de diriger. Nous aimons le travail, pas le côté commercial des choses.

J'ai eu un petit rire. — Donc, ce que vous êtes en train de

me dire, c'est que vous voulez faire le travail, et que vous n'allez pas tout apprendre pour ensuite monter votre propre entreprise et me voler tous mes clients.

— Non, monsieur, ont-ils dit en chœur.

J'ai croisé le regard de Karl. Il a souri, hochant la tête comme s'il savait qu'ils diraient cela. — Il me semble que nous pouvons faire en sorte que ça marche. Si vous êtes partants tous les deux.

— Oui, monsieur, ont-ils répondu.

— Je n'ai jamais été patron auparavant, ai-je admis. — Nous allons tous apprendre ensemble. Nous pouvons régler tous les détails, mais je sais que ce projet doit être terminé ce week-end. J'ai regardé Karl pour avoir sa confirmation.

— C'est généralement le dimanche que nous abattons la majeure partie du travail, car l'école est ouverte cinq jours par semaine et il y a des événements sportifs la plupart des samedis. Nous pouvons en faire une partie pendant les journées de classe, mais le dimanche, tout est calme.

— D'habitude, je passe mes dimanches au Retraite avec vue sur la montagne et au Auberge L'anse MacKellar. Je peux voir avec eux pour qu'ils s'occupent de l'auberge le samedi, mais pour le centre de vacances, c'est plus compliqué, car ils organisent des événements le samedi et il y aura des campeurs pendant la semaine.

— Mais lorsque la colonie sera ouverte, l'école, elle, sera fermée. Y a-t-il un jour de la semaine où vous êtes normalement en congé ? Nous pourrons tout faire ce jour-là, a suggéré Gail.

— J'essaie de prendre un jour de congé chaque semaine, mais il varie en fonction de la météo.

— Nous devrons peut-être étaler le travail sur plusieurs jours si les créneaux sont plus limités, a dit Carson.

— On va trouver une solution. Laissez-moi regarder mon

planning et voir si je peux réorganiser certaines choses. Comme je n'ai jamais eu à m'en soucier avant, je n'ai jamais essayé. Mais je pense qu'on peut y arriver.

— Vous nous rendez un immense service, Andre, a dit Karl.

— J'ai hâte, moi aussi. Je me suis tourné vers Carson et Gail. — Montez tous les deux sur la tondeuse et conduisez un peu.

Ils ont accepté, impatients d'apprendre. Ils se sont relayés pendant que Karl et moi leur expliquions les subtilités des commandes.

Quand nous avons eu fini, j'ai appelé Molly et je me suis dirigé vers Blossom & Grow pour déposer la remorque. Je suis passé voir Landon alors qu'il fermait.

— Tu n'es pas prêt, a-t-il dit quand je suis entré.

— Prêt pour quoi ?

— Je pensais qu'on allait chez O'Kelley ce soir. Pour retrouver les gars.

— Merde. J'ai oublié.

— Cerveau en mode cul ?

J'ai levé les yeux au ciel. — À ce propos, merci de ne pas m'avoir prévenu pour l'anniversaire de mes parents.

Il a pouffé. — J'ai supposé que tu étais au courant.

— Que nous allons dîner chez eux demain soir ? Et que Joelle y sera aussi ?

Landon a haussé les sourcils. — Intéressant.

— Ouais. Je me suis fait piéger sur ce coup-là quand je leur ai dit que j'avais quelque chose de prévu, et qu'ils ont cru que c'était avec toi.

Landon a ri. — Eh bien, ça promet d'être une soirée sympa, ça c'est sûr. Rentre chez toi prendre une douche. Tu pues. Je passe te prendre dans trente minutes.

J'ai fait un signe de la main et je suis sorti par l'arrière, Molly sur mes talons.

Sur la route d'O'Kelley's, j'ai parlé à Landon du contrat pour entretenir les propriétés du district scolaire et de l'embauche de deux employés. Nous en avions discuté après que j'ai aidé le district dimanche, et il savait que l'idée de me développer me plaisait. Mais il comprenait aussi les difficultés liées au temps et à l'argent. Il parlait d'embaucher quelqu'un depuis des années mais n'avait pas encore sauté le pas.

Nous en parlions encore lorsque nous nous sommes assis au bar, et Ramsey Holland s'est tourné vers moi.

— Avez-vous besoin d'aide ? a demandé Ramsey.

J'avais oublié qu'il était avocat et j'ai réfléchi à sa proposition. — En fait, c'est possible. Jen'ai jamais eu d'employés auparavant. Que dois-je savoir ?

Hudson a eu un petit rire et a posé un verre devant moi. — Bonne chance.

— Ça ira très bien, a dit Ramsey. — Vous pouvez passer demain ?

J'ai passé en revue mon emploi du temps dans ma tête et j'ai hoché la tête. — Ouais, je peux être là vers dix heures ou après treize heures.

— L'un ou l'autre convient.

— Merci.

— Je vous en prie. C'est ce que je fais, dit Ramsey.

— Que fais-tu ?, demanda le Dr Nico Allison.

— J'aide les entreprises à se lancer, dit Ramsey.

Nico hocha la tête. — C'est vrai. Et il est sacrément bon, en plus. Vous avez l'entreprise de paysagisme, c'est bien ça ?

J'ai hoché la tête. — C'est bien ça. Andre Davidson.

— Après lui avoir parlé, venez me voir. Le type qui s'occupait de mon aménagement paysager déménage, et j'ai besoin de quelqu'un de nouveau. Si vous avez le temps.

— Il en aura après avoir embauché deux nouvelles personnes, répondit Landon à ma place.

— Ah oui ? Appelez-moi, dit Nico.

J'ai hoché la tête. — Je n'y manquerai pas. Merci.

— Non, merci à vous. J'étais en train de me demander ce que j'allais faire. Je n'ai pas de tondeuse à gazon. Nico leva les yeux au ciel.

— Il possède une île et un appartement, précisa Ramsey. — Pas besoin d'aménagement paysager chez lui.

— Je préfère payer quelqu'un pour s'en occuper.

— Je comprends ça. C'est pour ça que je suis dans ce métier.

— Est-ce que vous avez aussi un service de déneigement ?, demanda Nico.

J'ai gloussé. — Oui, en effet.

— Encore mieux.

J'ai échangé mes coordonnées avec Nico en souriant. Peut-être que tout allait s'arranger.

16

JOELLE

J'étais à table pour le petit-déjeuner, vendredi matin, et j'ai ri en regardant la famille assise avec moi. Les parents étaient gentils et attachants. Ashleigh était une mère au foyer avec une formation en comptabilité, et son mari, un ancien militaire, travaillait pour une entreprise qui semblait toucher à tout. Daniel était un alpha, un peu mystérieux, mais il n'avait d'yeux que pour sa femme et leur fils.

Quand ils sont arrivés pour le petit-déjeuner, les trois places libres à ma table étaient les seules de disponibles. Je les ai invités à se joindre à moi et je m'en suis réjouie quand Junior s'est laissé tomber sur la chaise à côté de moi et m'a demandé mon nom.

À partir de là, c'était comme si je faisais partie de leur famille. Junior a piqué une tranche de mon bacon, et son père lui a dit que c'était impoli. J'ai insisté, disant que ce n'était rien. Sa mère lui a dit d'aller m'en chercher une autre, et Junior en a rapporté une… avant de la piquer, elle aussi.

— Je te jure qu'il n'est pas comme ça d'habitude, a dit Ashleigh. — Qu'est-ce qui te prend ?

Junior a haussé les épaules. — Elle a dit que je pouvais la prendre.

— Tu dois être poli, a dit Daniel. Sa voix était profonde et autoritaire, mais douce avec son fils.

— Je suis désolé, a dit Junior en me regardant depuis la chaise à ma droite.

— Ce n'est rien, l'ai-je rassuré. — Le bacon est vraiment bon. Je comprends que tu en veuilles plus.

— Tout est bon ici, a dit Ashleigh. — Quelqu'un avec qui Daniel a travaillé nous a recommandé cet endroit. Il a dit que c'était une super escapade.

— Ça l'est, ai-je convenu, mon sourire se crispant au mot « escapade ». L'anse MacKellar était mon escapade. C'était une liberté que je n'avais jamais connue auparavant. Mais je savais que c'était temporaire. Je devrais finir par rentrer chez moi. Affronter ma mère et Thomas, et ce que j'avais fait.

Ce qu'ils avaient fait.

— Tu as fait quelque chose d'amusant depuis que tu es en ville ? a demandé Ashleigh.

— J'ai passé un peu de temps en ville à faire connaissance avec les gens. C'est une ville si accueillante. Rien à voir avec d'où je viens.

— D'où viens-tu ? a demandé Daniel.

— De DC.

La tête de Daniel s'est relevée d'un coup, son regard se posant sur moi pour m'étudier attentivement. — Qu'est-ce que tu fais à DC ?

Son ton m'a mise sur mes gardes. Est-ce qu'il me connaissait ? Ou ma mère ? Venait-il de là-bas ? — Je travaille dans l'audiovisuel.

— Quelle chaîne ?

— Daniel, a dit Ashleigh, d'un ton qui laissait entendre qu'il se montrait trop insistant.

Daniel a jeté un regard à sa femme, puis a croisé le

mien. — Je m'excuse. Je n'essaie pas de me mêler de tes affaires. Mon métier est particulier et je dois faire attention.

— Oh, je ne travaille pas à l'antenne et je n'ai pas mon mot à dire sur les sujets qui sont diffusés. Je... je travaille en coulisses.

Daniel m'a examinée de plus près. Essayait-il de me reconnaître ? Il a hoché la tête une fois, puis s'est concentré sur son assiette.

— Alors, L'anse MacKellar ? Quelle est la chose que tu as préférée faire depuis que tu es arrivée ? Depuis combien de temps es-tu là ?

— Trois semaines, ai-je dit, m'étonnant moi-même de ma réponse. — Hum, c'est génial. Il y a une librairie de romances en ville. Il y a de très bons restaurants. O'Kelley's est un super bar local. Le Catherine Park est au centre-ville et il est parfait pour laisser les enfants courir et jouer. Pas très loin d'ici, on peut prendre un bateau-mouche pour aller au château de Boldt. Il y a une érablière, un cinéma et des tonnes de boutiques mignonnes en ville.

— Une érablière ? a demandé Ashleigh.

J'ai hoché la tête. — Ouais. C'est magnifique. Ils ne font pas de sirop à cette période de l'année, mais on peut voir la ferme et déguster les friandises qu'ils y préparent. Piper et Zoey peuvent vous mettre en contact avec Colin et probablement vous organiser une visite.

— On devrait vraiment faire ça, dit Ashleigh, attirant l'attention de Daniel.

Daniel leva les yeux sur elle et hocha la tête, esquissant un sourire avant de se reconcentrer sur son assiette.

— Ça fait bien trop longtemps qu'on n'a pas pris de vacances. On a vraiment hâte de pouvoir nous reposer pendant qu'on est ici. Ashleigh me sourit, mais je pouvais voir la tension autour de ses yeux.

— Le brasero extérieur est parfait pour terminer la soirée tranquillement, ai-je dit.

— On est prêts à y aller ? demanda Daniel en repoussant son assiette.

— Je suis encore en train de boire mon café. Pourquoi n'allez-vous pas dehors courir un peu, tous les deux ? suggéra Ashleigh en désignant de la tête l'assiette vide de Junior.

Daniel hocha une fois la tête, puis se leva. Lui et Junior déposèrent leurs assiettes sur le comptoir près de la cuisine, puis Daniel fit sortir son fils de la salle à manger en vitesse.

— Je ne voulais pas le mettre mal à l'aise, ai-je dit à Ashleigh.

Elle eut un petit rire. — Il est parano. C'est un ancien SEAL, et son équipe travaille sur des affaires assez médiatisées. Entre son passé militaire et son travail actuel, il devient nerveux dès que quelqu'un mentionne Washington.

— Je comprends.

Elle pencha la tête. — Tu n'aimes pas cette ville ?

Je secouai la tête. — Tu y es déjà allée ?

— Non, admit-elle avec un petit sourire.

— Ce n'est pas comme ici. J'y suis née et j'y ai grandi, et ma vie a été remplie de gens faux qui ne t'adressent la parole que s'ils veulent quelque chose, dis-je.

— Arriver dans une petite ville doit donner l'impression d'être sur une autre planète.

J'ai laissé échapper un rire. — On peut dire ça. Je n'avais pas vraiment prévu de venir ici, et quand ma voiture est tombée en panne, le mari et le fils de Zoey m'ont remorquée jusqu'ici.

— Vraiment ?

— Ouais. Je suis sûre que Sebastian a dû me prendre pour une folle, mais il n'a pas hésité à m'aider et à s'assurer que j'allais bien. J'ai su à ce moment-là que cet endroit était spécial.

— Si tu n'avais pas prévu de venir ici, pourquoi es-tu restée si longtemps ?

— Je n'ai pas vraiment envie de rentrer chez moi.

— Tu es en sécurité ? Daniel peut t'aider si…

— Je suis en sécurité. C'est juste que… Ma mère… C'est une longue histoire.

Ashleigh s'est levée et s'est dirigée vers le coin café. Elle a de nouveau rempli sa tasse pendant que j'essayais de ne pas être déçue de la voir me congédier sans un mot de plus.

Puis elle s'est rassise et a dit : — J'ai une tasse de café pleine. C'est assez de temps pour que tu me racontes ton histoire ?

J'ai ri et hoché la tête, puis je lui ai rapidement tout raconté.

— Wow, a-t-elle soufflé quand j'ai terminé. — Qu'est-ce que tu vas faire ?

J'ai haussé les épaules. — Je ne sais pas. Je n'ai aucune véritable expérience professionnelle, pas de CV. Aucun moyen de subvenir à mes besoins. Mais je ne peux pas y retourner. Et puis pourquoi le ferais-je ?

— As-tu pensé à rester ici ? À trouver un travail et à t'installer ? On dirait que tu as rencontré des gens formidables.

Mon esprit s'est tourné vers Andre. Nous étions d'accord que c'était sans engagement et temporaire. Cela lui convenait. À moi aussi, mais l'idée de rester en ville…

— À qui penses-tu ? a demandé Ashleigh.

Je me suis mordillé la lèvre. — Il y a ce mec…

Ashleigh a souri. — Il y en a toujours un. Mon mari a été mon premier amour. On s'est rencontrés à la fac. Je l'aimais tellement. Mais il s'est engagé dans l'armée. Je voulais faire plus de ma vie que de le suivre partout, alors on a rompu. Mais quand ma vie est partie en vrille, Daniel a été la seule et unique personne sur qui je savais que je pouvais compter. Il m'a sauvée, littéralement. Il m'a sauvé la vie. Et cette fois, aucun de nous n'était prêt à laisser tomber.

— Sérieusement ?

Ashleigh a hoché la tête. — Oui. L'amour est ce qui donne un sens à la vie. C'est ce qui nous aide à traverser les moments difficiles et ce que l'on célèbre dans les bons moments. Pardonne-moi d'être si directe, mais je me risquerais à dire que tu n'as jamais su ce que c'était.

— Tu as raison sur ce point.

— Alors pourquoi ne pas essayer ?

— De tomber amoureuse ?

— Ça, et découvrir ce que ça fait d'être aimée. Ce mec… est-ce qu'il vaut la peine que tu déménages ici pour lui ?

J'ai secoué la tête. — Je ne ferais jamais ça. C'est… ce n'est pas comme ça entre nous.

— Vraiment ? Parce que quand je t'ai demandé si tu voulais déménager ici, tu as eu un grand sourire et tu m'as dit que c'était grâce à lui.

J'ai ri, incapable de retenir mon sourire. — D'accord, peut-être que je… l'aime beaucoup. Et j'ai l'impression de ne pas avoir à faire semblant avec lui. Je peux être moi-même, même s'il ne sait pas vraiment qui je suis.

— Comment ça ?

J'ai croisé son regard et j'ai avoué. — Il ne sait pas que j'étais censée me marier. Ni rien à propos de ma mère ou quoi que ce soit. Il pense que je suis en vacances ici.

— Tu dois lui dire la vérité. Crois-moi quand je te dis que garder un secret aussi important ne peut que briser le cœur de toutes les personnes impliquées.

— Je sais, dis-je. — Je sais. Mais c'est aussi pour ça que je ne peux pas décider de déménager ici pour lui. On ne se connaît que depuis quelques semaines. Je ne peux pas déraciner toute ma vie pour lui."

— Alors, fais-le pour toi. Fais-le pour la fille qui n'a

aucune idée de ce que c'est de faire ses propres choix. Pour la fille qui n'a jamais reçu ce dont elle avait besoin étant enfant. Et pour la femme qui ne veut pas transmettre ça à ses propres enfants."

— Des enfants ?" m'exclamai-je.

Ashleigh sourit largement. — J'avais trente-neuf ans quand je suis tombée enceinte de Junior. Je suis heureuse de ne jamais avoir eu d'enfants avec mon ex, mais j'aurais aimé que Daniel et moi ayons eu une chance de vivre l'avenir dont nous parlions à l'université. Ne perds pas ton temps avec des gens qui ne sont pas prêts à tout faire pour toi." Elle baissa les yeux quand son téléphone s'alluma. — Désolée. Ils sont prêts à y aller." Ashleigh se leva. — Merci d'avoir partagé votre table avec nous, et j'espère qu'on vous reverra ce week-end."

— Je l'espère aussi," dis-je tandis qu'Ashleigh sortait pour rejoindre sa famille.

Des enfants. Un avenir à L'anse MacKellar. Ma propre vie, mes propres choix et mes propres projets.

Pourrais-je me lancer ?

— Joelle ?" demanda Piper.

Je levai les yeux et vis ses sourcils froncés. — Oui ?"

— Tu vas bien ?"

Je hochai la tête, chassant les pensées qui me tourmentaient. — Oui. Tu avais besoin de quelque chose ?"

— Euh, Andre vient d'appeler. Il a dit qu'il essayait de te joindre mais qu'il n'avait eu aucune réponse. Il voulait s'assurer que tu es toujours en ville."

— Oh, je suis désolée. Je… je n'ai pas allumé mon téléphone, et il ne connaît pas toute l'histoire."

Piper a fait une grimace. — Ooh. Hum, d'accord. Je ne sais pas ce qui se passe, mais il a dit qu'il travaillait toute la journée et a demandé si tu pouvais le recontacter quand tu aurais un moment.

— Ouh là. On est censés sortir ce soir. Peut-être qu'il doit annuler.

— Je suis désolée. J'espère que non. Elle m'a tendu un bout de papier. — Il voulait être sûr que tu aies son numéro de téléphone. Tu peux le rappeler avec le téléphone de l'auberge si tu veux.

J'ai secoué la tête. — Non, je vais lui envoyer un texto avec mon téléphone. Juste au cas où il travaillerait et ne pourrait pas répondre tout de suite.

— Tu n'as toujours pas parlé à ta mère ?

J'ai reniflé. — Non. Je ne sais pas si je serai un jour prête à lui pardonner, et elle ne voit rien de mal dans ce qu'elle a fait.

— Eh bien, elle a tort. Tromper quelqu'un, ce n'est pas bien. Il n'y a aucune situation où je dirais que ça l'est. Et on dirait que c'est elle qui a tout manigancé, ce qui est encore pire.

— Ouais. J'ai pris une grande inspiration. — Mais je ne peux pas y penser.

Piper m'a serré la main, puis s'est retournée pour repartir vers l'accueil.

Je l'ai interpelée. — Hé, Piper. J'ai posé ma tasse sur le comptoir et je l'ai suivie jusqu'au bureau. — Est-ce que tu me prendrais pour une folle si j'envisageais de déménager ici ?

— Pour Andre ?

J'ai secoué la tête. — Non. Je ne lui en ai pas parlé. Je ne veux pas lui mettre ce genre de pression, ni à nous d'ailleurs. Si je décide de déménager, il faut que ce soit la bonne décision pour moi. Sinon, ce n'est pas différent de la situation dans laquelle je suis avec ma mère. Je ne veux pas faire ça à Andre.

— Alors je pense que tu dois décider ce que tu veux vraiment. À quoi ressemblerait ta vie si tu en avais le contrôle total ?

J'ai expiré. — Je n'ai jamais eu ça.

Elle a souri. — Alors, c'est peut-être le moment.

J'ai envoyé un texto à Andre, pour lui dire que j'étais toujours à l'Inn et m'excuser de ne pas avoir donné de nouvelles.

Il n'a pas répondu tout de suite, alors j'ai laissé mon téléphone allumé au cas où il rappellerait. Je ne voulais pas le rater à nouveau.

J'ai repensé à ce que Piper et Ashleigh avaient dit, me demandant ce que je voulais vraiment faire de ma vie. J'ai toujours détesté le journalisme audiovisuel. J'ai détesté tellement de choses que ma mère m'a imposées.

J'ai attrapé le bloc-notes que j'avais emprunté à Piper deux jours plus tôt et j'ai relu les listes que j'avais faites de tout ce que je ne voulais pas dans ma vie et des choses que je voulais. Andre ne figurait pas sur la liste. Un homme, point, ne figurait pas sur la liste. Si j'avais quelqu'un avec qui partager ma vie, ce serait bien, mais je devais savoir que je pouvais voler de mes propres ailes.

Et pour l'instant, je n'étais pas sûre d'en être capable.

Il me restait donc à déterminer ce que je pouvais faire et ce que je voulais faire. Mon diplôme limitait mes options. Je devrais trouver un emploi qui ne nécessitait ni formation ni expérience.

Bon sang, il faudrait que je trouve un travail.

Je n'avais jamais rédigé de vrai CV ni passé d'entretien. Je ne m'étais jamais demandé si j'obtiendrais un emploi. On me les avait toujours servis sur un plateau.

Il est temps de grandir, Joelle.

Mon téléphone a vibré, signalant un texto, et je l'ai attrapé en souriant quand j'ai vu le nom d'Andre.

ANDRE

Tu déconnectes vraiment pendant que tu es
là. J'espère que tu te reposes, aussi. Je
compte bien te tenir éveillée tard ce soir.

Une vague de chaleur m'a envahie à ses mots. J'avais hâte
de le revoir depuis que j'avais quitté son appartement la veille
au matin.

Promesses, promesses. Je sais que tu
travailles demain et que tu auras besoin de
dormir.

En fait, non. J'ai embauché deux personnes
et elles commencent demain.

Waouh ! Félicitations !

Merci. J'en ai bien besoin. Mais je dois aussi
changer nos plans pour ce soir.

Oh. Ce n'est pas grave. Je comprends.

Non, je n'annule pas. C'est l'anniversaire de
mariage de mes parents. Ils veulent que tu te
joignes à nous pour le dîner. Si ça te dit. Ils
m'ont un peu forcé la main hier. Je ne peux
pas leur dire non.

Ça ne me disait rien qui vaille. Andre avait l'air si sûr de
lui et indépendant. Il a dit qu'il aidait ses parents depuis des
années, mais je n'avais pas réalisé qu'ils étaient si autoritaires.

Je ne suis pas sûre que ce soit une bonne
idée.

Ils sont géniaux, je te le promets. Mais après
l'AVC de mon père, je m'inquiète. Je veux les
voir, mais je veux te voir aussi.

Ils ne me connaissent pas. Pourquoi
voudraient-ils que je sois là ?

Parce que moi, je veux que tu sois là.

Mais c'est un truc de famille.

S'il te plaît, viens avec moi, Joelle. Si tu ne
veux vraiment pas, j'arrêterai d'insister, mais
j'adorerais que tu te joignes à nous. Ils ont
hâte de te rencontrer, et j'en suis désolé,
parce qu'ils vont te poser un million de
questions et essayer de nous marier avant le
dessert, et je sais que tu ne restes pas ici et
que ce n'est pas une option et je n'essaie
pas de te forcer à faire quoi que ce soit que
tu ne veuilles pas, mais j'ai envie de te voir.
J'ai envie de te tenir la main sous la table, de
te voler des baisers quand personne ne
regarde et de faire plaisir à mes parents en
n'étant pas seul à leur dîner d'anniversaire.
S'il te plaît, viens.

Comment refuser après ça ?

J'espérais que ce serait ta réponse. Je peux
passer te prendre à six heures ?

Je serai prête.

Merci. Je te promets de me rattraper après.
Tout ce que tu voudras.

Tout ?

Absolument tout. Je suis tout à toi pour la
nuit. Et pour la journée de demain si tu veux.

Oh, ça va être amusant.

MDR. Maintenant, tu m'inquiètes.

Tu devrais.

Je suis aussi un peu curieux de voir ce que
tu vas inventer.

Tu vas devoir attendre pour le savoir.

J'ai hâte. Je dois commencer mon prochain
boulot, mais on se voit bientôt.

Fais attention à toi.

Merci

J'avais besoin de me vider la tête après avoir parlé à Andre et songé à déménager à L'anse MacKellar, alors j'ai attrapé la clé de ma chambre et je suis sortie. Le jardin était l'endroit parfait pour m'asseoir, profiter du calme de la ville et réfléchir.

J'ai soupesé toutes mes options, blottie sur un banc en regardant l'eau. Des navires et des bateaux passaient, emportés par le courant. Je réfléchissais à mon avenir.

Je ne retournerais pas chez ma mère, ça, je le savais. Mais je ne pouvais pas rester au Auberge L'anse MacKellar indéfiniment. Ni vivre de l'argent de ma mère. Elle me couperait les vivres. Je le savais sans l'ombre d'un doute.

Après m'être vidé la tête pendant un moment sans être plus proche d'une réponse, je me suis levée et j'ai fait le tour de la propriété. Je suis rentrée pour déjeuner, puis me suis dirigée vers ma chambre pour me préparer pour le dîner d'anniversaire. En approchant de ma chambre, j'ai entendu mon téléphone sonner à l'intérieur.

Je me suis dépêchée de déverrouiller la porte, mais la sonnerie s'est arrêtée avant que je n'entre. Elle a repris presque aussitôt, et je me suis précipitée dans ma chambre, attrapant mon téléphone sur mon lit. J'ai glissé mon doigt sur l'écran pour répondre, réalisant tardivement que j'aurais dû regarder qui appelait.

— Allô ?

— Allô ? Allô. Joelle. Où es-tu ? Tu es en route ?

Ma mère. Bon sang. Pourquoi je continuais à répondre à ses appels ? — Non, Mère, je ne le suis pas.

J'ai entendu la voix d'un homme en arrière-plan, proche, comme s'il était juste à côté de ma mère.

Elle le fit taire. — Si tu ne reviens pas, je viendrai te chercher. Il ne reste plus qu'un seul week-end de juin. Tu dois être de retour ici dans cinq jours, ou c'est nous qui viendrons te chercher.

— Nous ? Toi et Thomas ?

— Oui. Thomas s'inquiète pour toi. Il veut que tu rentres à la maison pour te marier et mettre tout ça derrière toi.

— Tu veux dire qu'il veut que j'oublie que vous couchiez ensemble.

— Tu te montres puérile, Joelle. J'ai tout fait pour toi. De la perte de ma silhouette, que j'ai dû regagner à force de travail, au fait de satisfaire ton futur mari jusqu'à ton mariage, je t'ai tout donné. Reviens ici.

— Non, Mère. Je n'ai aucune intention de revenir. Je ne veux pas de la vie que tu m'as imposée. Je veux ma propre vie.

— Arrête de faire ta tragédienne, Joelle. Rentre à la maison, c'est tout.

— Je ne reviendrai pas, Mère. Arrête de m'appeler.

— Comment crois-tu que tu vas payer les vacances que tu passes en ce moment ? Qui paie tes cartes de crédit ? Ta facture de téléphone ? Qui achète tes vêtements, ton maquillage et ta nourriture ? Qu'est-ce que tu vas faire toute seule, Joelle ?

— Je me débrouillerai.

— Non, tu ne te débrouilleras pas. Tu ne connais rien à l'indépendance et à la résilience. Tu es faible. Tu as toujours été faible. C'est pour ça que j'ai créé ta vie à ta place. Pour te protéger. Pour me protéger. — Tu ne m'as jamais laissé ma chance, Mère. Tu ne m'as jamais permis de comprendre les choses par moi-même. Mais c'est ce que je fais maintenant, et je ne te laisserai pas me l'enlever à nouveau.

— Joelle…

J'ai raccroché avant qu'elle ne puisse ajouter quoi que ce soit. J'ai mis mon téléphone en mode « Ne pas déranger », puis j'ai pris une douche et je me suis préparée pour mon rendez-vous.

17

J'ai vérifié mon téléphone une douzaine de fois après m'être préparée pour mon rendez-vous avec Andre. J'ai supprimé les messages de ma mère sans les écouter ni les lire. Je n'étais pas d'humeur à me sentir coupable.

Pourtant, je n'avais aucune raison de me sentir coupable. Je n'ai rien fait de mal.

Je n'avais pas de message d'Andre, alors dix minutes avant qu'il ne doive passer me prendre, j'ai éteint mon téléphone et j'ai quitté ma chambre.

La famille avec qui j'avais pris mon petit-déjeuner descendait les escaliers et m'a vue me diriger vers la porte. Ashleigh m'a arrêtée en me saluant, pendant que son mari et son fils se dirigeaient vers l'extérieur.

— Tu veux dîner avec nous ? m'a demandé Ashleigh.

— Oh, c'est adorable, mais je sors avec quelqu'un.

Ashleigh a haussé les sourcils. — C'est ce quelqu'un dont tu as parlé tout à l'heure ?

Mes joues se sont empourprées et Ashleigh a poussé un petit cri de joie.

— Tu as réfléchi un peu plus à l'idée de rester ici ?

J'ai pris une grande inspiration et j'ai hoché la tête. — Oui, en fait. Je ne sais pas si c'est la bonne décision, mais je sais que retourner à Washington n'en est pas une. Surtout après que ma mère m'a appelée tout à l'heure pour me menacer de me traîner de force en ville.

— Non, c'est pas vrai.

J'ai acquiescé. — Si, et mon ex-fiancé était avec elle.

— Pourquoi penserait-elle que tu aurais la moindre envie de revenir ou de l'épouser ?

— Parce qu'elle ne comprend pas que ce qu'elle a fait n'est pas correct. Elle se croit parfaite.

— Pff. Je ne supporte pas les gens comme ça. Nous avons tous des défauts. Nous avons tous des qualités aussi, mais nous avons tous des défauts.

— Je suis d'accord. Nous sommes sorties, et j'ai vu Andre descendre de son camion. J'ai souri quand son regard a croisé le mien.

— C'est lui ? demanda Ashleigh.

Je hochai la tête en me mordillant la lèvre.

— Il est mignon, chuchota-t-elle. Tu devrais absolument t'installer ici pour cet homme.

— Ashleigh, sifflai-je en riant tandis qu'elle s'éloignait.

— Passe une bonne soirée, Joelle ! Elle salua Andre en passant devant lui.

Andre la salua, puis me jeta un regard étrange. Il monta les marches du porche quatre à quatre et s'arrêta devant moi, m'embrassant sur la joue. — Une de tes amies ?

Je hochai la tête. — On s'est rencontrées au petit-déjeuner. Son fils m'a piqué mon bacon.

— Il a quel âge ?

— Il est en primaire. Sept ans, peut-être ? Il est adorable.

— Elle a l'air sympa.

— Elle l'est.

— Tu es prête ?

Je hochai la tête. — Tu es sûr que ça va aller ?

Il attrapa ma main et commença à descendre les escaliers. — Pas le moins du monde.

Je m'arrêtai, en tirant sur sa main. — Quoi ? Pourquoi ?

— Parce que ma mère va certainement te faire fuir.

Je ris et le laissai m'entraîner de nouveau. — Impossible. Crois-moi quand je te dis que j'ai affronté les pires mères, et la tienne ne peut pas leur arriver à la cheville.

— J'espère que tu as raison, parce qu'elle va essayer.

— Je ne suis pas inquiète.

Il a pris une inspiration et m'a ouvert la portière. « — Ça en fait au moins un sur nous deux.»

J'ai gloussé et je me suis haussée sur la pointe des pieds pour l'embrasser. Je suis montée dans le pick-up avant qu'il ait eu la chance de répondre.

— Maline, a-t-il dit en fermant ma portière et en contournant le véhicule pour rejoindre le côté conducteur. Il est monté à son tour, a démarré le pick-up, a quitté sa place en marche arrière et s'est engagé doucement dans l'allée.

— Parle-moi de tes parents. Y a-t-il des sujets à éviter ?»

— Non. Ils sont plutôt décontractés. À part le fait qu'ils veulent que je leur donne des petits-enfants et leur immense déception que je ne l'aie pas encore fait, ils sont tranquilles.»

— Pourquoi ne l'as-tu pas fait ?» ai-je demandé, sincèrement curieuse. Il était séduisant, gentil et drôle. Pourquoi n'était-il pas marié avec un monospace rempli d'enfants ?

— Molly ne compte pas ?» a-t-il plaisanté, en pointant son pouce vers la banquette arrière.

Je me suis retournée et j'ai vu Molly assise bien droite, qui regardait par le pare-brise. «— Je ne l'avais pas vue. Bonjour, Molly.»

Molly a miaulé en guise de réponse, puis a donné un coup de patte sur la console.

— Elle peut monter ?»

— Elle adorerait, mais je lui ai dit de rester derrière puisque tu es assise à l'avant.»

— Elle peut s'asseoir avec moi ?»

— Oui. Molly, viens.»

Molly a roucoulé et a sauté sur la console. Elle a tâté mes genoux avec sa patte, puis est montée dessus et m'a léché la main.

Je lui ai caressé le dos en souriant. «— C'est une merveilleuse petite-fille chat.»

— Oui, c'est vrai.»

— Alors, les enfants ?»

— Je suppose que je n'ai pas encore rencontré la bonne personne. Il a haussé les épaules. — J'ai eu des rencards et quelques relations sérieuses avant de revenir m'installer ici, mais être dans ma ville natale, entouré de gens avec qui j'ai grandi, c'est différent. Surtout après presque vingt ans. J'ai l'impression d'être trop vieux pour fonder une famille.

— Mais tu veux te marier ?

Il a haussé les épaules, me jetant un regard avant de continuer. — Oui, j'aimerais trouver quelqu'un. Mes parents ont une relation formidable. Quand mon père est tombé malade… Il a fait une pause, déglutissant avant de poursuivre. — Quand il est tombé malade, ça a été très dur pour ma mère. Elle était un peu perdue. Ils étaient ensemble depuis toujours, et le voir à l'hôpital et traverser sa convalescence n'a pas été facile. Ni pour elle, ni pour moi, pour être honnête.

J'ai hoché la tête. — Mon père est mort quand j'étais petite. Je ne me souviens pas vraiment de lui. Il travaillait beaucoup, et il était toujours parti. J'étais plus proche de ma mère, et quand il est mort, elle a changé.

— En quoi ?

— Elle est devenue plus autoritaire. Avant, elle se plaignait tout le temps de mon père. De son emploi du temps, du fait qu'il n'était pas là et qu'il la laissait tout gérer à la maison. Après, elle a en quelque sorte arrêté de me parler. Comme si elle avait oublié que j'existais.

— C'est nul. Quel âge avais-tu ?

— Six ans.

— Et elle t'a oubliée ?

— Elle a repris le travail de mon père, et c'était beaucoup pour elle. Elle a dû apprendre à faire tout ce qu'il faisait. Elle a adoré ça, plus qu'elle ne m'aime, je crois.

Andre s'est garé dans la rue devant une jolie maison avec des parterres de fleurs sur le devant et une balancelle sur le porche. La maison était bleu clair avec des volets bleu marine autour des fenêtres. Une baie vitrée était mise en valeur par de légers rideaux à l'intérieur et encadrait une femme âgée qui riait de quelque chose que quelqu'un, hors de vue, venait de dire.

C'était pittoresque et adorable. Mon cœur s'est serré. Je n'avais jamais vécu dans une maison comme celle-ci.

— Que faisait ton père ? a demandé Andre.

Sa question m'a ramenée à l'instant présent. Que dirait-il s'il apprenait toute la vérité sur mon passé ? Sur ce que ma mère a fait, et sur qui j'étais ? Sur le fait qu'elle avait couché avec Thomas et que je n'étais pas assez désirable pour que mon fiancé reste fidèle ? Je ne pouvais pas le lui dire. Pas juste avant d'entrer dans la maison de ses parents. Mais il fallait que je le fasse. Bientôt. — Ta mère nous regarde.

Andre a regardé la maison, et sa mère nous a fait un signe de la main. Elle tenait un torchon dans sa main. Son sourire était éclatant et accueillant.

Andre a soupiré. — Elle va nous regarder jusqu'à ce qu'on entre.

— Allons-y.

— Je vais m'excuser d'avance pour tout ce qu'ils risquent de dire pendant qu'on est là.

J'ai ri. — Tout ira bien. Je te le promets. Je ne m'en fais pas.

Andre a pris une profonde inspiration et a hoché la tête. Il est sorti de sa camionnette et j'ai ouvert ma portière. Molly a sauté au sol et a couru vers la maison tandis qu'Andre me rejoignait sur le trottoir. Il m'a pris la main et l'a tenue jusqu'à ce que nous atteignions la porte, qui s'est ouverte devant nous.

— Bonjour ! a lancé sa mère avec un grand sourire, jetant un coup d'œil à nos mains jointes avant de s'avancer pour serrer Andre dans ses bras.

— Salut, maman. Joyeux anniversaire.

— Merci, mon chéri. Elle l'a relâché et s'est tournée vers moi. — Tu dois être Joelle. On a tellement entendu parler de toi. Je suis Wendy.

J'avais l'intention de lui serrer la main, mais elle m'a enveloppée dans une étreinte avant que je puisse faire quoi que ce soit.

Les larmes me sont montées aux yeux. Son étreinte était accueillante et amicale. Réconfortante. Tellement agréable. Je ne savais pas que j'en avais besoin avant qu'elle ne me tienne dans ses bras.

— Maman, a dit Andre en s'éclaircissant la gorge. — Laisse-la respirer.

— Je suis désolée, a dit Wendy, attrapant mes mains en me relâchant. — Je suis si heureuse de te rencontrer. Elle a remarqué mes larmes et a eu un hoquet de surprise. — Oh, je ne voulais pas te contrarier. Ça va ?

J'ai hoché la tête. — Oui. Désolée. Je ne voulais pas être si émotive. J'ai reniflé et j'ai essayé de minimiser la situation. J'ai cherché dans mon sac à main et j'en ai sorti la carte et le chèque-cadeau que j'avais pris après qu'Andre m'a parlé du dîner. — Pour vous et votre mari. Félicitations.

— Oh, il ne fallait pas, a dit Wendy.

— Je ne voulais pas venir les mains vides. Je suis reconnaissante pour l'invitation.

— Nous sommes si heureux que tu puisses célébrer avec nous. Celui-ci ne ramène jamais de femme à la maison.

— Maman, a soufflé Andre.

— Allons. Joelle doit savoir qu'elle est spéciale. Wendy m'a attrapé le bras et m'a entraînée dans la maison. — Mon fils est un homme bien, mais il peut être un peu obtus.

— Maman, a gémi Andre.

Wendy l'a ignoré et m'a emmenée dans la cuisine, faisant un signe de la main à Landon alors que nous passions devant le salon que j'avais aperçu par la fenêtre de la façade.

Le père d'Andre était dans la cuisine avec Molly sur l'épaule quand je suis entrée. Wendy nous a présentés, et j'ai blêmi quand elle a dit qu'il s'appelait Tom.

— Désolée, ai-je dit après avoir hésité avant de lui serrer la main. — J'ai connu quelqu'un qui s'appelait Thomas, et ça m'a décontenancée.

— Pas de souci, a dit Tom. — Les prénoms courants comme le mien peuvent provoquer toutes sortes de réactions.

— Ce n'était pas personnel, je vous assure. Je suis si reconnaissante d'être invitée à votre dîner d'anniversaire ce soir.

Tom a serré Wendy contre lui et l'a embrassée sur la joue. — Quarante-cinq ans avec elle. Je n'échangerais pas un seul jour de notre vie commune.

J'ai souri. Voilà à quoi l'amour était censé ressembler. Deux personnes qui ne se lassaient jamais l'une de l'autre. Pas étonnant qu'Andre tombe amoureux facilement. Il en voyait le bon côté. Il savait à quoi ressemblait l'amour.

Debout devant eux, j'ai réalisé que je n'avais jamais vu un couple marié heureux depuis si longtemps. À DC, dans les cercles de ma mère, les gens qui restaient mariés étaient ensemble pour des raisons politiques ou professionnelles. Ils n'étaient pas ensemble parce qu'ils ne pouvaient pas imaginer ne pas l'être.

C'était rafraîchissant, et peut-être un peu triste. Les parents d'Andre incarnaient ce que tous les mariages devraient être. J'étais sûre que ce n'était pas parfait, mais ils étaient clairement toujours amoureux.

Je voulais ça. Je voulais quelqu'un qui ne se lasse jamais de moi. Quelqu'un qui voulait que je sois là chaque jour. Qui m'embrassait sans raison et célébrait chaque étape importante. En privé. Pas devant le monde entier pour que tout le monde puisse dire à quel point il était formidable.

— Est-ce que je peux aider pour quelque chose ? a demandé Andre derrière moi.

— Oui, on est prêts à manger, a dit Wendy. — Porte ça sur la table.

— Salut, Joelle, a dit Landon à côté d'Andre.

Andre m'a pressé l'épaule, puis m'a dépassée pour aller aider sa mère.

— Salut, Landon. Contente de te revoir.

Landon s'est penché en avant comme pour me prendre dans ses bras, me donnant l'occasion de l'arrêter.

J'ai enlacé l'homme que je n'avais rencontré qu'une seule fois. L'étreinte n'a pas eu le même effet que celle de Wendy, et j'en étais reconnaissante. Landon a gardé son corps éloigné du mien et m'a relâchée rapidement. Une étreinte amicale.

— Comment vas-tu ? a demandé Landon.

— Je vais bien, merci. Et toi ?

— Je ne peux pas me plaindre.

— Auprès de moi, tu te plains tout le temps, a dit Andre en passant près de nous avec un plat dans les mains.

Landon a fait un doigt d'honneur à Andre, puis a pris un autre saladier des mains de Wendy.

J'ai gloussé en les voyant faire, savourant cette atmosphère amicale et familiale. Ça ne ressemblait à rien de ce que j'avais jamais connu.

Cela arrivait sans conteste en tête de la liste des choses que je voulais pour mon avenir.

J'ai apporté un plat d'asperges à table. Wendy et Tom ont apporté les deux derniers. Nous nous sommes tous installés autour de la table de la salle à manger, moi entre Andre et Wendy. Landon s'est assis de l'autre côté d'Andre, avec une chaise vide entre lui et Tom.

— Joelle, ça te dérangerait si je disais le bénédicité ? a demandé Tom.

— Oh, bien sûr. Je t'en prie. Toutes ces nouvelles expériences pour moi.

Tom a incliné la tête, et j'ai fait de même en voyant les autres faire la même chose. Andre a pris ma main et l'a serrée, me faisant un clin d'œil.

— Seigneur, merci de m'avoir béni de l'amour de cette femme incroyable depuis plus de quarante-cinq ans. De nous avoir offert une vie merveilleuse, pleine d'amour, de famille et de rires. De nous avoir soutenus dans les moments où nous avions des difficultés, et de nous avoir donné le courage de toujours nous parler quand nous ne savions pas où aller. Merci pour nos enfants et petits-enfants, pour les personnes que nous avons accueillies dans notre monde et qui nous ont accueillis dans le leur. S'il te plaît, continue de nous bénir tous, toujours. Amen.

— Amen, ont dit tout le monde.

ai-je répété doucement après eux.

André a porté ma main à ses lèvres pour un baiser rapide avant de la lâcher.

Molly a sauté sur la chaise entre Tom et Landon. Je m'attendais à ce que quelqu'un lui crie dessus, mais Tom a tendu le bras et lui a gratté la tête.

Ma mère aurait piqué une crise. Des animaux à table ? Absurde !

J'ai failli rire à cette pensée. Tout à L'anse MacKellar était à l'opposé de la façon dont j'avais été élevée. De la convivialité des gens qui considéraient cette petite ville comme leur foyer à leur comportement face à tout ce qui aurait horrifié ma mère.

Je me suis retrouvée incapable de blâmer ce que ma mère avait toujours qualifié d'inexcusable. Molly faisait partie de la famille, et elle avait le droit de participer à la fête. En quoi était-ce une mauvaise chose ?

Chacun a pris un plat, s'est servi dans son assiette, puis l'a fait passer à son voisin. Nous avons tous rempli nos assiettes, puis Tom a coupé un petit morceau de poulet et l'a déposé sur une soucoupe réservée à Molly. Elle l'a englouti, puis a miaulé en guise de remerciement avant de se pelotonner sur la chaise.

Qui pourrait y trouver à redire ?

— Alors, Joelle, depuis combien de temps vis-tu à L'anse MacKellar ? m'a demandé Wendy alors que je prenais une bouchée de mon poulet.

Il était tendre comme du beurre et a fondu sur ma langue. Mais pas assez vite pour que je puisse répondre à la question.

— Quelques semaines, a dit André.

J'ai hoché la tête en lui souriant pour le remercier de son aide.

— Où habites-tu ? a demandé Tom.

— Elle loge à l'auberge, a dit André, d'un ton un peu plus sec.

— Oh, donc tu ne vis pas ici ? a demandé Wendy.

J'ai secoué la tête. — Non. Je suis juste ici pour des vacances prolongées.

— Oh, a dit Wendy.

Je pouvais sentir sa déception.

— Ça t'intéresse de t'installer ici ?, a demandé Wendy.

— Maman !, a aboyé Andre.

— Quoi ? Je suis juste curieuse. Je veux dire, vous sortez ensemble, et je ne savais pas qu'elle n'habitait pas ici. C'est vraiment si terrible que je demande si elle compte s'installer ? Tu ne rajeunis pas, a dit Wendy.

— Oh mon Dieu, Maman. S'il te plaît, ne commence pas. On profite juste du temps qu'on passe ensemble. Tu n'as pas besoin d'en faire toute une histoire.

— Mais je n'en fais pas toute une histoire.

Andre lui a lancé un regard noir, et Wendy s'est tue.

J'avais l'habitude des silences gênants. J'avais grandi au milieu d'eux, passé la plus grande partie de ma vie dans cette atmosphère. Mais je n'aimais pas savoir que j'en étais la cause.

— Comment vous vous êtes rencontrés ?, ai-je demandé à Wendy, en espérant apaiser les tensions et ramener la conversation sur un sujet plus positif.

Wendy et Tom ont échangé un sourire.

— On travaillait ensemble. En fait, il sortait avec une de mes collègues.

— « Sortait » est un bien grand mot. On n'avait eu qu'un seul rendez-vous quand tu as commencé à travailler là-bas. Je n'arrivais même plus à penser à une autre femme après t'avoir vue.

— Quel charmeur, a dit Wendy, les joues rouges.

Tom a attrapé sa main et l'a embrassée de la même manière qu'Andre l'avait fait avec la mienne. — Je sais juste reconnaître une bonne chose quand j'en vois une.

Wendy a rougi de plus belle.

— J'ai mis un certain temps à la convaincre de sortir avec moi. Elle se concentrait sur ses études et n'avait pas de temps pour les rendez-vous galants dans son emploi du temps. Mais j'ai été patient.

Wendy a reniflé. — Tu parles. Il traînait devant ma résidence universitaire pour me raccompagner en cours. Il m'apportait un café tous les matins, préparé exactement comme je l'aimais. Il a convaincu notre patron de changer ses horaires pour qu'ils correspondent aux miens, comme ça on travaillait toujours ensemble, et il me proposait de me conduire au travail à chaque fois.

— Ouah, ai-je murmuré. Je n'avais jamais vu quelqu'un se donner autant de mal pour attirer l'attention d'une autre personne. D'après mon expérience, si on ne se pliait pas en quatre pour un homme, il allait voir ailleurs.

— De nos jours, on se fait arrêter pour ce genre de choses, a dit Andre.

— Oh, tais-toi, a dit Wendy en riant. C'était vraiment adorable. Ça m'a montré qu'il était le genre d'homme qui serait toujours là pour moi. Ça m'a fait comprendre que je pouvais compter sur lui, et pas seulement quand tout allait bien, mais aussi quand j'avais besoin de quelqu'un.

— C'est incroyable, ai-je dit.

Wendy et Tom ont échangé un sourire empreint de toute une vie d'amour et d'engagement.

— Ce qui est bien, c'est qu'une fois que je l'ai convaincue de me laisser ma chance, ça a été beaucoup plus facile de la convaincre de m'épouser, a dit Tom. Six mois après notre rencontre, nous nous sommes mariés.

— C'est rapide, ai-je dit.

— Quand on sait que c'est la bonne personne, ce n'est jamais assez rapide.

La vérité de ses paroles m'a frappée en plein cœur. Le jour de mon mariage, j'avais voulu retarder l'échéance. Je savais que ce n'était pas la bonne décision. Ça ne le serait jamais. Mais chaque jour que je passais avec Andre était tout le contraire. Je lui disais au revoir en me demandant à quelle vitesse je pourrais le revoir.

C'était ça, le sentiment que l'amour était censé procurer. Mais j'étais la seule à le ressentir, et je ne pouvais pas le faire fuir. Si je le faisais, alors déménager ici serait la pire idée que j'aie jamais eue.

Mais chaque fois que j'envisageais de partir, je savais que ça me détruirait. J'adorais L'anse MacKellar. J'adorais tout ce qui concernait ma vie ici. Y compris un certain habitant avec le chat le plus adorable et une vie plutôt géniale.

Nous avons fini de dîner et j'ai proposé à Wendy de l'aider à débarrasser. Elle m'a fait signe de laisser tomber, mais je ne l'ai pas écoutée, transportant les assiettes jusqu'à la cuisine pour l'aider pendant qu'Andre, Landon et Tom s'installaient dans le salon.

— Je m'excuse de t'avoir mise dans l'embarras tout à l'heure, a dit Wendy. Je ne voulais pas te mettre mal à l'aise.

— Ce n'est pas grave.

— Je m'inquiète pour mes enfants, pour tous, mais surtout pour Andre. Mes deux aînés se sont rangés et sont heureux. Andre semble plus sensible que les autres. Il a le cœur brisé plus facilement.

— Vraiment ? Ça m'a surprise, après la façon dont Andre avait parlé de tomber amoureux.

Wendy a hoché la tête. — Il est tellement ouvert et gentil, mais il a peur. Je sais que j'insiste, et que ça ne fait probablement qu'empirer les choses, mais je veux ce qu'il y a de mieux pour lui. Avec toi, il est différent de ce qu'il a été ces dernières années. Je pense que tu lui fais du bien."

J'ai souri. — Je ressens la même chose. C'est un homme très bien."

— Alors, ça veut dire que tu envisagerais de t'installer à L'anse MacKellar ?"

— En fait, j'y ai beaucoup pensé ces derniers temps. Et je suis de plus en plus décidée à m'installer ici, oui."

— Quoi ? a lâché Andre derrière moi. — Tu vas t'installer ici ?"

J'ai pivoté pour lui faire face, mon sourire s'effaçant.

Pourquoi avait-il l'air en colère ?

18

ANDRE

Je fixais Joelle, choqué et en colère par ce qu'elle disait. Ce n'était pas ce dont nous avions convenu. Ce n'était pas comme ça que les choses devaient se passer. Elle n'était là que pour un temps, pas pour toujours. Pourquoi parlait-elle de déménager ? De tout changer. Ça ne marcherait pas. Elle changerait d'avis, m'en voudrait ou me quitterait. Tout finirait par s'arrêter.

De plus, elle avait une vie. Elle avait sa mère, un travail et une vie à Washington. N'est-ce pas ?

Alors que le silence de la maison s'installait autour de moi, j'ai réalisé qu'en fait, je n'en savais rien. Joelle s'était montrée évasive quand on l'interrogeait sur sa vie à Washington, au point que j'ignorais qu'elle venait de là-bas avant que Landon ne le lui demande.

— Andre, qu'est-ce qui te prend ? siffla ma mère.

Je suis sorti de mes pensées et je me suis concentré sur Joelle et ma mère. Maman avait son bras autour de Joelle, la protégeant de moi.

— Je suis désolé, ai-je marmonné. — C'est juste que… J'ai

jeté un rapide coup d'œil à Joelle, puis je me suis retourné et je suis sorti de la cuisine.

Ma mère m'a appelé, mais je ne me suis pas arrêté. Je suis sorti et je me suis assis sur la balancelle du porche. Seul.

J'ai fermé les yeux et j'ai lutté contre les émotions qui montaient en moi. Le fait que Joelle songe à rester aurait dû être une bonne nouvelle, mais ça m'a frappé comme un coup de poing dans le ventre.

Elle ne me l'avait pas dit. Elle l'avait dit à ma mère. Était-ce pour cela que j'étais contrarié ?

J'ai secoué la tête.

J'étais en colère qu'elle déménage. J'avais peur qu'elle déménage pour moi. Elle parlait de changer toute sa vie pour moi.

Nous ne nous connaissions que depuis quelques semaines. Loin d'être assez longtemps pour développer le genre de lien qui pousse les gens à déménager. Le genre de lien qui fait que les gens restent.

Absolument toutes les relations que j'avais eues s'étaient terminées. Elles n'étaient pas les bonnes, et ça, je le savais, mais assis à table pendant que mes parents parlaient de leur coup de foudre, j'ai compris la vérité.

Les gens faisaient toujours ce qui était le mieux pour eux.

Mon père a courtisé ma mère, changeant tout pour se rapprocher d'elle. Ça a toujours été une belle histoire, mais elle résonnait différemment maintenant. Il était prêt à faire n'importe quoi pour capter l'attention de ma mère parce que c'était ce qu'il voulait. Ça a marché pour eux, mais si elle n'avait jamais partagé ses sentiments, que se serait-il passé ?

Peut-être que ça n'avait pas d'importance. Mais peut-être que si. Parce que si Joelle faisait la même chose, puis changeait d'avis ?

Quelques semaines ensemble, ce n'était pas suffisant pour

prendre une telle décision. C'était trop gros. Trop. Ces décisions… On ne pouvait pas les prendre à la légère. Je ne le savais que trop bien.

La porte d'entrée s'est ouverte, et Molly est sortie en courant, suivie par Landon.

Molly a sauté à côté de moi et a grimpé le long de mon t-shirt jusqu'à ce qu'elle puisse me lécher la mâchoire. Je l'ai soutenue et me suis abandonné à ses câlins.

— Vous avez une relation bizarre, tous les deux, a dit Landon.

J'ai haussé les épaules.

— Que s'est-il passé ?

J'ai soupiré et fermé brusquement les yeux. — Je ne sais pas.

— D'accord, eh bien, de mon point de vue, la femme dont tu es raide dingue a dit qu'elle déménageait et tu as pété un câble. Pourquoi ?

Je me suis penché en arrière, étirant ma tête et fixant le plafond du porche. — Elle ne peut pas venir s'installer ici pour moi.

— Qui a dit qu'elle le faisait ?

J'ai repensé à ce que j'avais entendu et j'ai réalisé qu'il avait raison. — Elle ne l'a peut-être pas dit, mais pour quelle autre raison viendrait-elle s'installer ici ?

— Pour repartir à zéro ? Une nouvelle vie ? Des amitiés, des opportunités professionnelles et une existence plus simple ? Pour ne citer que quelques options.

— Elle vient d'une grande ville. Elle a un travail et sa mère et je ne sais pas. Merde, je la connais à peine.

— Et ça veut dire qu'elle n'a pas le droit de décider de s'installer ici ?

J'ai pincé les lèvres pour retenir les mots que je voulais hurler à mon ami. *Et si elle chamboulait sa vie pour moi, pour ensuite m'en vouloir ? Et si la seule relation que je veux voir fonctionner implosait parce que je ne suis pas à la hauteur ? Parce que je ne suffis pas ?*

— Je ne suis certainement pas la bonne personne pour donner des conseils en matière de relations amoureuses, mais je ne comprends pas ce qui se passe. Tu as toujours dit que tu adorais l'amour. Tu veux tomber amoureux, avoir une famille et tout ce tralala. Pourquoi tu sabotes cette possibilité ?

— Parce que ça se termine. Parce que ça se termine toujours. Toi et Reegan, vous étiez censés être ensemble pour toujours. Vous marier. Toutes les relations que j'ai eues se sont évanouies dans le néant. Et puis il y a mes parents. Ils célèbrent ce grand amour, mais mon père a failli mourir. Il est resté à l'hôpital pendant des semaines, et quand il en est sorti, il n'était plus lui-même. Il était… J'ai arrêté de parler pour maîtriser le tremblement dans ma voix.

— Il est toujours là, a dit Landon.

— Oui, mais il ne sera pas éternel. Le voir comme ça… Je devais tout faire pour lui. Je devais le nourrir, lui donner son bain et l'habiller. Ma mère ne pouvait pas le soulever, et elle devait travailler pour qu'ils puissent payer son assurance maladie. Mais et si c'était moi, un jour ? Et si je me retrouvais dans la même situation sans personne pour m'aider ?

— Pourquoi est-ce que ça veut dire que tu repousses Joelle ?

— Parce que, et si elle ne voulait pas rester pour affronter ça ? Et si, au moment où j'ai le plus besoin de quelqu'un, cette personne m'abandonnait ?

Landon a ouvert la bouche, mais aucun son n'en est sorti. Il l'a refermée, puis a secoué la tête. — Alors ce n'était pas la bonne personne pour toi.

— J'ai acheté une bague, ai-je avoué.

— Pour Joelle ?

J'ai secoué la tête. — Non. Pour Emma. Nous étions ensemble quand mon père a eu son AVC. Je pensais que c'était la personne avec qui j'allais passer ma vie. Nous parlions des prochaines étapes. D'emménager ensemble et de nous marier, d'un avenir. Elle était plus jeune que moi, mais elle s'était concentrée sur sa carrière et n'était pas pressée de se poser avant que nous soyons ensemble.

— Tu ne m'as jamais parlé d'elle.

— Quand Maman a appelé pour l'AVC de Papa, j'ai paniqué. Je me suis effondré. Je pensais que je ne le reverrais jamais. Qu'il serait parti avant que je puisse arriver.

— C'est compréhensible de t'inquiéter pour ça. Mais tu es arrivé à temps. Il va bien.

J'ai hoché la tête. — Ouais, mais quand c'est arrivé, Emma m'a dit que tout le monde finit par mourir et que je devais m'en remettre.

— Waouh, a dit Landon en ayant un mouvement de recul.

— Elle n'a jamais été quelqu'un de très émotif, et jusque-là, je voyais ça comme une bonne chose. Elle était concentrée et ambitieuse, elle n'avait pas de liens étroits avec sa famille, et elle était amusante. On pouvait aller n'importe où et faire tout ce qu'on voulait. Mais quand j'ai eu besoin de rentrer, elle n'a pas pu comprendre pourquoi.

— Tout le monde n'est pas comme ça. On dirait que tu l'as échappé belle, cela dit.

— Oui, et je le sais maintenant, mais j'allais l'épouser. Je pensais qu'elle était mon avenir. Au lieu de ça, elle a refusé de déménager ici avec moi. Elle a dit que ce n'était pas la vie qu'elle s'était imaginée. J'ai réalisé que je la connaissais à peine.

— Et le fait que Joelle ait dit qu'elle pensait s'installer ici a ravivé tout ça ?

J'ai hoché la tête. — Ouais. Enfin, je veux dire, qu'est-ce

que je sais d'elle ? Elle t'a dit qu'elle venait de Washington. Elle ne me l'a jamais dit. Je ne sais pas ce qu'elle fait dans la vie, ni ce qui l'a amenée à L'anse MacKellar, ni comment elle paie son séjour. Je ne sais rien d'elle, et maintenant elle déménage ici ? Et elle le dit à ma mère.

— D'accord, mais-

— Et il y avait une cliente à l'auberge quand je suis allé la chercher qui m'a salué comme si elle savait qui j'étais. Je n'ai jamais vu cette femme, mais elle parlait à Joelle et savait qui j'étais. Je veux dire, c'est bizarre, non ?

— Je crois que tu te fais des films. Parle à Joelle. Vois ce qu'il en est avec elle. Ne décide pas qu'elle est comme Emma avant d'avoir eu une conversation.

— Elle n'est pas comme Emma. Pas même un tout petit peu.

— Qu'est-ce que tu veux dire ?

Je l'ai fusillé du regard.

Il a ri. — Tu es complètement paumé.

— C'est peu de le dire, ai-je marmonné.

Landon a inspiré lentement, avant de souffler d'un coup. — Que vas-tu faire ?"

— M'excuser ?

Il a renâclé. — Ouais, et après ?

J'ai secoué la tête. — Je ne sais pas.

— Tu veux qu'elle reste ?

J'ai eu un rire amer. — Ouais, et comment.

— Tu devrais peut-être le lui dire.

— Je devrais probablement, mais…

Landon a soupiré lourdement. Il comprenait. Il connaissait le risque de s'exposer. Le voir traverser ce qu'il avait traversé avec Reegan n'avait fait que renforcer mes craintes.

Les gens font ce qui est le mieux pour eux, peu importe qui ils blessent.

— Rentrons. Ta mère a du dessert, a-t-il dit au lieu d'essayer de me convaincre de parler à Joelle.

— J'arrive dans une minute.

Landon a hoché la tête et est rentré dans la maison. J'ai entendu les questions avant qu'il ne referme la porte. Et Landon leur dire que j'arriverais dans une minute.

J'ai gratté le dos de Molly et j'ai poussé la balancelle avec mon pied. Elle a agrippé mon épaule avec ses griffes.

— Aïe, ai-je soufflé, ralentissant la balancelle pour qu'elle ne panique pas. — Désolé.

Elle a miaulé et m'a donné un coup de tête sur le menton.

— Toi, tu ne vas pas me quitter, hein ?

Elle a de nouveau miaulé et m'a léché la mâchoire.

— Merci. Dommage que tu ne puisses pas me donner un bain si jamais j'en ai besoin.

Elle m'a léché de nouveau comme pour me prouver le contraire, et j'ai gloussé.

— D'accord, c'est bon, tu peux. Mais peux-tu me donner à manger ?

Elle m'a de nouveau donné un coup de tête sur le menton.

— D'accord, on va laisser ça à sens unique. J'ai soupiré et j'ai essayé de me remettre les idées en place. — Je dois m'excuser auprès de Joelle. Et de mes parents. Tu as un conseil ?

Molly a miaulé bruyamment, puis elle a sauté en bas de la balancelle et s'est dirigée vers la porte, me regardant comme pour me dire d'en finir.

Je me suis levé péniblement de la balancelle et j'ai ouvert la porte. Molly a couru devant moi, et je l'ai suivie à l'intérieur, trouvant ma mère et Joelle assises ensemble dans le salon.

Le regard de Joelle a croisé le mien, et j'ai eu le cœur brisé de voir la douleur dans ses yeux.

Celui de ma mère, en revanche, ne contenait que de la colère.

— Joelle, je m'excuse pour ma réaction. Ce n'était pas à cause de toi, je te le promets.

— Ce n'est rien, a-t-elle murmuré.

— Non, ce n'est pas rien, a dit ma mère. — Il te doit des explications.

— Maman, me suis-je plaint.

— Tu n'avais aucun droit de lui parler comme ça ou de lui donner l'impression qu'elle n'était pas la bienvenue ici. Je ne t'ai pas élevé comme ça.

— Si, tu m'as bien élevé. Et je vais tout expliquer à Joelle, mais peut-être quand nous serons seuls ?

— Oh, a dit Maman, comme si elle venait de réaliser qu'elle n'était pas en position de demander des explications. — Eh bien, je suppose que si cela convient à Joelle, ça va.

Tous les regards se sont tournés vers Joelle.

Elle a esquissé un sourire forcé et a hoché la tête. — Ça ira.

J'ai lu dans son regard qu'elle ne serait pas aussi clémente une fois que nous serions seuls, et elle avait bien raison de le penser.

Papa a apporté le gâteau qu'ils avaient commandé, une réplique de leur pièce montée, comme chaque année. Nous nous sommes tous assis, avons mangé du gâteau et fait semblant que je n'avais pas gâché toute la soirée en me conduisant comme un crétin.

Quand Landon a dit qu'il devait se lever tôt, j'ai saisi le même prétexte pour entraîner Joelle vers la sortie. Avant que nous nous éclipsions, ma mère m'a fait un dernier sermon sur mon comportement et mon père m'a répété à quel point Joelle était formidable.

Comme si je ne le savais pas déjà.

Je me suis demandé un instant si elle allait refuser de m'accompagner, mais elle m'a suivi dehors et m'a laissé lui ouvrir la portière pour qu'elle monte dans mon pick-up.

Joelle ne m'a pas adressé la parole. Elle était assise en silence à côté de moi. Molly était blottie sur ses genoux, se faisant grattouiller par Joelle.

Je ne savais pas où aller, mais je savais que nous devions parler. Je devais être honnête avec elle sur ce qui se passait, sur ce que je ressentais. Sur le désordre dans ma tête et la raison pour laquelle j'avais réagi comme je l'avais fait.

J'ai fini par me garer au Retraite avec vue sur la montagne. La tranquillité de l'endroit apaisait toujours mon esprit, et Molly adorait ça. Natalie ne voyait jamais d'inconvénient à ce que je vienne, et je savais qu'il n'y aurait personne, ce qui signifiait que Joelle et moi ne serions pas dérangés.

Molly a couiné devant la fenêtre, prête à sortir pour aller courir. J'ai ouvert ma portière et elle m'a frôlé en s'élançant, sautant hors du pick-up et traversant le parking à toute vitesse pour atteindre l'herbe qui s'étendait à perte de vue.

— Molly ! a crié Joelle en se précipitant hors du pick-up et en courant dans la direction où Molly était partie.

— Elle ne risque rien, ai-je dit à Joelle.

— Mais elle a filé d'un coup. Et si elle se perd ou se blesse ? Comment saura-t-elle retrouver son chemin ?

— C'est d'ici qu'elle vient.

— D'ici qu'elle vient ? Joelle m'a regardé comme si j'étais fou.

— Elle était dehors quand je l'ai trouvée. Elle se cachait et cherchait de la nourriture partout. J'ai commencé à travailler ici il y a un an, pour m'occuper de la propriété. Elle avait peur, mais elle a fini par se laisser approcher, et m'a laissé la nourrir. Au bout d'un moment, elle m'a laissé la prendre dans mes bras. Je l'ai emmenée chez Kingsley, le vétérinaire. Elle était petite, mais en bonne santé. En grande partie. Bref, à chaque fois que je viens ici, elle court partout et s'épuise. Elle adore ça, mais elle revient toujours quand je l'appelle.

— Oh. Euh, d'accord. Joelle a joint les mains et a pincé les lèvres.

Je détestais la voir comme ça. Si peu sûre d'elle. Et de moi. — Je suis désolé.

Son regard croisa le mien, puis elle le détourna aussitôt.

J'ai expiré bruyamment, en essayant de rassembler mes esprits. — Je… Je n'avais aucun droit de m'énerver contre toi à propos de ton déménagement ici. Je suis désolé de m'être emporté.

— Ce n'est rien, murmura-t-elle.

— Non, ce n'est pas rien. Je… Je ne veux pas que tu déménages ici pour moi.

Elle a blêmi.

— Ce n'est pas ce que je voulais dire… J'ai pris une grande inspiration. — Tu me plais, Joelle. Vraiment beaucoup. Et j'apprécie le temps que nous passons ensemble. Mais ça ne fait que quelques semaines qu'on se connaît. Je suppose que j'ai juste été surpris d'apprendre que tu songeais à t'installer ici.

— Je ne déménage pas pour toi, dit-elle.

— Ah non ?

— Non. D'une part, je ne suis même pas sûre de m'installer ici, mais si je le fais, il faut que ce soit pour moi.

— D'accord. Eh bien, c'est bien. Mais…

— Andre, je ne cherche pas à obtenir un engagement de ta part. Je n'attends rien de toi. Je parlais juste à ta mère. Je ne suis pas… Je ne sais pas ce que je fais, Andre. Mais ça n'a rien à voir avec toi.

Aïe. — Je ne… Je suis en train de tout foirer. Bon sang. Tu me plais. Et je n'essaie pas de dire que je ne veux pas que tu sois ici. C'est juste que… Merde, je suis désolé. J'aime apprendre à te connaître, passer du temps avec toi.

— Moi aussi, dit-elle. Vraiment beaucoup.

— Tant mieux. Alors, on continue simplement d'apprendre à se connaître ?

— C'était mon intention. Je… Je n'ai pas vraiment envie de retourner à Washington. Ma mère… Je n'en peux plus. J'ai besoin de changement. Je ne sais pas si rester ici est la bonne chose à faire, mais je sais que retourner à Washington ne l'est pas.

— On dirait que ce n'était pas une bonne chose pour toi d'être là-bas.

Elle a secoué la tête. — Non, ce n'était vraiment pas le cas. Elle a eu un petit rire.

Je voulais lui demander ce qui la faisait rire, mais j'avais l'impression qu'il y avait quelque chose que j'ignorais. — Alors, ça va entre nous ?

Elle a hoché la tête. — Oui. Je n'essayais pas de te prendre au dépourvu ou de te contrarier. Je suis désolée de ne pas t'en avoir parlé avant de le mentionner à ta mère. C'est sorti tout seul.

J'ai tendu la main vers elle, la laissant glisser la sienne dans la mienne. Je l'ai tirée vers moi, posant mon autre main sur sa joue. — Tout va bien. C'est entièrement de ma faute. J'apprécierai de t'avoir ici un peu plus longtemps, moi aussi. Si tu veux toujours me voir.

— Eh bien, je ne sais pas. Il faudrait me convaincre un peu.

Je l'ai tirée encore plus près, frôlant son nez du mien. — Ah oui ?

— Mmm, ça aide.

— Ah oui ? Je lui ai embrassé le cou. — Et ça ?

— Oh, oui.

Je l'ai embrassée sur les lèvres. — Et ça ?

— Je suis conquise, murmura-t-elle.

— Alors, est-ce que je peux te convaincre de venir passer le reste de la nuit chez moi ?

— Eh bien, c'est ce que tu m'as promis.

— Allons-y. J'ai sifflé Molly, et elle est arrivée en courant de quelque part derrière le bâtiment.

Joelle a gloussé. — Alors comme ça, elle revient vraiment.

— Tout le temps, ai-je dit en entraînant Joelle vers le camion.

Crise évitée.

J'ai passé la moitié de la nuit à lutter contre le sommeil et l'autre moitié à me perdre en Joelle.

Je me sentais un peu fou, comme si je n'en avais jamais assez d'elle, et puis, quand elle s'endormait d'épuisement, je devais m'éloigner.

Putain, ce que je détestais ça.

Chaque fois que je m'éloignais d'elle, je me retrouvais de retour au lit, la réveillant avec mes doigts ou ma bouche sur son corps, m'enfonçant en elle jusqu'à ce que mon désir soit assouvi pour quelques minutes. À chaque fois, elle s'endormait de nouveau d'épuisement, me laissant fuir.

Quand elle s'est levée et m'a trouvé dans la cuisine en train de boire ma troisième tasse de café, elle a souri et s'est servi une tasse. Elle s'est assise en face de moi, à la minuscule table de ma cuisine.

— Bonjour, ai-je dit.

— Bonjour. Tu as dormi un peu ?

J'ai laissé échapper un rire. — Un peu. Désolé de t'avoir tenue éveillée.

Elle a secoué la tête. — Ça ne m'a pas dérangée du tout.

J'ai souri, sentant une agitation dans ma poitrine. Un serrement. Quelque chose de pas bon. Quelque chose de trop bon. Je savais déjà que j'étais amoureux d'elle, mais l'idée qu'elle reste rendait plus difficile de résister à la tentation de le lui dire, et je ne pouvais pas le faire. Je devais cesser d'espérer plus. Garder une certaine distance.

— Qu'est-ce que tu fais aujourd'hui ? Tu as dit que tu ne travaillais pas, c'est ça ? a-t-elle demandé en me regardant par-dessus le bord de sa tasse.

— Je dois aller voir mes employés, ai-je lâché.

— Oh. Je croyais que tu avais dit qu'ils se débrouillaient bien.

— Oui, ça devrait aller, mais je pense quand même que je dois faire le point avec eux. Ils sont nouveaux. S'ils ont le moindre problème, je veux m'assurer qu'ils savent qu'ils peuvent me contacter.

— D'accord. À quelle heure veux-tu me ramener à l'auberge ?

— Quand tu seras prête.

Elle m'a dévisagé une seconde, puis a vidé sa tasse et s'est levée. — Je vais m'habiller.

J'ai hoché la tête en la regardant partir. J'ai senti le vide qu'elle laissait en quittant la pièce. Je ne voulais pas qu'elle parte. Je voulais passer la journée avec elle. Chasser toute l'angoisse de la voir déménager à L'anse MacKellar pour moi, même si elle disait que ce n'était pas le cas, pour ensuite finir par me détester et me quitter.

Molly a poussé ma main de son museau, me mordillant doucement.

J'ai baissé les yeux vers elle et lui ai gratté les oreilles.

Elle m'a tourné le dos et a suivi Joelle hors de la pièce.

J'ai soupiré. J'ai fini mon café et j'ai posé ma tasse dans l'évier. Je me suis appuyé contre le comptoir et j'ai écouté Joelle se préparer à partir. De l'eau a coulé, des portes se sont ouvertes et fermées, et après quelques minutes, elle est réapparue.

— Prête ? ai-je demandé.

Elle a hoché la tête, sans croiser mon regard.

Putain. Je devais arranger ça. Je voulais la voir. Je voulais être avec elle. Je l'aimais à en crever. J'étais juste… terrifié à l'idée de la perdre. Je savais que ça arriverait. C'était inévitable.

Je devais trouver un équilibre. Me perdre en elle la nuit, mais ne pas passer toutes mes journées avec elle. Ne pas tomber encore plus amoureux d'elle et me perdre complètement quand elle partirait.

— Je ne sais pas à quelle heure je rentrerai ce soir, mais qu'est-ce que tu fais demain ?

Elle a levé les yeux vers moi, une question dans le regard.
— Quoi… Euh, d'habitude je vais au club de lecture avec Zoey et Piper. Pourquoi ?

— Lundi ?

— Je n'ai rien de prévu lundi.

— Je peux t'inviter à dîner ? Pour me faire pardonner d'avoir changé nos plans pour aujourd'hui ?

— Tu n'es pas obligé de faire ça.

Je me suis rapproché d'elle et lui ai pris la main. — Je veux le faire, Joelle. J'avais hâte de passer la journée avec toi, mais je sens que je dois être là-bas. Ça ne fait que deux jours que je les ai embauchés, et c'est la première fois qu'ils sont seuls avec mon matériel.

— Je ne sais pas ce que tu attends de moi, Andre.

— Je sais que je t'envoie des signaux contradictoires, et ce n'est pas mon intention. J'aime passer du temps avec toi. Je veux continuer à le faire. Je n'avais pas réfléchi à ce que ça me ferait de laisser deux quasi-inconnus travailler pour moi, représenter mon entreprise, et faire comme si de rien n'était. C'est plus difficile que je ne le pensais. C'est pour ça que je n'ai pas pu dormir, que j'étais debout ce matin. J'espérais qu'elle croirait mon mensonge.

— Je comprends ça. Elle a souri, un sourire qui semblait sincère.

— Tu en es sûre ?

Elle a hoché la tête. — Je comprends. Je n'ai pas d'entreprise, mais je me doute qu'il est important de s'assurer que tout le monde dans ton entreprise fasse les choses comme tu le souhaites.

— Oui. C'est… Merci. Alors, tu me laisses me faire pardonner lundi ?

— Oui.

Je l'ai attirée vers moi pour un baiser rapide. J'étais heureux. Je voulais passer du temps avec elle. J'aimais passer du temps avec elle. Mais je savais que je devais ériger des barrières. Me protéger.

Molly nous a suivis jusqu'au pick-up et s'est blottie sur les genoux de Joelle pendant que je traversais la ville en direction du Auberge L'anse MacKellar. Joelle n'a pas dit grand-chose, regardant la ville défiler.

L'anse MacKellar était calme, avec peu de gens levés et en mouvement. Un autre festival devait avoir lieu plus tard, mais avec le week-end de remise des diplômes dans une semaine, le pic de l'été et de la saison des festivals n'était pas encore arrivé.

Sebastian nous a fait un signe de la main depuis le porche lorsque je me suis garé devant le Auberge L'anse MacKellar. Il était sur le point de rentrer et n'est pas resté. Je ne lui avais pas beaucoup parlé ces dernières semaines. Pas depuis qu'il m'avait déconseillé de passer du temps avec Joelle.

— J'espère que tout se passera bien aujourd'hui, a dit Joelle en attrapant la poignée de la portière.

— Moi aussi. Lundi à six heures, ça te va ?

Elle a hoché la tête. — Je serai prête.

— À ce moment-là, alors. Elle allait sortir, mais j'ai attrapé sa main et l'ai attirée vers moi pour un baiser qui m'a fait regretter de l'avoir repoussée. Ma bite a bondi contre ma braguette, et le désir m'a submergé.

Elle s'est reculée en se léchant les lèvres, toute rouge.

— J'espère que tu passeras une bonne journée.

Elle a hoché la tête. — Merci. Elle est descendue du pick-up, laissant Molly glisser sur le siège, et lui a fait une petite caresse sur la tête avant de fermer la portière.

Molly m'a regardé et a miaulé, puis s'est de nouveau enroulée sur le siège.

J'ai quitté le parking et je me suis dirigé vers l'école. C'était étrange de voir ma remorque et mon matériel être utilisés. Gail était sur la tondeuse, et Carson utilisait le coupe-bordure près du lycée.

Je suis descendu de mon pick-up et j'ai marché jusqu'au bord de la pelouse. Molly est restée à côté de moi, sans courir vers l'endroit où se déroulait le travail. Les mains sur les hanches, je les ai regardés faire.

Gail a fait un virage à l'autre bout du terrain et m'a aperçu. Elle a continué de s'approcher, sifflant pour appeler Carson tout en éteignant la tondeuse.

Carson a levé les yeux et a arrêté ce qu'il faisait, posant le coupe-bordure par terre tandis qu'il trottinait vers moi.

Tous les deux ont essuyé la sueur de leur front et m'ont fait un signe de la main en s'approchant.

— Bonjour, patron, ont-ils dit en chœur.

— Bonjour. Comment ça se passe ?

— Bien, pour l'instant. Que pouvons-nous faire pour vous ? a demandé Gail, sa voix empreinte d'une pointe d'inquiétude.

— Rien. Rien ne va mal. Je voulais juste prendre de vos nouvelles et voir comment tout se passait.

Ils ont échangé un regard inquiet.

— D'accord. Est-ce que vous voulez voir comment je m'en suis sorti ? a proposé Carson, en faisant un geste vers l'endroit où il avait laissé le coupe-bordure.

J'ai secoué la tête alors qu'il commençait à s'approcher. — Non, non. Je ne suis pas vraiment là pour vous surveiller. Comme je l'ai dit, c'est nouveau pour moi. Ce n'est pas que je n'ai pas confiance en vous. Je ne sais pas vraiment ce que je devrais faire.

Ils ont échangé un autre regard, puis Carson m'a fait signe de le suivre. — Discutons de quelques petites choses.

J'ai suivi Carson jusqu'au coupe-bordure, Molly trottinant à nos côtés.

— Une des difficultés de cette propriété est la quantité de travail manuel qu'il y a à faire. On doit faire le tour du bâtiment, de tous les bâtiments, puis des champs et du reste. On peut passer directement sur les allées avec la tondeuse. Elles sont au même niveau que la terre, donc Gail peut rouler dessus sans problème. C'est le travail à la main qui prend un temps fou.

J'ai regardé autour de moi alors que la tondeuse à gazon redémarrait. Gail m'a fait un signe de la main en reprenant le chemin qu'elle suivait. Sa tête bougeait au rythme de la musique qui passait dans ses écouteurs.

J'ai évalué ce que Carson me disait, en constatant que le travail prendrait beaucoup plus de temps que prévu. J'ai soufflé un bon coup. — Vous vous relayez tous les deux ?

Carson a hoché la tête. — Ouais. C'est dur de faire tout ça. Quand j'ai mal aux avant-bras, on échange jusqu'à ce qu'elle soit fatiguée.

— Comment est-ce que vous faisiez quand vous travailliez avec Karl ? Avait-il d'autres équipements ?

— Il avait deux débroussailleuses, donc une fois la pelouse tondue, on pouvait s'y attaquer ensemble. En général, on fait le tour des bâtiments toutes les deux ou trois semaines. Les courts de tennis doivent être faits chaque semaine parce qu'il y a toujours une équipe qui y joue. Avec les problèmes de la semaine dernière, on n'a pas pu faire cette partie, donc il y a beaucoup de boulot aujourd'hui.

— Est-ce qu'il y a quoi que ce soit que je puisse faire pour vous aider ?

— Non, monsieur, vous n'avez pas à faire ça.

— Carson, on est tous dans le même bateau. Et j'ai besoin de savoir en quoi consiste le travail pour pouvoir donner un coup de main. Ça ne me dérange pas de mettre la main à la pâte.

— D'accord, eh bien, si vous voulez aider, pouvez-vous passer le coupe-bordure autour des courts de tennis ?

— Absolument. Je me suis dirigé vers la remorque et j'ai attrapé le coupe-bordure. Je l'ai transporté jusqu'aux courts de tennis et j'ai fait le tour, vérifiant s'il y avait quoi que ce soit à savoir avant de commencer.

Je me suis senti mieux avec un outil dans les mains. J'ai laissé le travail m'apaiser. Mon esprit s'est déconnecté, et mon corps a fait le travail que j'aimais. Je n'ai pas pensé au fait que Joelle s'installait à L'anse MacKellar ou qu'elle ferait partie de ma vie pour plus de quelques semaines avant de repartir. Je me suis contenté de travailler.

Quand la tondeuse s'est arrêtée, j'ai regardé autour de moi et j'ai vu Gail et Carson échanger leurs places. Une minute plus tard, tout a redémarré.

Le soleil me chauffait le dos, et bientôt, ma chemise me collait à la peau. J'ai pensé au jour où Joelle était sortie du Auberge L'anse MacKellar et m'avait volé mon t-shirt. J'ai souri, puis je me suis renfrogné.

Je ne voulais pas penser à Joelle.

Je me suis de nouveau concentré sur le travail, en chassant mes pensées pour Joelle.

Gail et Carson travaillaient en parfaite harmonie, s'occupant de tout comme si je n'étais pas là. Ils se sont arrêtés au même moment pour faire une pause et discuter près du camion. Leurs rires me sont parvenus quand j'ai éteint le coupe-bordure.

Ils étaient doués. Leur travail était exceptionnel, et ils semblaient avoir un sixième sens l'un pour l'autre. Tout en travaillant, je les observais, voyant la façon dont ils faisaient tout ensemble.

Je devais absolument leur trouver plus de travail. Sinon, je risquais de les perdre au profit d'une autre entreprise. La chose que j'ai apprise en les observant, par-dessus tout, c'est que je pouvais leur faire confiance pour gérer n'importe quel projet que j'envisageais de prendre en charge.

Quand ils ont eu terminé avec le terrain de l'école, ils ont tout chargé et sont venus faire le point avec moi.

— Merci pour votre aide, patron, a dit Carson.

— C'est un gros projet. Je ne sais pas comment vous avez fait pour le boucler si vite.

— On a l'habitude, a dit Gail. Ça fait un moment qu'on fait ça.

— Vous êtes doués, et vous travaillez ensemble comme si vous pouviez lire dans les pensées l'un de l'autre.

Ils ont ri et échangé un regard.

— On nous le dit souvent, a dit Carson.

— Surtout nos rencards, a ajouté Gail.

— Ils pensent toujours que vous êtes ensemble ?

Ils ont hoché la tête.

— Personne ne comprend qu'on est comme frère et sœur, a dit Carson.

— Si on était frères et sœurs, personne ne trouverait bizarre qu'on s'entende si bien, mais ça pose toujours un problème à tout le monde, a dit Gail.

Carson l'a bousculée, et elle lui a donné un coup de poing sur l'épaule.

J'ai ri en les regardant. Ils étaient vraiment comme frère et sœur. Gail était blanche, avec des cheveux roux et des yeux marron, et Carson était noir, avec des cheveux et des yeux bruns. Personne ne les aurait pris pour des frères et sœurs biologiques, mais ils se comportaient vraiment comme tels. « Mon frère, ma sœur et moi, nous sommes pareils.»

— Vous voyez ? Vous comprenez, a dit Gail.

— En effet. Mais je ne pense pas que je pourrais travailler avec mon frère et ma sœur aussi bien que vous le faites tous les deux.

— Je ne pourrais pas travailler avec les miens non plus, a admis Carson. « Il faut dire que mon frère et moi ne sommes pas très proches.»

— La famille, c'est parfois compliqué, ai-je dit, en pensant de nouveau à Joelle et sa famille. Elle m'avait dit qu'elle n'avait pas de bonnes relations avec sa mère. C'était pour ça qu'elle quittait DC. Qu'allait-elle trouver à L'anse MacKellar ?

— Alors, est-ce que vous avez besoin qu'on fasse autre chose ? a demandé Carson au bout d'une minute.

J'ai regardé autour de moi. « Pas pour l'instant. J'ai quelques autres projets que je peux vous confier. J'ai parlé à des gens qui ont besoin d'aménagement paysager, et je sais que vous avez tous les deux envie de travailler…»

— Oui, ont-ils dit en chœur.

— Je ne veux pas vous faire perdre votre temps. J'ai un emploi du temps assez chargé en ce moment. Le temps libre pour que vous puissiez vous occuper de nouveaux projets… J'essaie de voir comment organiser tout ça.

— Oui, monsieur, ont-ils répondu.

— Si vous êtes prêts à être un peu patients et à me donner le temps de mettre un peu d'ordre dans tout ça, on pourra tout faire fonctionner.

— Oui, monsieur.

— Merci à vous deux pour tout ça. De me faire confiance pour tout organiser et établir un plan.

— Merci à vous, monsieur, a dit Gail.

— On ne vous décevra pas, a ajouté Carson.

— Je sais bien. Je vais vous donner mon emploi du temps pour cette semaine et on verra ce qu'on peut faire d'autre.

— Ça marche, ont-ils dit en même temps.

J'ai ri. Ils étaient si semblables, disant même plusieurs fois la même chose. — Parfait. Je vous revois bientôt. Merci.

— Au revoir ! ont-ils lancé en me faisant signe de la main alors que je me dirigeais vers ma camionnette.

Molly a gazouillé en courant derrière moi, arrivant avant moi à la camionnette et attendant que je la laisse entrer.

J'ai baissé les vitres pendant que l'habitacle se rafraîchissait, en mettant la climatisation à fond. Molly a passé la tête devant la bouche d'aération, laissant l'air froid lui souffler dessus.

J'ai reniflé et secoué la tête devant mon étrange chatte.

À la maison, j'ai pris une douche et préparé quelque chose à manger pour Molly et moi, lui jetant des morceaux de poulet une fois qu'il a été cuit.

J'ai attrapé une bière et je me suis installé pour la soirée, et je n'ai absolument pas pensé à Joelle et à ce qu'elle faisait.

JOELLE

Melody a amené une amie au club de lecture. Une femme nommée Casey, qui était journaliste pour le journal local. Melody nous a présentées, expliquant que nous travaillions toutes les deux dans le journalisme, même si c'était dans des domaines différents.

— J'étais toujours terrifiée quand on devait passer devant la caméra à l'université. On voyait tout de suite celles d'entre nous qui voulaient être à l'antenne et celles qui s'en sortiraient mieux dans la presse écrite, mais on devait toutes faire les deux. Je ne sais pas comment tu fais, a dit Casey en se penchant vers moi et en souriant.

— Eh bien, je ne passe pas à l'antenne, ai-je avoué. J'ai toujours travaillé en coulisses.

— Oh, c'est tout moi, ça. Mais comment ça marche, alors ? Tu n'as pas besoin d'être à l'écran pour faire un reportage ?

J'ai hoché la tête. — Je fais la plupart des recherches. Ce sont les présentateurs à l'écran qui s'occupent du reportage. Je ne suis jamais passée devant la caméra.

— C'est nul. Tu fais tout le boulot et c'est quelqu'un d'autre qui en récolte les lauriers. Dans la presse écrite, je fais tout, mais c'est mon nom qui apparaît. Tu devrais passer du côté obscur. Casey m'a fait un clin d'œil, un geste amical qui m'a fait rire.

— Peut-être que je devrais, si je déménage ici, ai-je dit sans réfléchir.

— Tu déménages ici ? a lâché Melody, qui avait entendu la fin de ma conversation avec Casey.

— C'est vrai ? a dit Piper. — Sérieux ? Ce serait trop génial !

Les autres ont murmuré leur approbation, tous les regards tournés vers moi.

Je n'aimais pas être le centre de l'attention. C'était comme à l'époque dont parlait Casey, quand tout le monde devait passer devant la caméra. C'était une torture.

Être dévisagée par toutes les femmes du club de lecture me rappelait étrangement cette sensation.

— J'y pense sérieusement, ai-je avoué. Mais j'ai beaucoup de choses à régler.

— Qu'est-ce qu'a dit Andre ? a demandé Chelsea. — Je parie qu'il est aux anges.

— Euh, pas vraiment, ai-je dit.

— Quoi ? Chelsea a promené son regard sur les autres dans la pièce. — C'est impossible. Pourquoi ne serait-il pas ravi ?

J'ai haussé les épaules, sentant la honte et la peine de l'autre soir m'accabler. — Il était plutôt en colère à ce sujet.

— En colère ? Ça ne ressemble pas à Andre, a dit Natalie. — Il est toujours si décontracté.

— Pas à ce sujet, ai-je lancé d'un ton sec.

— Qu'est-ce qui s'est passé ? a demandé Zoey.

J'ai soupiré lourdement. — Je ne sais pas. Je n'essaie pas d'être méchante avec vous toutes. Je… j'ai dîné avec Andre, ses parents et Landon. Sa mère m'a demandé si je comptais déménager, j'ai répondu que j'y pensais, et Andre a entendu. Il s'est vraiment mis en colère.

Des regards se sont échangés dans la pièce.

J'ai piqué rageusement une bouchée de mon gâteau et l'ai enfournée dans ma bouche, attendant un conseil au sujet de l'homme qu'elles semblaient toutes connaître mieux que moi, bien qu'aucune d'entre elles n'ait jamais couché avec lui. Supposément. Mentaient-elles à ce sujet ?

Chelsea s'est penchée en avant et a attiré mon attention.
— Ma voisine a essayé de me caser avec Andre avant que Derek et moi ne nous mettions ensemble. Ça n'a pas collé entre nous, mais j'ai toujours pensé qu'il était gentil. Lui et Derek sont amis. Je ne l'ai jamais vu s'énerver.

— Je ne mens pas à ce sujet. L'attitude défensive familière est montée en moi sans crier gare. J'avais passé la majeure partie de ma vie à avoir l'impression d'être en tort et à devoir justifier tout ce que je disais et faisais. Je ne m'étais jamais sentie comme ça à L'anse MacKellar, mais si elles allaient toutes me dire que j'avais tort à propos d'Andre, peut-être que cet endroit n'était pas pour moi.

— On ne pense pas que tu mens, a dit Daisy calmement.
— Tu nous parles d'une facette de lui que nous ne connaissons pas.

— Quand j'ai peur, je donne l'impression d'être en colère, a dit Natalie. — J'ai eu une campeuse qui s'est fait piquer l'été dernier. C'était la première fois qu'elle se faisait piquer, et j'ai paniqué. J'ai crié sur la monitrice et hurlé pour qu'on m'apporte la trousse de premiers secours. La petite pleurait et paniquait, et je n'étais guère mieux. On a fait venir les parents, et tout s'est bien passé, mais moi, ça n'allait pas. Une fois que c'était fini, j'ai dû fermer la porte de mon bureau et piquer ma crise toute seule. Ensuite, j'ai dû m'excuser auprès de mon personnel pour ne pas avoir bien géré la situation.

Peut-être qu'Andre est pareil, et c'est pour ça qu'il semblait en colère.

— De quoi pourrait-il avoir peur ? Je lui ai dit que je ne déménageais pas ici pour lui et que je n'attendais rien de lui. J'ai besoin de changement. Je… je me plais beaucoup ici. Mais si ça ne marche pas entre nous, je pense quand même que cet endroit pourrait être le bon pour moi. La colère commençait à monter en moi.

— Peut-être qu'il espérait que tu déménageais ici pour lui, et en lui disant le contraire, il s'est demandé si quelqu'un d'autre t'intéressait, dit Finley. — Quand Trent a décidé de revenir ici, il m'a fallu beaucoup de temps pour croire qu'il voulait être ici pour moi. Ça n'a pas été facile.

— Je ne voulais pas lui mettre la pression, ni à notre relation. On ne se connaît que depuis quelques semaines, ai-je expliqué.

— Peut-être que c'est suffisant pour qu'il se sente amoureux. Il ne m'a pas fallu beaucoup plus de temps pour tomber amoureuse de Gavin, dit Piper.

Quelques-unes des autres hochèrent la tête en signe d'approbation.

— Il ne l'a pas dit, cela dit. Il a juste… — Ma voix s'éteignit en pensant à ce que j'étais sur le point d'admettre.

— Il a juste quoi ? demanda Melody.

Je secouai la tête.

— Il est devenu un peu fou au lit, n'est-ce pas ? questionna Willow, souriant comme si elle connaissait déjà la réponse.

Je ne pus retenir un sourire en retour.

— Elles ont toutes raison, dit Willow en riant. — Il est fou de toi et ne sait pas comment le dire.

Je haussai les épaules. — Il m'a dit qu'il tombait facilement amoureux, et il ne me l'a pas dit. Je ne pense pas que ce soit ça. Mais peu importe, si je dois rester ici, il faut que je trouve comment subvenir à mes besoins. Je ne peux pas continuer à vivre comme je l'ai fait.

— Si tu peux rassembler quelques articles sur lesquels tu as travaillé, je suis sûre que je peux convaincre mon patron de t'embaucher, dit Casey.

— Sauf si tu veux faire autre chose, dit Natalie.

Je me suis mordillé la lèvre. — J'ai toujours voulu étudier l'environnement. Chercher des moyens de rendre nos actions moins dévastatrices.

— Natalie connaît bien le maire, a dit Daisy. — Peut-être qu'il y a un programme qui pourrait correspondre à ça ?

— En fait, oui, a dit Natalie. — Omar parle depuis un moment de vouloir lancer quelques projets, mais il n'a personne pour le faire. Laisse-moi lui en parler et voir. Si tu es sérieuse à l'idée de t'installer ici.

J'ai hoché la tête. — Je le suis. Absolument. Merci.

Natalie a souri. — Bien sûr. Je ne peux rien te promettre, mais je vais voir ce que je peux faire.

— Merci beaucoup, lui ai-je dit, sentant que j'allais pleurer. Une chance de faire ce que j'avais toujours voulu faire ? Et vivre dans un endroit qui ressemblait plus à un foyer que n'importe où ailleurs ?

Wow.

Si ça marchait, il ne me restait plus qu'à trouver un endroit où vivre.

Puis annoncer à ma mère que je ne rentrais pas à la maison.

NATALIE M'A CONTACTÉE le lendemain pour m'organiser un rendez-vous avec Omar le mardi. Elle m'a assuré que ce n'était pas grand-chose, mais je l'ai remerciée abondamment et je pouvais à peine contenir mon excitation.

J'ai passé le reste de la journée à me renseigner sur L'anse MacKellar et les projets déjà en place. La ville était petite mais créative, avec de nombreux plans de base mis en œuvre pour la rendre écologique. Mais je savais qu'ils pouvaient faire plus.

J'ai fait des recherches sur quelques autres localités et un peu sur la région pour m'aider à trouver de nouvelles idées, et je me suis sentie de plus en plus excitée par cette opportunité.

Mais je devais être réaliste. Je n'avais pas de diplôme en gestion de l'environnement. Je n'avais aucune expérience non plus. Ma passion seule ne me mènerait pas bien loin.

Une heure avant qu'Andre ne soit censé venir me chercher, j'ai sauté sous la douche et je me suis préparée à sortir. Je ne savais pas si ça l'intéresserait d'entendre parler de mon rendez-vous avec le maire Knight, mais je savais que ce rendez-vous matinal m'obligerait à rentrer au Auberge L'anse MacKellar après notre soirée.

Andre a frappé à ma porte avec quelques minutes d'avance. Je lui ai crié que la porte était ouverte et il a tourné la poignée d'un air hésitant avant de passer la tête dans l'entrebâillement. — Salut.

— Salut, ai-je dit. — Désolée. Je suis presque prête.

Il est entré et s'est appuyé contre l'encadrement de la porte, m'observant avec un sourire. — Ça ne me dérange pas d'attendre.

J'étais habillée, mais je n'avais pas encore mis de bijoux. J'ai soulevé le bracelet que je voulais porter, une fine chaîne avec un petit cœur au centre. Il était simple et pas excessivement cher, mais il était à moi. Je l'ai acheté la semaine dernière alors que je me promenais en ville et que j'ai trouvé une adorable petite boutique à laquelle je n'ai pas pu résister.

— Tu as besoin d'aide ? a demandé Andre en se détachant

de l'encadrement de la porte et en tendant la main vers mon bracelet.

— Bien sûr, ai-je dit en le lui tendant.

Il a ouvert le fermoir, puis a saisi ma main avec celle qu'il avait de libre. Il a retourné ma paume, laissant glisser ses doigts sur l'intérieur de mon poignet.

J'ai eu le souffle coupé, son doux contact me traversant de part en part.

Il a saisi l'autre extrémité de la chaîne et a rapproché les deux côtés. Il a refermé le fermoir sans difficulté, puis a porté mon poignet à ses lèvres. Il a déposé un baiser là où se trouvait la chaîne, m'envoyant une nouvelle vague de frissons.

— Andre, ai-je chuchoté.

Il a levé les yeux vers moi avec un sourire timide. — Tu m'as manqué.

— Toi aussi.

Il a entrelacé ses doigts avec les miens et m'a conduite jusqu'à la porte. Il m'a guidée à l'extérieur avec une main dans le bas de mon dos. Il me rendait la tâche difficile de lui résister. De faire un choix qui soit le meilleur pour moi sans considérer comment cela nous affecterait.

Andre m'a tenu la main pendant qu'il conduisait jusqu'au restaurant. Il a dit que c'était l'un de ses préférés, et j'ai été surprise quand il s'est arrêté devant un endroit que je n'avais jamais remarqué auparavant. On aurait dit un cottage, mais il y avait une enseigne au-dessus de la porte qui disait *Ann's*.

— Landon m'a parlé de cet endroit pendant l'hiver. C'est incroyable. Le menu change tous les jours, et ils utilisent autant d'ingrédients locaux que possible.

— Ouah, c'est génial.

— Je me doutais que ça te plairait. Andre a donné son nom au serveur, et on nous a conduits à une table près d'une fenêtre donnant sur un immense jardin.

— C'est magnifique, ai-je dit.

— Oui, a dit Andre, mais quand j'ai levé les yeux, il me regardait.

Mes joues se sont empourprées. Je n'ai pas pu retenir mon sourire.

— Bonsoir, et bienvenue chez Ann's. Je suis Sarah, et je vais m'occuper de vous ce soir. Le menu se trouve au-dessus du passe-plat, et si vous n'arrivez pas à le lire d'ici, vous pouvez vous approcher pour y jeter un œil. Si vous avez besoin d'une recommandation, mon plat préféré ce soir est le ravioli à la courge butternut et sa sauce à la sauge. C'est une des spécialités d'Art.

— Art ? ai-je demandé.

— Le chef, a précisé Sarah. « Ann était sa défunte épouse. Elle souffrait d'un lymphome non hodgkinien, et quand on le lui a diagnostiqué, Art a commencé à lui cuisiner des plats entièrement biologiques. Il s'approvisionnait autant que possible localement et a cultivé le magnifique jardin que vous voyez par la fenêtre. Plus loin, il a une serre qu'il exploite toute l'année. Ce lieu est son hommage à Ann, offrant la même qualité de nourriture à tous ceux qui veulent en profiter. »

— C'est magnifique, ai-je dit.

Sarah a hoché la tête. « Malheureusement, Ann est décédée il y a quelques années, mais Art savait qu'elle n'était pas la seule à avoir besoin de ces aliments. Il a commencé par donner ses produits à des familles locales et en a vendu sur le marché des producteurs. L'été dernier, il a ouvert cet endroit, et c'est vite devenu l'un des lieux favoris de la région. »

— En effet, a dit Andre. « C'est Landon Boyd qui m'en a parlé. »

Le visage de Sarah s'est illuminé. « Landon est tellement génial. C'est lui qui fournit toutes les fleurs pour les tables. »

J'ai regardé le petit bouquet. C'était la touche joyeuse parfaite pour l'endroit, sans pour autant s'imposer ni attirer l'attention. Mieux encore, les fleurs n'avaient pas de parfum, donc elles ne couvriraient pas l'odeur de la nourriture.

— Je vais vous chercher de l'eau et vous laisser quelques minutes pour réfléchir à ce que vous voulez manger.

— Merci, avons-nous dit Andre et moi en même temps.

— Qu'est-ce que tu me conseilles ? lui ai-je demandé.

— Je n'ai jamais rien mangé ici qui ne soit pas délicieux. Je vais peut-être suivre sa suggestion et prendre les raviolis à la courge butternut.

— Je me disais aussi que ça avait l'air bon.

— Regardons le menu, on pourrait partager quelques plats. Si ça te dit.

J'ai hoché la tête. — Ça me va.

Nous nous sommes mis d'accord sur un steak de portobello avec des haricots verts et des pommes de terre nouvelles comme deuxième plat, et une bruschetta d'aubergine en entrée. L'eau m'est venue à la bouche tandis que les odeurs de cuisine emplissaient l'air et que les assiettes étaient portées de la cuisine aux autres clients du restaurant.

— Comment s'est passée ta journée ? a demandé Andre en attrapant ma main.

J'ai glissé ma main dans la sienne en me demandant ce que je devais lui dire. — C'était une bonne journée.

— Ah oui ? Qu'est-ce que tu as fait ?

— Pas grand-chose. Vivre à l'auberge est agréable, mais je commence à être à court de choses à faire.

— As-tu réfléchi davantage à l'idée de t'installer ici ? Sa voix était tendue, comme s'il redoutait la réponse.

— Un peu, mais je n'ai encore pris aucune décision. Comment ça se passe avec tes employés ?

Il s'est visiblement détendu et a hoché la tête. — Vraiment bien. Ils sont plutôt incroyables, en fait. Ils travaillent bien ensemble et sont excellents.

— C'est une bonne chose.

— Oui. Le seul problème, c'est que je dois leur trouver plus de travail. Ils vont finir par s'ennuyer ou à trouver de nouveaux emplois qui les occuperont si je ne trouve pas une solution rapidement.

— Qu'est-ce que tu penses faire ?

— Je ne sais pas. Je ne veux pas grandir trop vite et finir par être débordé, mais je sais qu'il y a d'autres contrats que je pourrais accepter.

— Qu'est-ce qui t'en empêche ?

— Le temps. Je sais combien de temps il me faut pour faire le travail que j'ai, et je me suis limité en conséquence. J'adore ce que je fais, mais prendre plus de contrats signifie y consacrer plus de temps.

— Mais tu as deux personnes de plus pour faire le travail. Ça ne veut pas dire que tu as plus de temps ?

— Ouais, mais je n'ai pas plus d'équipement. Ils ne peuvent pas vraiment travailler de nuit, donc on est toujours limités par le temps. Et ils ont besoin de faire des pauses, eux aussi.

— Acheter de l'équipement neuf, ce n'est pas donné, n'est-ce pas ?

Il a secoué la tête et a ri. — Nan.

— Tu pourrais acheter quelque chose d'occasion ? Ou quelque chose de plus petit qui ferait l'affaire, mais peut-être moins vite, ou que tu pourrais utiliser sur des propriétés plus petites ? Ce serait mieux que rien, mais ça ne te mettrait pas sur la paille si les choses ne se passent pas comme prévu.

Il s'est redressé et a secoué la tête. — C'est... Pourquoi n'y ai-je pas pensé ?

J'ai gloussé. — Je ne sais pas. Pourquoi n'y as-tu pas pensé ?

Il a ri. — C'est vraiment malin. J'ai gardé un œil sur quelques articles, mais le coût m'a toujours freiné. Si je pouvais trouver quelque chose d'occasion, cela réduirait peut-être le prix de moitié.

— Est-ce que ça serait suffisant pour qu'ils continuent à travailler à temps plein et que tu gagnes de l'argent ?

— Absolument.

Sarah est arrivée avec notre apéritif et nous a souhaité une bonne dégustation. Elle est restée à quelques mètres de nous, tandis que nous prenions les premières bouchées.

J'ai fermé les yeux et j'ai gémi. C'était délicieux. Les saveurs ont explosé sur ma langue, se mélangeant toutes en une parfaite harmonie. J'ai pris une autre bouchée avant même d'avoir fini la première, en voulant désespérément plus.

— C'est bon, n'est-ce pas ? a dit Andre.

J'ai ouvert les yeux et j'ai hoché la tête, remarquant Sarah qui s'éloignait avec un grand sourire. — C'est incroyable.

Chaque plat était dans la même veine. Quelque chose de nouveau et d'unique, mais à la fois familier et délicieux. Quand nous avons terminé les dernières bouchées de notre dîner, Sarah nous a recommandé la glace artisanale. Une ferme laitière locale la fabriquait et la fournissait à Ann's.

La glace était tout aussi exquise. De la vanille, avec des fruits du jardin d'Art par-dessus, et un filet de coulis de framboise pour ajouter une note acidulée.

— Je comprends pourquoi tu adores cet endroit, ai-je dit à Andre alors qu'il tendait sa carte de crédit à Sarah. — Et j'aimerais que tu me laisses payer de temps en temps.

Il a balayé mon offre de payer d'un geste de la main, comme toujours, et a dit : — Si tu t'installes ici, je suis sûr que tu y viendras souvent.

Je me suis mordillé la lèvre. — Je parie que oui.

Il a bu une gorgée d'eau. — Tu y penses toujours ?

— Oui.

— Mais tu ne veux pas m'en parler.

— Je n'ai jamais dit ça.

Sarah est revenue avec la note, Andre l'a signée, puis il l'a remerciée. Il m'a tendu la main et a serré la mienne fermement pendant que nous marchions vers son pick-up.

— Je ne veux pas que tu penses que je ne veux pas que tu sois là, a-t-il dit une fois que je suis montée dans le véhicule. — J'adore passer du temps avec toi. Et je… il me serait très facile de tomber amoureux de toi, Joelle.

— Je ne veux pas que tu aies l'impression que je m'impose dans ta vie.

— Ce n'est pas ce que je ressens. Je te veux dans ma vie.

— Tu en es sûr ?

Il a hoché la tête. — Et je te veux dans mon lit.

— En fait, je dois être quelque part tôt demain.

Il s'est reculé. — Ah oui ?

J'ai hoché la tête. — Ouais.

— Je peux savoir où ?

— J'ai rendez-vous avec le maire Knight. Natalie, sa fiancée, est dans mon club de lecture. C'est elle qui m'a obtenu un rendez-vous avec lui pour demain.

— Tu fais vraiment tout pour que ça marche, n'est-ce pas ?

— J'y tiens. Mais si ça doit causer des problèmes entre nous…

Il a été si rapide qu'il a mis fin à ma protestation, ses lèvres s'écrasant sur les miennes dans un assaut à la fois punitif et enivrant. Il a glissé sa langue sur mes lèvres pour les entrouvrir, puis l'a plongée dans ma bouche.

Je me suis agrippée à lui, autant pour l'empêcher de s'éloigner que pour ne pas tomber à la renverse. Je lui ai rendu son baiser, ressentant la même urgence et la même énergie frénétique qui émanaient de lui la dernière fois que nous avions été ensemble. Cette énergie qui, selon Willow, signifiait qu'il était déjà amoureux de moi et qu'il avait peur de me perdre.

— Viens chez moi, m'a-t-il dit contre mes lèvres, les mordillant avant de m'embrasser à nouveau avec fougue. — Je te ramènerai au Auberge L'anse MacKellar quand tu voudras. Ce soir, demain matin, n'importe quand. Rentre à la maison avec moi. S'il te plaît.

J'ai hoché la tête, incapable de lui dire non. Ni à moi-même. Je voulais être avec lui. Pour être honnête, je n'en avais jamais assez de lui.

Et ce n'était pas seulement le sexe. C'était Andre. C'était cet homme qui me faisait sentir digne de son amour. Qui me donnait l'impression d'être la seule qu'il désirait. Aujourd'hui et pour l'avenir.

J'espérais juste ne pas me tromper.

21

*M*olly nous a accueillis avec des petits jappements joyeux quand nous sommes entrés dans l'appartement d'Andre. Il avait eu toutes les peines du monde à m'empêcher d'exploser dans la voiture en rentrant du dîner, et à peine avions-nous franchi le seuil de son appartement qu'il s'est laissé tomber à genoux et a relevé brusquement ma jupe jusqu'à ma taille.

— Andre, ai-je gémi.

Il a disparu sous le tissu, me maintenant plaquée contre l'intérieur de la porte, et a sucé mon clitoris à travers la dentelle de ma culotte.

— Oh, oui, ai-je soufflé.

Ses doigts se sont glissés sous l'élastique de ma culotte et ont trouvé mon intimité trempée. Il a grogné en me pénétrant, son autre main écartant ma culotte pour pouvoir poser sa bouche sur ma peau nue.

Il n'a pas pris son temps. Ses doigts faisaient des va-et-vient en moi, se recourbant à chaque retrait, et sa langue taquinait mon clitoris.

Ma tête a cogné contre la porte. Mes mains se sont crispées dans le vide. J'ai essayé de me retenir pour éviter de hurler juste derrière sa porte d'entrée, mais il n'a pas lâché prise avant que je sois haletante, gémissante, et que je jouisse dans un cri qui a envoyé Molly se réfugier dans son panier.

— J'ai besoin de toi, a haleté Andre en réapparaissant de sous ma jupe. Il a empoigné son érection, qui tendait la fermeture éclair de son short, et m'a entraînée vers sa chambre.

Il avait mon goût, plongeant sa langue dans ma bouche alors qu'il me pressait contre la porte de sa chambre. J'ai empoigné son érection, et il m'a mordu la langue.

— Putain, je n'en ai jamais assez de toi.

— Moi non plus.

Il s'est reculé juste assez pour jeter ses vêtements et les miens par terre. Nous avons titubé jusqu'au lit, il s'est arrêté juste le temps de prendre un préservatif sur sa table de nuit avant de ramper sur moi. — J'ai besoin de toi, ai-je murmuré alors qu'il s'installait entre mes cuisses.

— Je ne vais nulle part.

J'ai ressenti la vérité de cette déclaration jusqu'au plus profond de mon âme. Il ne quitterait pas L'anse MacKellar, et si je voulais un avenir avec lui, cela ne dépendait que de moi.

Il a glissé en moi lentement, l'excitation du trajet et l'orgasme frénétique sur le pas de la porte oubliés dès que nous avons atterri sur son matelas. Il a soutenu mon regard, étirant mon corps pour accueillir sa taille. — Putain, Joelle.

J'ai attrapé ses mains, ayant besoin de cet ancrage pour rester dans l'instant présent. Je ne m'étais jamais sentie comme si quelqu'un m'aimait vraiment. Même avec Andre. Le sexe entre nous était bon, vraiment bon, mais il y avait quelque chose de différent maintenant. Quelque chose de plus profond. De plus intense.

Il n'a pas détourné le regard pendant qu'il s'enfonçait en moi avant de se retirer doucement. Ses mains tenaient les miennes, et son corps m'a lentement amenée au seuil de l'orgasme.

J'étais suspendue là, attendant qu'il me rejoigne, et je me suis demandé pourquoi j'avais attendu d'être destinée à épouser un homme que je n'aimais pas pour trouver un homme qui pouvait me faire sentir spéciale. Un homme qui pouvait me montrer ce que l'amour était censé être.

Les larmes me sont montées aux yeux quand Andre m'a fait basculer. J'ai joui dans un cri et j'ai serré sa queue, mon corps picotant de partout.

— Je t'ai fait mal ? a-t-il demandé.

J'ai secoué la tête. — Non. C'était parfait.

— Tu es parfaite. Je suis si reconnaissant de t'avoir rencontrée, Joelle.

— Moi aussi, ai-je dit. Peu importait qu'il ne m'aime pas, je savais ce que c'était que l'amour. Je savais ce que ça faisait de vouloir le meilleur pour quelqu'un, même si ce n'était pas d'être avec moi.

Mon Dieu, je voulais qu'il veuille être avec moi.

Il s'est violemment enfoncé en moi, sa queue me heurtant sous un nouvel angle, et j'ai senti les secousses d'un nouvel orgasme monter le long de ma colonne vertébrale.

— Putain, a-t-il soufflé.

— S'il te plaît, ai-je crié.

C'est tout ce qu'il a fallu pour le déchaîner. Son regard est devenu vague et sauvage. Il m'a pilonnée comme s'il ne pouvait plus se contrôler. Ses mains ont serré les miennes si fort que mes jointures m'ont fait mal.

Putain, j'ai adoré ça. Je l'ai aimé. C'était ce que je voulais. Ce dont j'avais besoin. Un homme capable de me baiser jusqu'à l'oubli après m'avoir aimée jusqu'à ce même point. Un homme qui pouvait me montrer avec son corps ce qu'il ressentait pour moi. Qui ne me laisserait aucun doute sur le fait qu'il était tout aussi perdu que moi.

— Oh, mon Dieu, Joelle. Oui ! a grogné Andre en jouissant, une seconde ou deux après moi.

J'ai enroulé mes jambes autour de lui et je l'ai encouragé à se laisser tomber sur moi. Il a essayé de bouger, mais je l'ai retenu fermement, n'étant pas prête à le lâcher.

Nous sommes restés là pendant plusieurs minutes, son souffle agitant mes cheveux. Mes mains glissaient le long de son dos. Il s'est contracté en moi, puis s'est ramolli et a glissé hors de moi.

Il s'est alors redressé, attrapant le préservatif avant qu'il ne tombe et se précipitant vers la salle de bain.

Je n'ai pas bougé, savourant les bruits familiers du partage d'un tel moment avec lui.

— À quelle heure veux-tu retourner au Auberge L'anse MacKellar ? m'a-t-il demandé en sortant de la salle de bain.

— Tu essaies de te débarrasser de moi ? ai-je demandé, avec un sourire en coin.

Il a grimpé sur moi et s'est allongé de tout son long sur mon corps. — Je préférerais ne jamais te laisser partir.

J'ai laissé échapper un souffle que je n'avais pas conscience de retenir. Ces fichues larmes étaient de retour.

Nous sommes restés là plus longtemps, jusqu'à ce que je me lève pour aller à la salle de bain, puis Andre m'a de nouveau attirée dans ses bras et m'a fait l'amour jusqu'à ce que le soleil perce à travers les rideaux et que la réalité envahisse la bulle que nous avions créée.

JE DÉTESTAIS ÊTRE EN RETARD. C'était un manque de respect et une impolitesse. Et c'était une chose dont ma mère ne se souciait jamais, c'est pourquoi je savais que ce n'était pas bien. Elle se croyait la personne la plus importante qui soit et pensait que les autres pouvaient l'attendre, alors elle n'était jamais à l'heure.

Je n'avais jamais été la personne la plus importante qui soit, alors j'étais toujours en avance. Mais alors que je me rendais à un rendez-vous avec le maire de la ville qui serait, je l'espérais, ma nouvelle ville, j'étais en retard. Zut.

Je me suis précipitée dans le bâtiment une minute avant le début de mon rendez-vous et j'ai filé dans le couloir en direction du bureau du maire Knight. Une femme de mon âge environ était assise à un bureau impressionnant devant la porte par laquelle j'étais à peu près sûre de devoir entrer.

— Bonjour, je suis Joelle Biers. J'ai rendez-vous avec le maire Knight, lui ai-je dit.

— Ravie de te rencontrer, Joelle. Je suis Jane. Natalie ne tarit pas d'éloges sur toi. Omar est vraiment impatient de te parler. Tu peux entrer.

— Oh, merci. Je lui ai souri et j'ai désigné la lourde porte en bois qui me séparait du maire.

Jane hocha la tête.

J'ai poussé la porte, qui s'est ouverte plus facilement que prévu, et je me suis soudain retrouvée devant un grand homme noir au sourire amical, la main tendue.

— Joelle, j'imagine. Vous étiez à un festival il y a quelques semaines, mais je ne me souviens pas d'avoir retenu votre nom. C'est un plaisir de vous rencontrer. Je suis Omar.

— Merci de me recevoir, Monsieur le Maire.

— Je vous en prie, appelez-moi Omar.

— Mais... euh, d'accord. Ma mère aurait piqué une crise de voir qu'une personne en position de pouvoir n'exigeait pas qu'on s'adresse à elle en utilisant son titre. C'était une chose de plus que j'adorais à L'anse MacKellar.

— Je t'en prie, assieds-toi. Je vais te parler des pistes que j'ai envisagées, et j'aimerais beaucoup entendre les idées que tu pourrais avoir. Tu as un CV ?

— Non, ai-je avoué en m'asseyant à une petite table dans le coin, sentant mes chances me filer entre les doigts. « Je n'ai pas de diplôme dans un domaine qui mène à ce genre de poste. Mon diplôme est en journalisme audiovisuel.»

— C'est vrai que c'est un peu éloigné. Mais on ne suit pas les mêmes règles par ici. Je devrai obtenir l'approbation pour ajouter un poste, mais nous avons le budget pour. L'offre a été publiée durant l'hiver, mais nous n'avons eu aucun candidat sérieux. Quelques personnes nous ont contactés, mais elles n'étaient pas prêtes à déménager ici. Si j'ai bien compris, toi, tu le serais ?

— Oui. J'ai quelques détails à régler, mais c'est mon projet. Si je trouve un travail et un logement.

— Je suis sûr que nous pouvons arranger ça.

— Je l'espère.

Il a glissé une feuille de papier devant moi. « Voilà ce que nous espérons mettre en œuvre. Quelques points sont faciles, et nous pouvons les gérer avec notre personnel actuel. Le programme de dépôt du compost est quelque chose que nous avons pu mettre en place, mais nous aimerions l'étendre à un programme de collecte. Nous avons un programme de recyclage solide, et nous avons travaillé avec des bénévoles pour nous assurer que tous les événements de la ville soient aussi proches que possible du zéro déchet. Tous nos vendeurs collaborent avec nous pour maximiser cela, car nous organisons beaucoup d'événements. Les food trucks sont tous passés aux produits en papier pour leurs contenants afin qu'ils puissent être recyclés. Nous avons multiplié les panneaux dans les espaces publics pour sensibiliser les résidents et les visiteurs. Mais il y a tellement plus que nous pouvons faire.»

— Chaque petit geste compte, lui ai-je dit.

Il a souri. — En effet. Merci. Quelle expérience avez-vous dans la mise en œuvre de ces programmes ?

— Malheureusement, aucune. Mon travail a toujours consisté à faire des recherches pour des reportages. J'ai vu beaucoup de choses formidables être mises en place, cependant, et j'ai fait quelques recherches sur ce que font les autres villes de la région.

— Vraiment ? Y a-t-il quelque chose que vous pensez que nous pourrions faire ?

— Absolument. Comme pour tout, certaines idées sont simples, et d'autres demanderont plus de travail, mais chaque pas en avant est une aide. Et une fois que bon nombre de ces programmes sont mis en place, il est plus facile de les maintenir que de les implémenter.

— Qu'aviez-vous en tête ?

Nous avons passé l'heure suivante à passer en revue toutes les idées que j'avais, ce que faisaient les villes voisines, et quelques initiatives que j'avais vues à Washington. C'était un environnement très différent pour faire bouger les choses. Moins de paperasse, mais aussi moins d'argent et de soutien.

Jane a toqué à la porte du bureau d'Omar et a passé la tête par l'entrebâillement pour lui dire que son prochain rendez-vous était imminent, et nous avons réalisé depuis combien de temps nous parlions.

— Merci, Jane. — Omar s'est levé et a rajusté son costume. — Je pense que vous seriez un atout parfait pour notre ville, Joelle. Vous avez de toute évidence une passion pour ce sujet, et beaucoup d'idées.

— Merci, Monsieur le Maire.

— Omar, m'a-t-il reprise.

— Omar. Merci. J'apprécie vraiment que tu m'aies rencontrée aujourd'hui.

— Peux-tu me donner quelques jours pour régler certaines choses ? Pour préparer un dossier complet et obtenir l'approbation du conseil ?

— Bien sûr.

— Ils voudront voir un CV. C'est quelque chose que tu peux fournir ?

— Il n'y aura aucune expérience pertinente.

— Ça n'a pas d'importance. Je peux contrer cet argument. Avec ton enthousiasme pour ce projet, et le peu d'intérêt que nous avons eu jusqu'à présent, je ne vois aucun problème à t'embaucher. Mais ils voudront s'assurer que tu es capable de conserver un emploi. Que tu ne vas pas commencer quelque chose, puis t'enfuir et nous laisser en plan.

— Je ne ferais pas ça.

— Je te crois. Je vois ton enthousiasme pour ce projet. J'aimerais avoir ta passion pour ça, mais je ne peux pas m'occuper de tout. J'aime cette ville, et je sais que toutes tes idées en feront un meilleur endroit pour les générations futures.

— Je le pense aussi. Merci, Omar. Ton soutien compte beaucoup pour moi.

— Merci d'être venue. Jane peut te donner ses coordonnées, et tu pourras envoyer ton CV dès que tu l'auras. Je devrais avoir une réponse d'ici la fin de la semaine, si ça te va.

— Ce serait super, ai-je dit, en espérant que ce soit le cas. Ma mère a menacé de me ramener de force à DC si je ne rentrais pas. Les jours m'étaient comptés. Et ils filaient vite.

Omar m'a serré la main, puis m'a laissée récupérer le reste des informations dont j'avais besoin auprès de Jane.

— Les coordonnées, c'est ça ? a demandé Jane.

J'ai hoché la tête. — S'il te plaît. Il a besoin d'un CV.

— Parfait. J'imagine que ça veut dire que l'entretien s'est bien passé. Félicitations.

— Merci. Je suis vraiment enthousiaste à cette idée.

— Tu viens d'où ?

— De DC. Mais je suis prête pour un changement.

— Waouh. C'est un grand changement, a dit Jane.

J'ai eu un petit rire. — Oui, mais j'en ai besoin. J'ai été

malheureuse pendant longtemps, et j'ai besoin d'un peu de joie dans ma vie. Cet endroit m'a donné ce sentiment chaque jour.

— Et je suis sûre qu'Andre Davidson y est pour quelque chose.

Mes joues s'échauffèrent à sa remarque.

— C'est une petite ville, Joelle. Tout le monde sait tout.

— On ne s'est même jamais rencontrées avant aujourd'hui.

Elle a haussé les épaules. — Peu importe. Andre est très apprécié, et quand l'un des nôtres tombe amoureux, on a tous tendance à le remarquer.

— Oh, ce n'est pas ça du tout.

Elle a haussé un sourcil. — Ah non ? Parce que j'ai entendu dire que vous passiez beaucoup de temps ensemble tous les deux et que tu avais rencontré ses parents.

— Comment sais-tu ça ? ai-je haleté.

— Je te l'ai dit. C'est une petite ville. Et tout passe par la mairie. Mais ne t'en fais pas, ce ne sont que des bonnes choses. Si les gens ne t'aimaient pas, quelqu'un serait déjà venu dire à Omar de ne pas t'embaucher. Personne n'a rien dit de tel. Les gens pensent que tu es très douce, même si personne ne sait grand-chose sur toi.

Je ne voulais pas répondre à la question évidente qu'elle ne posait pas. — Je suis sûre que les gens apprendront à me connaître.

Jane a eu un sourire en coin. — Bien répondu.

— Merci pour les coordonnées, lui ai-je dit.

— De rien. On se reverra bientôt, j'en suis sûre.

— Je l'espère.

Le téléphone de Jane a sonné, me donnant l'occasion de partir avant de faire encore plus de confidences à cette femme que je n'avais rencontrée qu'une heure plus tôt.

Je suis allée jusqu'à ma voiture et j'ai allumé mon téléphone. Je m'attendais à une douzaine de messages ou plus de ma mère, mais au lieu de ça, il était silencieux.

J'ai attendu quelques minutes de plus, puis je me suis estimée heureuse et je me suis connectée à mon adresse e-mail personnelle. Un de mes cours à l'université était axé sur la préparation à la vie professionnelle. On devait rédiger un CV, même si on avait déjà une offre d'emploi. C'était la dernière fois que j'avais pensé à une carrière. Un avenir qui n'incluait pas de vivre sous la coupe de ma mère.

Le parking de la mairie ne me semblait pas être l'endroit idéal pour écrire mon CV, alors j'ai conduit jusqu'en ville et je me suis garée près du parc Catherine. Je me suis installée sur l'une des chaises Adirondack face à l'eau et j'ai commencé à modifier le CV que j'avais créé plus de six ans auparavant. J'y ai ajouté l'expérience pertinente que j'avais acquise à la chaîne de télévision et j'ai inclus les éléments de mon travail qui pourraient m'aider à relever un nouveau défi.

Quand j'ai estimé que c'était terminé, je l'ai envoyé à Jane pour qu'elle le transmette à Omar. J'espérais que ce serait suffisant, mais ses encouragements m'ont réconfortée. C'était un travail que je voulais, quelque chose qui me passionnait.

J'espérais que le conseil municipal s'en rendrait compte.

J'ai déjeuné sur le pouce chez Cracked, puis j'ai décidé de retourner au Auberge L'anse MacKellar pour le reste de la journée. Andre travaillait et ne s'était engagé à rien pour le dîner, mais je n'allais pas être le genre de femme à attendre qu'un homme daigne se montrer.

Bon, d'accord, c'était peut-être mon cas, mais j'allais faire semblant que non.

Je me suis garée à ce qui était devenu ma place attitrée à l'auberge et j'ai branché ma voiture. J'ai repensé au jour de mon arrivée et à quel point j'avais trouvé étrange qu'un parfait inconnu veuille m'aider. Maintenant, je ne pouvais pas m'imaginer retourner à DC, où tout le monde est un étranger et où personne ne se soucie d'aider les autres.

Mon téléphone a vibré dans mon sac, et je me suis arrêtée pour le chercher, souriant en voyant un message d'Andre.

> Tu es ma personne préférée. J'ai trouvé une tondeuse d'occasion pas chère aujourd'hui. Je l'ai fait vérifier et maintenant, elle est à moi. Tout ça parce que tu m'as aidé à voir une autre option. Est-ce que je peux te préparer à dîner ce soir ? Tu pourras tout me raconter sur ta rencontre avec Omar. Si tu veux.

> C'est super ! Je suis contente que ça ait marché. Pour le dîner, ce serait génial.

> Je passe te prendre dans une heure ?

> Je serai prête.

J'ai glissé mon téléphone dans mon sac et j'ai tendu la main vers la porte d'entrée. Andre avait l'air heureux. Comme si, peut-être, le fait que je reste dans les parages lui convenait.

Peut-être que cela signifiait que je n'étais pas la seule à être en train de tomber amoureuse.

J'ai refermé la porte derrière moi et je me suis dirigée vers ma chambre. J'ai entendu Zoey parler à quelqu'un dans la bibliothèque, et j'ai essayé de passer sans les déranger quand un frisson m'a parcouru l'échine.

— Joelle. Enfin. Nous sommes là pour vous chercher. Faites vos valises. Maintenant.

Je me suis retournée pour faire face à ma mère. Thomas était à ses côtés. Tous deux étaient visiblement dégoûtés par l'endroit que j'avais appris à aimer au cours des dernières semaines.

Zoey se tenait à côté d'eux, se tordant les mains.

Mon passé m'avait finalement rattrapée. Et il ne me lâchait pas.

22

ANDRE

J'ai posé mon téléphone avec un sourire. Était-ce donc ça, l'amour ? Toutes les fois où je m'étais dit que j'étais amoureux, je n'avais jamais rien ressenti de tel qu'avec Joelle. Ni avec Emma, ni avec aucune des femmes que j'avais fréquentées avant elle. Elles voulaient toutes plus de moi. Plus d'argent, plus de temps, plus d'engagement.

Avec Joelle, c'était une évidence. Elle n'exigeait pas que je change ou que je sois quelqu'un d'autre que moi-même. Elle voulait ce qu'il y avait de mieux pour moi et n'avait pas peur de partager des idées qui m'aideraient à y parvenir.

Ça paraissait si ridicule que je n'aie pas pensé à acheter une tondeuse d'occasion pour Gail et Carson, mais j'étais concentré sur le long terme. Tôt ou tard, j'aurais besoin d'un nouvel équipement. Investir dans mon entreprise était important pour moi, mais je pouvais le faire progressivement.

Et c'est Joelle qui m'a aidé à le voir.

Je voulais la remercier comme il se doit, et notamment lui dire que je l'aimais.

Merde, j'étais nerveux. Je n'avais jamais fait tout un plat pour dire à une femme ce que je ressentais, ce qui était significatif. Joelle était différente, depuis la première fois que je l'ai vue. Et elle méritait de le savoir. De savoir que non seulement je voulais qu'elle reste à L'anse MacKellar, mais aussi que je voulais la soutenir comme elle m'avait soutenu. Je voulais l'aider à réaliser ses rêves.

Ce qui commençait par l'encourager et découvrir comment s'était passé son rendez-vous avec Omar. Je n'avais pas posé beaucoup de questions à ce sujet à l'avance, et elle n'en avait pas dit grand-chose. C'était entièrement de ma faute. J'ai paniqué quand j'ai entendu qu'elle envisageait de rester. Je n'ai pas bien géré la situation du tout. Mais j'avais dépassé ça. Tout allait bien entre nous. Je l'aimais, et j'étais presque sûr qu'elle ressentait la même chose, et que nous trouverions nos marques en apprenant à mieux nous connaître.

J'ai sorti du frigo les steaks que j'avais achetés et je les ai mis dans un plat en verre. J'ai préparé une marinade simple que j'ai versée dessus, puis j'ai couvert le plat et l'ai remis au frigo. J'avais tout préparé pour le dîner quand nous rentrerions chez moi.

— Souhaite-moi bonne chance, Molly, lui ai-je dit en lui grattant le dessous du menton.

Elle a miaulé, se frottant la tête contre ma main pendant que je lui caressais les oreilles.

— Je vais dire à Joelle que je l'aime ce soir. J'espère qu'elle ressent la même chose.

— Miaou, fut la réponse de Molly.

— Moi aussi, je t'aime, Molly.

— Miaou, miaou, miaou.

J'ai souri et je l'ai prise dans mes bras, la câlinant un instant avant de la poser sur le canapé. Elle s'est assise sur l'accoudoir et a miaulé quand je suis sorti, un miaulement amical et encourageant.

C'est ce que je me suis dit.

Je suis parti un peu en avance, mais j'étais impatient de voir Joelle. J'ai essayé de ne pas me presser, mais j'avais encore dix minutes d'avance lorsque je me suis garé devant l'auberge.

J'ai fermé ma portière et j'ai monté les escaliers en courant, m'arrêtant quand un couple est sorti précipitamment en jetant des regards anxieux par-dessus leurs épaules.

Dès que je suis entré, j'ai compris leurs regards. Des voix fortes criaient depuis un endroit que je ne pouvais pas voir. Peut-être la salle à manger ? Je n'entendais pas la plupart de ce qu'ils disaient, mais j'ai saisi *obligation*, *mariage*, et *exigence*.

Aïe. J'ai grimacé en passant devant la salle à manger, d'où les cris étaient plus forts. Je ne savais pas sur qui on criait, mais ça n'allait pas du tout pour cette personne. Je ne reconnaissais pas non plus les voix, ce qui signifiait que ce n'était personne que je connaissais. Heureusement.

J'ai frappé doucement à la porte de Joelle, en espérant ne pas déranger la dispute. Non pas qu'ils aient eu l'air de se soucier de qui les entendait, mais je ne voulais pas être entraîné dans les drames familiaux de quelqu'un d'autre.

Joelle n'a pas répondu, alors j'ai frappé un peu plus fort. J'ai essayé la poignée, mais elle était verrouillée. J'avais vu sa voiture dehors, et elle avait dit qu'elle serait prête dans une heure. Peut-être était-elle sous la douche ? Ou en train de se promener sur la propriété.

J'ai rebroussé chemin, passant sur la pointe des pieds devant la porte de la salle à manger. J'étais presque arrivé dans le salon quand j'ai entendu le nom de Joelle crié dans cette pièce.

— Qu'est-ce que c'est que ce bordel ? ai-je demandé à voix haute.

Je me suis retourné vers la salle à manger, me demandant ce qui pouvait bien se passer. Elle avait dit que sa mère était autoritaire, mais les réprimandes qui venaient de l'autre côté de cette porte étaient cent fois pires qu'autoritaires. C'était à la limite de la violence verbale.

— Andre, a dit Sebastian derrière moi.

Je lui ai fait face, sachant que ma colère se lisait sur mon visage. — Qu'est-ce qui se passe là-dedans, bon sang ?

— C'est une affaire de famille. Sebastian a tenté de se placer entre moi et la salle à manger, comme s'il allait m'empêcher d'y entrer.

— Qu'est-ce que ça veut dire ? Vous allez laisser cette personne, quelle qu'elle soit, parler à Joelle de cette façon ?

— Ce ne sont pas mes affaires, Andre. Tout comme ce ne sont pas les vôtres.

— Joelle, ce sont mes affaires. Et si quelqu'un lui parle de cette façon, je vais y mettre un terme.

— Son fiancé est là-dedans avec elle.

— Son quoi ? J'avais dû mal l'entendre. Joelle n'était pas fiancée. Elle me l'aurait dit.

Sebastian a soupiré. — C'est pour ça que je vous ai dit de ne pas vous impliquer avec elle. Le jour où elle est arrivée ici était censé être le jour de son mariage.

— Non. Vous mentez. Pourquoi me dire ça maintenant ? Après des semaines passées ensemble. Après être tombé… Non. Je ne vous crois pas.

Sebastian a fait un pas vers moi, mais j'en avais assez de l'écouter.

Je l'ai écarté d'un geste et je me suis tourné vers la salle à manger. J'ai ouvert la porte d'un coup sec et j'ai balayé la pièce du regard. Joelle était assise à l'autre bout, seule à une table pour deux. Des larmes coulaient sur ses joues. Devant elle se trouvait un écrin ouvert avec un diamant à l'intérieur dont je pouvais dire, même à six mètres, qu'il était putain de sublime.

Et bien au-delà de tout ce que j'aurais jamais pu m'offrir.

— Excusez-moi, mais c'est une conversation privée, m'a grogné une femme.

J'ai détourné mon regard de Joelle vers la femme plus près de moi. C'était sans aucun doute la mère de Joelle. Elles avaient le même nez et les mêmes lèvres, mais là où Joelle souriait toujours, sa mère arborait une expression amère. Elle me regardait de haut, bien qu'elle fasse quelques centi-mètres de moins que moi. Elle dégageait une aura de richesse, une que je n'avais jamais perçue chez Joelle, même si je n'avais jamais vu la bague.

— Vous n'avez aucun droit de lui parler comme vous l'avez fait, ai-je dit, me redressant de toute ma hauteur face à sa mère.

Elle a reniflé. — Je parlerai à ma fille comme bon me semble. Vous n'avez rien à dire sur ce qui se passe ici.

— Andre, a dit doucement Joelle.

Je l'ai regardée, voyant le regret et la douleur dans son regard. — Est-ce que ça va ?

Un homme s'est interposé entre nous, me bloquant la vue de Joelle.

Je levai les yeux vers lui, détaillant son costume hors de prix, probablement fait sur mesure, ses boutons de manchette qui étincelaient sous le soleil de l'après-midi et ses cheveux parfaitement coiffés. Tout en lui criait le privilège et la prétention.

— Vous n'adresserez pas la parole à ma fiancée. Elle ne vous concerne en rien.

J'ai ri. Je n'ai pas pu m'en empêcher. C'était probablement le pire moment pour ça, mais j'ai ri. — Joelle me concerne, et au plus haut point. Et je n'ai pas la moindre idée de qui vous êtes, ni pour qui vous vous prenez, mais vous devriez avoir honte de laisser sa mère lui parler de la sorte.

— Vous ignorez tout de la situation et je vous suggère de vous abstenir de toute interaction future, a-t-il dit en s'approchant de moi.

— Vous allez me mettre dehors ?

— S'il le faut.

J'ai levé les yeux au ciel. Je pouvais mettre ce connard à terre d'un seul coup de poing. Et je le ferais, si c'était ce qu'il fallait.

— Andre, ce n'est rien. La voix de Joelle était faible, et pas seulement parce que ce connard se tenait toujours entre nous. Elle était en train d'abandonner. Moi, nous, elle-même.

— Quoi ? Tu ne peux pas être sérieuse, me suis-je exclamé.

— Thomas et ma mère sont venus pour me ramener à la maison.

— Tu vas retourner à Washington avec eux ? Pourquoi ? Je pensais…

Le silence s'est abattu sur la pièce, la prise de conscience de ce que je n'avais pas dit s'insinuant dans l'esprit de sa mère et de son fiancé.

— Joelle, comment as-tu pu ? Tu as eu une liaison avec ce… Sa mère m'a regardé comme si j'étais la pire ordure qu'elle ait jamais vue. — Avec lui ? Alors que Thomas t'attendait ? Joelle, c'est inacceptable ! Tu as tout risqué pour quelqu'un qui n'est pas digne d'être en ma présence.

— Je m'en vais, ai-je dit.

Sa mère a continué sa tirade, le fiancé intervenant à son tour, mais Joelle est restée silencieuse.

Je suis sorti de la pièce à reculons, poussant la porte derrière moi. Avant qu'elle ne se referme, j'ai croisé le regard de Joelle.

Elle m'observait. Disparue, la femme que j'aimais. La femme qui partageait ses pensées et défendait tout le monde. Disparues, l'étincelle, le défi et cette lumière que je voyais en elle.

Ce n'était plus ma Joelle. Elle était la sienne.

Elle a détourné son regard du mien et a serré la mâchoire. Elle en avait fini avec moi.

J'ai laissé la porte se refermer. Sebastian n'était pas loin, il m'attendait. Je suis passé à côté de lui sans m'arrêter, ne voulant pas l'entendre me dire qu'il avait raison, que j'aurais dû l'écouter ou n'importe quelle autre connerie qu'il se sentirait obligé de me sortir.

J'en avais fini. Fini de Joelle, fini de l'amour, fini de tout ça.

Putain, à quoi bon sortir avec des femmes si chacune avec qui je finissais par être allait me détruire ?

Je suis rentré chez moi et j'ai fait irruption à l'intérieur. Molly a miaulé, puis a couru se cacher quelque part. Je me suis senti mal une demi-seconde, mais même Molly n'a pas réussi à me faire ressentir autre chose que de la douleur.

J'ai ouvert le frigo d'un coup sec pour prendre une bière et j'ai aperçu les steaks que je faisais mariner. Les steaks que j'allais cuisiner pour Joelle et moi, pour pouvoir lui dire que je l'aimais.

Putain d'amour.

J'ai attrapé le plat et je l'ai balancé à la poubelle. Le verre s'est brisé, et le bruit a fait craquer quelque chose en moi.

J'ai arpenté mon appartement d'un pas rageur. J'ai attrapé les fleurs que je lui avais achetées et je les ai jetées par-dessus les steaks. J'ai sorti le reste de la nourriture que j'avais achetée, y compris une bouteille de vin cher, et j'ai aussi balancé tout ça. J'ai arraché les draps de mon lit et je les ai jetés par terre. J'ai jeté tout ce qui me rappelait elle.

Puis j'ai pris le reste des bières dans mon frigo et je me suis affalé sur le canapé. J'ai ouvert une bière et je l'ai siphonnée, puis j'ai allumé la télé et j'en ai ouvert une autre. Et encore une. Et encore une.

Jusqu'à ce que je ne pense plus à Joelle.

JE ME SUIS RÉVEILLÉ sur le canapé, entouré de bouteilles de bière. Je me sentais comme une merde, mais le mal de tête et l'estomac barbouillé étaient bien préférables à la douleur dans ma poitrine.

Merde. Penser à Joelle me faisait mal, mais bien sûr, elle était la première chose qui m'occupait l'esprit. Elle m'a menti. Elle a couché avec moi alors qu'elle avait un fiancé à la maison. Je n'étais qu'un coup d'un soir en vacances, quelqu'un dont elle parlerait en rentrant à ses amis riches. Le jardinier qu'elle avait fait marcher en lui faisant croire qu'elle tenait vraiment à lui.

J'étais vraiment un putain d'idiot.

Molly a miaulé quelque part sur le côté, et je l'ai appelée. Elle a émis un petit gazouillis et s'est approchée, s'arrêtant avant de m'atteindre.

— Ce n'est rien, Molly. Je suis désolé de t'avoir fait peur hier soir.

Elle a miaulé doucement, puis a reniflé ma main. Elle a reculé comme si elle était couverte de quelque chose de dégoûtant.

J'ai grogné. — Je suppose que je dois prendre une douche.

J'ai vacillé en me levant, mais j'ai gardé l'équilibre. Je suis allé dans la salle de bain et j'ai jeté mes vêtements en direction du panier à linge. La douche était chaude, mais pas assez pour effacer mes souvenirs de Joelle.

Je suis sorti de la douche et j'ai trouvé des vêtements à enfiler avant de retourner sur le canapé. Je n'avais aucune envie de quitter l'appartement et aucune raison de le faire. Joelle ne voulait pas de moi, et j'en avais fini avec le monde extérieur pour un petit moment.

J'ai regardé des émissions débiles sur des gens stupides qui faisaient des trucs encore plus stupides. Ça a tourné en boucle pendant le déjeuner et jusqu'à tard dans l'après-midi, quand quelqu'un a martelé ma porte.

— Andre ! Ouvre la porte ou j'utilise ma clé. Andre ! a crié Landon de l'autre côté de la porte.

J'ai décollé mes fesses du canapé et j'ai ouvert la porte avant qu'il ne la défonce. — Mais qu'est-ce qui te prend, bordel ?

— Moi ? Tu me demandes ce qui me prend ? Mais qu'est-ce qui te prend, toi ?

— Rien, ai-je grogné avant de reprendre ma place sur le canapé.

— Alors pourquoi tu as une sale gueule ? Et c'est quoi cette odeur ?

— Va te faire foutre. J'ai pris une douche aujourd'hui.

— Peut-être, mais pas ta poubelle. Qu'est-ce que… Sa voix s'est éteinte, et j'ai réalisé qu'il était en train de regarder dans ma poubelle.

— Va-t'en.

— Qu'est-ce qui s'est passé ?

— Joelle est fiancée, putain.

— Elle est quoi ? a aboyé Landon.

— Je suis allé la chercher pour dîner hier, et sa mère et son fiancé étaient là. Ils la ramenaient à Washington.

— Qu'est-ce qu'elle a dit ?

— Elle m'a dit de partir.

— C'est pas vrai.

— Ben ouais. Parce que si elle m'avait supplié de rester, je ne serais pas là maintenant à me taper ta sale gueule.

Landon poussa un lourd soupir. — Putain. Je ne l'avais pas vue venir, celle-là.

— Ouais, eh ben, je suis sûr qu'elle va bien se marrer avec ses copains riches quand elle leur parlera du jardinier stupide qu'elle s'est tapé.

— Elle est riche ?

Je lançai un regard noir à mon ancien meilleur ami. — C'est tout ce que tu retiens de tout ça ?

Landon ricana. — Désolé. Tu as raison. J'aurais dû me concentrer sur le fait que tu te traites de stupide. Tu veux que je te dise à quel point tu es intelligent ?

Je lui fis un doigt d'honneur.

— Tu as quelque chose à boire ? Il ouvrit mon frigo, puis le referma d'un coup sec. — Il faut que je sorte cette poubelle. Je vais vomir. Qu'est-ce que c'est que ce bordel là-dedans ?

— Le dîner que j'allais lui préparer. Et les fleurs que je lui avais achetées. Et tout ce qui me faisait penser à elle.

Landon grogna en soulevant le sac, le verre tintant à l'intérieur. — Tu as jeté du verre ?

— Ouais.

— Bon sang, marmonna-t-il. Le sac bruissa dans sa main. — l'Je reviens tout de suite. Il attrapa mes clés sur la table près de la porte, puis sortit.

J'étais tenté de l'enfermer dehors, mais c'était agréable de savoir qu'il comprenait. Cela m'a aussi fait réaliser à quel point j'avais été un ami de merde depuis sa rupture avec Reegan. Je n'ai jamais sorti ses poubelles ni ne lui ai dit de faire le ménage ou je ne sais pas, moi. Peu importe ce qu'il faisait en étant là.

J'ai lancé la série et j'ai décroché jusqu'à ce qu'il revienne. Il a déplacé des trucs dans mon frigo, puis a refermé la porte et m'a rejoint sur le canapé.

— Qu'est-ce que tu fais là ? lui ai-je demandé au bout d'un moment.

— Je suis venu m'assurer que tu n'étais pas mort.

— Pourquoi aurais-tu pensé que j'étais mort ?

— Parce que tu ne t'es pas pointé pour tes clients aujourd'hui. Je me suis dit que…

— Putain ! ai-je juré en me levant d'un bond. — On est putain de mercredi. J'avais une journée de dingue. Fait chier. Quelle heure il est ?

— Ton travail est fait. Assieds-toi.

Je l'ai fusillé du regard. — Qu'est-ce que ça veut dire, ça ?

— Ça veut dire que tes employés s'en sont occupés. Quand ils sont venus chercher le matériel que tu leur as acheté, ils ont vu que tu n'avais pas pris ta tondeuse. Ils m'ont posé la question, et je leur ai donné les clés. Ils se sont partagé le travail et se sont entraidés.

— Et comment diable savaient-ils quoi faire ?

— Ils sont intelligents.

— Putain. Et j'ai tout laissé tomber à cause de Joelle.

— C'est ce qui arrive quand on se fait briser le cœur.

— Ouais.

Landon est resté silencieux un long moment. — Je suis désolé qu'elle se soit révélée être quelqu'un de différent de ce qu'on croyait. Je pensais qu'elle était vraiment bien pour toi.

— Merci. Moi aussi.

Landon a hoché la tête, me donnant un petit coup de poing sur la cuisse.

— Pourquoi as-tu attendu toute la journée pour t'assurer que je n'étais pas mort ?

— Le magasin était bondé. Je me suis dit que si tu étais mort, Molly aurait ta carcasse à se mettre sous la dent.

— Donc en fait, tu es là pour prendre de ses nouvelles. Parce que tu l'aimes, comme je te l'avais dit.

Il a grogné. — Va te faire foutre. Et ouais, peut-être.

J'ai ri. Ça m'a fait du bien. Un rire un peu rouillé, mais ça m'a fait du bien.

J'avais perdu Joelle, mais j'avais encore Landon. Il allait falloir que ça aille. Et ça allait. J'avais Molly, mon meilleur ami, mes parents, mes frères et sœurs, et quelques amis en ville. Je finirais bien par me remettre de Joelle.

23

JOELLE

*D*ès l'instant où j'ai vu ma mère et Thomas au Auberge L'anse MacKellar, j'ai su que tout ce que j'avais commencé à construire allait voler en éclats. Un avenir avec Andre en serait la principale victime.

Pourquoi avais-je cru que je serais capable de gérer ça ? Pourquoi m'étais-je attendue à ce que ce ne soit pas un problème ?

Quand il a fait irruption dans la salle à manger, le soulagement que j'ai ressenti en le voyant m'a paralysée. Le fait qu'il ait pris ma défense immédiatement était un vent de fraîcheur après la façon dont ma mère et Thomas me parlaient, comme si j'étais leur propriété, un meuble à utiliser et à jeter comme bon leur semblait.

Mais pas Andre. Lui, il me voyait. Il me connaissait. Et il était là pour moi.

Mais je ne pouvais pas le laisser livrer mes batailles. Je devais tenir tête à ma mère, seule.

— Andre, tout va bien, ai-je dit. Je ne voulais pas qu'ils s'en prennent à lui. Qu'ils lui fassent sentir qu'il n'était pas à la hauteur. Il était le plus digne de tous dans cette pièce, mais je savais comment ils étaient. Je savais qu'ils sentiraient quelque chose et le feraient fuir. Et s'ils le faisaient, il ne reviendrait pas.

— Quoi ? Tu ne peux pas être sérieuse. Son ton m'indiqua qu'il n'allait pas reculer. Je l'aimai encore plus pour ça, mais il devait partir. Pour son propre bien.

— Thomas et ma mère sont venus pour me ramener à la maison. Peut-être que ça marcherait. Peut-être que ce serait suffisant pour qu'il parte. Je pourrais lui expliquer plus tard. Mais seulement si j'en avais l'occasion. Je ne pouvais pas les laisser parler pour moi. Pas à lui.

— Tu retournes à Washington avec eux ? Pourquoi ? Je pensais que…

Sa voix s'éteignit, mais ce qu'il n'avait pas dit pesait lourdement dans la pièce. Assez lourdement pour qu'il soit impossible que cela passe inaperçu.

Et ça n'est pas passé inaperçu.

— Joelle, comment as-tu pu ? Tu as eu une liaison avec ce… Ma mère le foudroya du regard, le même que je lui avais vu jeter aux employés qui avaient fait quelque chose qu'elle jugeait inexcusable. « Avec lui ? Alors que Thomas t'attendait ? Joelle, c'est inacceptable ! Tu as tout risqué pour quelqu'un d'indigne de ma présence.»

— Je m'en vais, dit Andre, l'air abattu.

J'avais envie de pleurer. De courir après lui. De le supplier de rester à mes côtés. Tout ce que je brûlais de lui dire, les mots que je mourais d'envie de lui avouer, étaient là, sur le bout de ma langue, mais tant que je n'aurais pas renvoyé ma mère, je ne serais pas libre. Elle n'abandonnerait pas. Elle menacerait Andre pour m'atteindre. Elle le paierait probablement pour qu'il rompe avec moi. Si elle avait été prête à payer mes demoiselles d'honneur, je savais qu'elle paierait Andre.

Je ne pouvais pas le forcer à choisir entre son argent et

moi. Surtout qu'il ignorait ce que je ressentais pour lui. Je savais que l'argent de ma mère l'aiderait, et je savais qu'elle en avait assez pour qu'il puisse envisager de le prendre en échange de me laisser tranquille.

Mais je savais qu'il ne ferait pas ce choix si je lui disais ce que je ressentais. L'amour n'était pas une monnaie d'échange. Et je ne l'utiliserais jamais comme telle. Andre méritait de savoir que je l'aimais sans que tout ce drame ne lui soit jeté à la figure.

Il s'est éclipsé de la pièce, faisant face à ma mère qui me hurlait dessus. Je ne l'écoutais pas, mais je le regardais. Je l'ai regardé pousser la porte et croiser mon regard par-dessus l'épaule de Thomas.

La défaite dans ses yeux m'a brisé le cœur. Je ne lui avais jamais vu ce regard. Je ne lui en voulais pas, mais putain, ça faisait mal. J'arrangerais les choses avec lui. Je réparerais ça. Je lui expliquerais toute la situation, je lui dirais que je l'aimais. Après m'être débarrassée de ma mère et de Thomas. Après avoir été libre d'aimer Andre comme je l'aimais. De la façon dont il me permettait de l'aimer.

— Tu dois des excuses à Thomas. Et à moi, a grondé ma mère.

J'ai arraché mon regard à Andre et j'ai regardé ma mère, bouche bée. Comment osait-elle me dire ça ? Comment osait-elle même le penser ? — Je quoi ?

Elle a reculé d'un demi-pas devant la véhémence de ma voix. — Ne prends pas ce ton avec moi.

— Je prendrai le ton que je veux avec toi. Je ne m'inclinerai plus jamais devant toi. Tu es horrible. Tu n'as jamais rien fait pour me soutenir de toute ma vie.

— Je t'ai tout donné. J'ai sacrifié mon corps pour toi, mon avenir, je suis restée avec ton père pour toi. Et je me suis assurée que ton fiancé soit prêt à rester jusqu'à ce que vous soyez mariés.

— Tu es incroyable, ai-je répliqué sèchement. — Tu n'as rien fait de tout ça pour moi. Tu as tout fait pour toi ! Tu es tombée enceinte parce que ça voulait dire que mon père s'occuperait de toi. Tu es restée parce que ça te permettait d'avoir la vie que tu voulais. Tu as construit la vie que tu as choisie, en dirigeant son entreprise et en m'ignorant presque toute ma vie. Tu ne m'as même pas laissé choisir ma spécialité à l'université, ni ma carrière, ni rien de ma vie. Tu ne t'es jamais souciée de ce que je voulais, alors ne reste pas là à me dire que tu m'as donné la moindre fichue chose.

— Comment oses-tu…

— Non, comment oses-tu ! Tu as couché avec l'homme que tu voulais que j'épouse. Je ne sais même pas depuis combien de temps tu étais avec lui, mais je parie que c'était plus d'une fois. Et tu voulais que je l'épouse. Que je passe ma vie dans un mariage sans amour comme le tien. Pourquoi est-ce que tu as voulu ça pour moi ? Quelle mère ferait ça à son enfant ?

— Qu'est-ce que tu insinues, Joelle ? cracha-t-elle.

— Je n'insinue rien, Maman. Je dis que tu es une mère horrible. Mon père n'était jamais là, mais il n'a jamais fait semblant d'être de mon côté. Je ne me suis jamais demandé s'il tenait à moi. Je savais que non. Mais toi ? Je pensais que tu voulais ce qu'il y avait de mieux pour moi. Tu n'as jamais pensé qu'à toi.

Maman haleta. Son visage se transforma pour révéler ses véritables sentiments. — Espèce de petite garce ingrate. Fais tes valises. On s'en va.

— Je n'irai nulle part avec toi.

— Tu crois que ce jardinier va s'occuper de toi ?

— Comment est-ce que tu… ?

— Tu croyais qu'on ne savait pas où tu te trouvais ou ce que tu faisais pendant tout ce temps ? Tu as eu ta petite rébellion avec le personnel, et maintenant il est temps de reprendre le cours de ta vie. Épouse Thomas et fusionne les deux stations.

Je n'arrivais pas à penser. Ni à bouger. Elle savait où j'étais. Elle savait que j'étais avec Andre. Elle s'attendait à tout ça. — Pourquoi avoir attendu jusqu'à maintenant pour venir si vous saviez que j'étais là ?

— Nous étions occupés. Elle regarda Thomas, un petit sourire jouant sur ses lèvres.

— Vous êtes partis pour ma lune de miel ?

— Eh bien, tu n'y es pas allée. Nous n'allions pas laisser les réservations se perdre.

— C'est une putain de blague ?

— Surveile ton langage !

— Non. Non. Tu n'as plus rien à dire sur mon langage ou quoi que ce soit d'autre, plus jamais. Je ne voulais déjà pas épouser Thomas, et il est hors de putain de question que je l'épouse maintenant.

— Tu feras ce que je te dis.

— Sinon quoi ? Pourquoi est-ce que je ferais ce que tu dis ?

— Qui crois-tu qui paie pour ces cartes de crédit que tu utilises ? Qui a couvert les frais de ce petit voyage que tu as fait ? Tu te crois si importante, mais tu n'as réfléchi à rien, Joelle. Si tu ne m'écoutes pas, je te couperai les vivres.

— Très bien. Coupe-moi les vivres. Ton argent est assorti de trop de conditions.

— Et tu crois que tes nouveaux amis ici vont te laisser rester sans payer ? Tu penses qu'ils accepteront sans problème une femme fauchée, au chômage et bonne à rien ?

— Ils se fichent de l'argent. Aucun d'eux ne savait que j'en avais.

— Ah oui, et tu n'as pas payé pour séjourner ici ? Parce que d'après ta carte de crédit, si.

— Je vais trouver un travail. Je vais m'installer ici. Je trouverai un endroit où vivre. Je n'ai pas besoin de toi. Et je ne veux plus de toi dans ma vie.

— Joelle, dit Thomas, d'un ton plus doux, conciliant. — Soyez raisonnable. Si vous restez, vous ne serez personne. Vous serez insignifiante, comme les autres gens de cet endroit. Pourquoi voudriez-vous ça ?

Je me suis mise à rire. Ni l'un ni l'autre ne comprenaient. Ils étaient si perdus dans leur monde qu'ils ne pouvaient pas voir que quelque chose d'autre, quelque chose de mieux, existait.

Et ils n'avaient aucune idée que j'étouffais à DC.

— Je me plais ici. Ici, je n'ai pas à être quelqu'un d'autre. Je peux être moi-même.

— Et qui est-ce ? La baise d'un soir d'un jardinier ?

J'ai haussé les épaules. — Si je choisis de l'être, alors oui. Peut-être que je l'épouserai. Peut-être que je finirai avec quelqu'un d'autre. Tout ce que je sais, c'est que ce sera mon choix.

— Tu ne peux pas faire ça, Joelle. Tout Washington sait que vous allez vous marier. Les accords, les arrangements… Tu ne peux pas faire marche arrière. Ça va tout ruiner, grogna ma mère.

— Peut-être que tu devrais épouser Thomas. Après tout, tu as déjà profité de ma lune de miel. Apparemment, vous êtes sexuellement compatibles. Et je n'en ai rien à foutre.

— Tu vas tout de suite arrêter d'employer ce langage avec moi, jeune fille, lança ma mère d'un ton sec.

— Très bien. Je ne t'adresserai plus jamais la parole, Mère. Parce que c'est terminé. Tu peux prendre la porte. J'ai mieux à faire que de rester plantée là une minute de plus à t'écouter.

Je me suis dirigée vers la porte, prête à partir. Je voulais aller voir Andre, tout lui expliquer. Pour arranger les choses avec lui.

J'ai ouvert la porte au moment même où ma mère m'a attrapé le bras.

— Tu ne vas pas t'enfuir comme ça, cracha-t-elle.

— Si, Mère, je m'en vais. C'est fini. Lâche-moi.

Elle a tiré plus fort sur mon bras.

J'ai tiré en arrière, essayant de libérer mon bras, mais Thomas m'a bloqué la sortie. — Lâchez-moi !

Les mains de Thomas se sont refermées sur mes épaules, m'empêchant de bouger.

Ma mère a lâché mon bras. — Tu reviens à Washington avec nous.

— Non. Je n'irai plus jamais nulle part avec vous. Lâchez-moi. Maintenant !

Elle m'a giflée. En plein visage. Le son a résonné dans la salle à manger alors que je réalisais qu'elle m'avait frappée.

J'étais si choquée que je n'ai pas résisté quand Thomas m'a poussée en avant, me dirigeant vers la chambre où j'avais séjourné.

— Lâchez-la. Tout de suite, a dit une voix d'homme. Elle était basse et menaçante et, pendant une seconde, j'ai cru que c'était André.

— Ceci ne vous regarde pas, Monsieur l'agent, a dit ma mère, d'un ton mielleux.

Je me suis retournée et j'ai vu James et Rowan, les mains sur les flancs, prêts à dégainer leurs armes.

— Nous vous avons vue la frapper. C'est une agression.

— Elle ne portera pas plainte, a dit ma mère, continuant sur ce ton doucereux.

— Joelle, vous êtes dans votre droit de porter plainte. Pour agression et pour tentative d'enlèvement, a dit Rowan, son ton mesuré mais rassurant.

— Enlèvement ! Comment osez-vous !

— Il a les mains sur ses épaules, et à plusieurs reprises vous avez dit qu'elle partait avec vous, même si elle a affirmé ne pas le vouloir. Pour moi, cela ressemble à une tentative d'enlèvement. Et nous avons tous les deux été témoins de l'agression et serions prêts à en témoigner. James a fait un pas de plus vers nous.

Thomas m'a lâchée, reculant dans la salle à manger avant de filer vers la porte de derrière.

James s'est lancé à sa poursuite pendant que Rowan s'avançait et plaquait ma mère contre le mur.

Je suis restée bouche bée pendant qu'on lisait ses droits à ma mère et qu'on l'emmenait, menottée. Elle n'a pas cessé de hurler, promettant de mettre ses avocats sur le coup et d'obtenir leurs plaques.

— Ça va ? m'a demandé Piper en passant un bras autour de mes épaules.

Je ne l'avais même pas remarquée. J'ai hoché la tête. — Je suis tellement désolée pour tout ça.

Piper a eu un petit rire. — Oh, je t'en prie, rien de tout ça n'est de ta faute. Elle m'a guidée dehors, là où James traînait Thomas, lui aussi menotté, au coin de la maison. — Est-ce que c'est trop tôt pour te demander si tu penses qu'ils vont s'en sortir en étant menottés ?

J'ai laissé échapper un rire. — Non. Mais honnêtement, je m'en fiche.

— Je me demande si Rowan a utilisé les menottes pleines de crottes de chien sur ta mère, chuchota Piper.

Le rire qui m'échappa attira le regard noir de ma mère. — J'espère bien.

Piper se mit à rire avec moi. — Ils sont encore pires que ce que j'imaginais.

Je hochai la tête. — Ouais. Je la regardai tandis que Rowan et James fermaient les portières du véhicule utilitaire sport et s'approchaient. — Tu en as entendu beaucoup ?

— Assez pour savoir qu'on avait besoin qu'ils viennent, dit Piper.

— C'est vous qui les avez appelés ?

Elle hocha la tête. — On t'aime bien, Joelle. Quand ils vous ont emmenée dans la salle à manger, Zoey m'a appelée. On a pensé que tu aurais peut-être besoin d'amies après leur départ, mais dès qu'on a entendu les cris, on a appelé James et Rowan.

— Ils sont coriaces, ces deux-là, dit James, en s'arrêtant une marche en dessous de Piper et moi. — Vous allez bien ?

Je haussai les épaules et secouai la tête. — Je ne sais pas.

— Je déteste vous demander ça, mais nous avons vraiment besoin de votre déposition. Pouvez-vous venir au poste ?

Je hochai la tête. — Oui. Je veux juste que tout ça soit derrière moi.

— Je viens avec toi, dit Piper. — Laisse-moi juste voir avec Gavin rapidement, et on sera juste derrière vous. Ça vous va ?

— Bien sûr. Sebastian et Zoey étaient là quand ils sont arrivés ? demanda James.

Piper hocha la tête. — Oui. Vous avez besoin qu'ils viennent avec nous ?

— Ce serait peut-être une bonne idée.

— On sera tous là bientôt. Piper a sorti son téléphone, déjà en train d'écrire un texto.

— Merci. Et je suis désolé de ce qui vous est arrivé, Joelle.

— Merci.

James et Rowan sont partis en nous faisant un signe de la main et en klaxonnant en s'éloignant. Piper m'a conduite jusqu'à une chaise sur le porche, me disant de m'asseoir pendant qu'elle allait chercher son mari.

Mon regard s'est perdu sur la propriété, et j'ai regretté d'avoir imposé tout ça à tout le monde. J'adorais L'anse MacKellar, et infliger ma mère à la ville me semblait mal.

J'aurais dû me douter qu'elle vérifiait les relevés de ma

carte de crédit et qu'elle savait où j'étais. Après la première semaine, j'avais cru qu'elle ne savait pas comment faire ça et j'avais été moins prudente. Au lieu de ça, elle était juste partie en lune de miel à ma place.

Je me suis moquée de moi-même. C'était presque drôle. Si c'était arrivé à quelqu'un d'autre, ça l'aurait peut-être été, mais pour moi, c'était juste triste. Ma mère a couché avec mon fiancé, puis est partie en lune de miel avec lui.

Ils se méritaient l'un l'autre.

Piper est revenue quelques minutes plus tard et m'a dit que Sebastian et Zoey allaient nous retrouver au poste. Piper a conduit, m'assurant que personne ne me jugeait à cause de ma mère et de Thomas.

James et Rowan nous ont accueillies au poste de police et ont pris nos dépositions. Le processus a été relativement simple, puisqu'ils avaient été témoins du pire. J'avais honte de la façon dont ma mère m'avait parlé, et que je l'aie permis pendant tant d'années, mais James et Rowan m'ont dit que cela ne lui donnait pas le droit de me traiter comme elle l'avait fait.

Quand nous avons quitté le poste de police, Piper a insisté pour rester avec moi. Zoey nous a rejointes près du foyer extérieur avec une bouteille de vin, et toutes les trois nous avons bu, ri et oublié ma journée d'enfer.

LE LENDEMAIN, James m'a aidée à déposer une ordonnance restrictive contre ma mère et Thomas. Un juge l'a approuvée immédiatement, déclarant que l'incident suffisait à justifier l'ordonnance de protection d'urgence.

Le juge a également accepté une mise à l'épreuve pour ma mère et Thomas s'ils quittaient la ville et promettaient de ne pas revenir. La menace que tout devienne public a suffi pour qu'ils acceptent l'offre.

Les seules conditions étaient que tout ce qui appartenait à ma mère devait lui être rendu. Y compris les cartes de crédit que j'utilisais, ma carte de débit et ma voiture. Elle a dit qu'elle ne voulait aucune des affaires que j'avais achetées à L'anse MacKellar ni les vêtements que j'avais apportés avec moi.

— Pas ma taille. Ni mon style, a-t-elle dit au juge avec un ricanement dans ma direction.

J'ai levé les yeux au ciel et je me suis estimée heureuse d'en avoir enfin fini avec eux deux. Même si cela signifiait que je n'avais plus d'argent, ni véhicule, ni famille.

J'étais aussi presque certaine que cela voudrait dire que je n'obtiendrais de recommandation de personne à mon ancien travail. C'était ce qui m'inquiétait le plus. Omar n'avait pas dit que j'avais besoin d'une recommandation, mais la plupart des postes en exigeaient.

— Chaque chose en son temps, a dit Piper quand je lui ai fait part de mes inquiétudes. « Si nécessaire, James et Rowan peuvent se porter garants pour toi. Ils pourront expliquer pourquoi tu n'es pas en mesure de demander une recommandation. »

— Je l'espère. Je veux vraiment ce poste.

Mais plus que le poste, je voulais parler à Andre. Je voulais tout lui expliquer. Lui dire que Thomas n'était pas vraiment mon fiancé, et que je n'avais aucune intention de retourner à DC avec lui et ma mère.

— Tu as parlé à Andre ? a demandé Zoey alors que tout était réglé et que nous étions de retour à l'auberge.

J'ai secoué la tête. « Je ne veux pas qu'il pense que je cherche à ce qu'il m'entretienne. Peut-être que je devrais attendre de savoir pour le poste ? »

— Je ne connais pas Andre aussi bien que toi, mais je

pense que parfois, il faut mettre les choses au clair avec les hommes, a dit Piper.

— Que veux-tu dire ?

— Cet homme t'aime, mais je ne pense pas qu'il soit prêt à risquer ton rejet. Et il ne sait peut-être même pas que tu es encore en ville. Donc si tu attends qu'il vienne à toi, tu risques d'attendre très, très longtemps, a poursuivi Piper.

Je me suis mordillé l'intérieur de la joue. J'ai laissé échapper un long soupir. « Tu as raison. Il faut que j'aille lui parler. »

— Je pense que ça va aller. C'est un type bien d'après ce que je sais. Raconte-lui toute l'histoire. Il le mérite bien, a dit Zoey.

— J'aurais dû le lui dire avant.

Zoey a haussé les épaules. — Tu ne le sentais pas à ce moment-là.

— Ouais, mais il méritait quand même de savoir. J'espère qu'il pourra me pardonner de le lui avoir caché.

— Il n'y a qu'une seule façon de le savoir, m'a dit Piper.

— Ouais.

Nous avons discuté encore une minute, puis je suis allée dans ma chambre. Je ne leur avais pas demandé quand je devais libérer la chambre, mais je savais que ce n'était pas juste de continuer à vivre au Auberge L'anse MacKellar sans avoir de quoi payer.

Je voulais être indépendante de ma mère. Et j'y étais enfin parvenue. Je ne voulais pas me retrouver à dépendre de tout le monde pour le reste de ma vie. Il était temps de me débrouiller seule.

24

ANDRE

Landon était parti chercher des bières et à manger, déclarant que nous en avions besoin tous les deux, et que je n'avais ni l'un ni l'autre. Il avait pris mes clés pour pouvoir rentrer dans l'immeuble, mais cet enfoiré a frappé à la porte et m'a obligé à me lever. Probablement parce qu'il pensait que ce serait bon pour moi de ne pas rester le cul vissé sur le canapé.

— J'arrive ! ai-je crié quand il a de nouveau frappé avant que j'aie pu atteindre la porte. J'ai ouvert d'un coup sec, prêt à lever les yeux au ciel, mais ce n'était pas Landon de l'autre côté de la porte.

C'était Joelle.

— Qu'est-ce que tu veux ?

Elle se tordait les mains, enroulant le t-shirt qu'elle serrait fort entre elles. — Est-ce que… est-ce que je peux entrer ?

J'ai soufflé. — Tu peux faire tout ce que tu veux. Tu l'as bien prouvé. Je suis retourné au canapé, en souhaitant que Landon soit déjà de retour avec les bières. Je ne voulais pas avoir cette conversation avec elle en étant complètement sobre. — Tu es venue pour me dire au revoir ? Parce que ce n'était pas la peine. J'ai bien reçu le message hier.

— Je ne suis pas venue te dire au revoir. Je voulais t'expliquer.

— M'expliquer que j'étais quoi ? Ton aventure d'avant-mariage ? Ton plan cul avant de te caser avec ton mari ? Que c'était une erreur ? Je me suis levé, incapable de rester assis là à la regarder. Je voulais m'éloigner. M'enfuir. Ne plus la voir et continuer à la désirer.

Elle était fiancée à un autre. Je n'avais aucun droit de la désirer.

— Ce n'était pas ça, dit-elle doucement.

J'ai ricané. — Ah oui ? C'était quoi, alors ?

— J'étais fiancée à Thomas, oui. Nous étions censés nous marier le jour où je suis venue ici.

— C'est ce que j'ai cru comprendre, ai-je craché.

— Je n'aimais pas Thomas. Je le connaissais à peine. Ma mère voulait que nous nous marions. Elle est propriétaire d'une chaîne d'information, et le père de Thomas en possède une autre. Elle voulait une fusion, et j'en étais le prix.

— Quoi ? C'est… les gens ne font plus ce genre de choses de nos jours.

Elle a esquissé un sourire. — Quelqu'un a oublié de le dire à ma mère. Quelqu'un a aussi oublié de lui dire de ne pas baiser le marié le jour de son mariage.

— Quoi ? Elle… Attends, ralentis. Elle a couché avec lui ?

— Elle m'a dit qu'elle s'occupait de le satisfaire jusqu'au mariage. Parce que je ne m'occupais pas de lui. Elle venait à tous nos rendez-vous, elle ne nous laissait jamais seuls. Ça ne me dérangeait pas vraiment, parce que je n'étais pas sûre de l'apprécier tant que ça, de toute façon. Et quand le moment est venu de remonter l'allée… Elle a marqué une pause et secoué la tête. — Je ne le connaissais pas. Je ne voulais absolument pas l'épouser. Je suis tombée sur eux quinze minutes avant la cérémonie. J'étais allée dire à ma mère que je ne voulais pas épouser Thomas…

— Et ils étaient… ?

— Ouais. Alors je suis partie.

— Tu n'étais pas… On dirait que ça ne te dérange pas.

— J'étais en colère. J'étais blessée. Je me suis sentie idiote. Mais pas à cause de lui. Je ne voulais pas l'épouser avant même de découvrir qu'ils couchaient ensemble. M'enfuir a été une décision facile. C'est juste que… c'est ma mère.

— C'est là que tu es venue ici ?

Elle a laissé échapper un rire. — J'ai juste conduit. Ma lune de miel était censée se passer dans le sud, alors je suis allée vers le nord. Je n'ai pas réfléchi à ma destination. Je suis juste partie. Je me suis arrêtée pour déjeuner et j'ai continué ma route. J'ai fini par longer la rivière et je n'ai pas fait attention à l'indicateur de batterie. Ma voiture est tombée en panne un peu avant L'anse MacKellar. Sebastian et Cameron passaient par là et se sont arrêtés pour m'aider. Ils ont remorqué ma voiture et m'ont amenée au Auberge L'anse MacKellar, et ils ont tous pris soin de moi. Ils m'ont laissé être la mariée fugitive et folle.

— Ils savaient ?

— Eh bien, j'étais encore dans ma robe de mariée. Je n'ai pas pris le temps de me changer avant de quitter la ville, juste pour être sûre que ma mère et Thomas n'essaient pas de m'arrêter. C'était assez évident ce qui se passait quand Sebastian et Zoey ont vu ce que je portais. Cameron a demandé si je m'habillais toujours comme ça.

J'ai fermé les yeux. J'étais tellement à côté de la plaque. Elle était arrivée en ville en robe de mariée, et je n'en ai jamais rien su. Combien de personnes ont dû me prendre pour un idiot de ne pas l'avoir remarqué ? — Et j'étais le seul à ne pas savoir.

— Non… Elle s'est approchée, tendant la main pour la

poser sur mon bras. Elle s'est arrêtée avant de me toucher, et j'ai ressenti le manque de son contact comme si sa main avait vraiment été là. Elle a pris une inspiration et a reculé d'un pas. — Personne n'était au courant. Zoey, Piper, et Valentina étaient les seules à connaître toute l'histoire. Sebastian et Cameron sont venus me chercher, et Gavin savait que j'étais en robe de mariée quand je suis arrivée, mais je ne pense pas que les autres soient au courant du reste.

— J'imagine que tout le monde va le savoir maintenant. Quand est-ce que tu retournes à Washington ?

— Je n'y retourne pas, a-t-elle dit.

— Quoi ? Pourquoi ?

— Tu n'as rien écouté de ce que je viens de dire ? Je n'ai jamais voulu épouser Thomas. Et ma mère… Après que tu es parti, elle m'a dit que je devais rentrer avec elle, qu'elle m'y forcerait s'il le fallait. Thomas m'a agrippée, et ma mère m'a giflée quand je me suis débattue.

— Ça va ? ai-je demandé en m'avançant vers elle, lui prenant la joue avant même de réfléchir à ce que je faisais. Quelqu'un l'avait touchée, frappée, quelqu'un qui était censé l'aimer.

Elle a fermé les yeux, ses lèvres s'étirant en un petit sourire. — Je vais mieux aujourd'hui. James et Rowan étaient là. Ils ont arrêté ma mère et Thomas, les ont inculpés pour tentative d'enlèvement et agression.

— Tant mieux.

Elle a hoché la tête. — Oui. Mais ils sont partis. J'ai une ordonnance restrictive contre eux, et ils ne reviendront pas.

— Tu seras en sécurité, ai-je dit en reculant d'un pas. La toucher était trop. Elle me racontait ce qui s'était passé, elle ne me demandait pas de faire partie de sa vie. Je devais m'en souvenir.

— Je suis en sécurité. Et je suis désolée pour les choses qu'elle t'a dites. Elle est… Je ne peux pas excuser son comportement. Mais je peux dire qu'elle a tort. Elle ne te connaît pas. Elle ne sait pas à quel point tu es gentil, attentionné. Combien tu aides les autres. Ce ne sont pas des qualités qu'elle apprécie. Jamais.

— Comment as-tu fait pour devenir si bien ?

Elle a souri, une rougeur empourprant ses joues. — Je ne pense pas être aussi bien que j'aimerais, mais j'essaie.

— Alors, qu'est-ce que tu vas faire ?

— Eh bien, j'espère toujours qu'Omar va me donner le poste auquel j'ai postulé. S'il le fait, alors je reste ici. Si ça te va.

— Tu ne peux pas prendre ta décision en fonction de moi.

Elle a dégluti, pinçant les lèvres. — D'accord. Je… je comprends. Elle a tendu le t-shirt qu'elle tenait. — J'ai pensé que tu devrais le récupérer.

C'était le t-shirt qu'elle m'avait pris le matin où je l'avais réveillée. Le t-shirt couvert de sueur qu'elle avait enfilé et dont elle m'avait dit qu'il sentait si bon. — Pourquoi ?

— Je sais que je t'ai fait du mal. Je ne le voulais pas, mais je l'ai fait. J'aurais dû te parler de Thomas il y a des semaines. J'aurais dû être honnête avec toi. Mais je ne voulais pas changer la façon dont tu me regardais. C'était égoïste de ma part, et je ne veux plus être cette personne. Je veux être quelqu'un dont je suis fière. Quelqu'un qui ne ressemble en rien à ma mère. Je te le rends parce qu'il est à toi.

Je ne l'ai pas pris de sa main tendue, alors elle l'a posé sur le canapé.

— Je veux que tu saches que ces dernières semaines ont été les meilleures de ma vie. Te rencontrer m'a montré ce que signifie l'amour. Je n'ai jamais su ce que ça faisait d'aimer quelqu'un, et je te remercie de m'avoir donné ça. De m'avoir laissée t'aimer et de m'avoir aidée à croire en moi et en ce dont je suis capable. Je ne te dérangerai plus. Elle s'est retournée et s'est dirigée vers la porte.

Il a fallu une minute à mon cerveau pour faire le lien entre tout ce qu'elle avait dit, et quand j'y suis parvenu, elle était en train d'ouvrir la porte. — Où diable vas-tu ?

Elle s'est retournée, ses yeux s'écarquillant tandis que je traversais la pièce vers elle à grands pas, le t-shirt à la main.

— Tu ne vas pas me rendre ça. Il est à toi.

— Oh. Euh, d'accord. Elle a baissé le menton, se mordant la lèvre assez fort pour qu'elle devienne blanche autour de ses dents.

J'ai relevé son menton avec un doigt, détestant la douleur que j'ai vue dans ses yeux humides avant qu'elle ne les ferme brusquement. — Je suis à toi, aussi, Joelle.

— Quoi ? a-t-elle haleté, ses yeux s'ouvrant d'un coup.

J'ai ri doucement. — J'ai eu tellement peur de te perdre, de te voir partir, que j'ai lutté contre ce que je ressentais pour toi. J'ai arrêté de me battre contre moi-même hier, et puis…

— Puis tu as rencontré ma mère et Thomas et tu as cru que je te quittais. Elle a secoué la tête. — Je ne voulais pas qu'elle s'en prenne à toi. J'essayais de te protéger.

— Je ne veux pas que tu me protèges. C'est moi qui veux te protéger.

— J'avais besoin de lui tenir tête toute seule. J'avais besoin de savoir que j'en étais capable. Je ne lui avais jamais dit non auparavant. Sauf quand je suis partie le jour de mon mariage. Je ne pouvais pas te laisser le faire à ma place, et je savais qu'elle serait odieuse. Elle a payé mes demoiselles d'honneur pour qu'elles assistent à mon mariage, et je me suis dit qu'elle essaierait de t'acheter aussi. Pour que tu tournes les talons.

— Jamais je n'aurais accepté son argent, ai-je sifflé.

— Je sais. Je sais. Mais je ne voulais pas qu'elle te parle comme je sais qu'elle l'aurait fait. Elle aurait été capable de dire n'importe quoi. C'est pour ça que je t'ai dit de partir hier. Je voulais partir avec toi, mais je devais m'occuper d'elle. Et ensuite, j'ai dû aller au poste de police, et il était tard et…

J'ai coupé court au reste de son explication par un baiser brutal qui lui a arraché un petit cri de surprise. Elle a entrouvert les lèvres sous les miennes et a attiré ma langue dans sa bouche. J'ai refermé la porte d'un coup de pied et l'ai soulevée de terre, me dirigeant vers la chambre.

J'ai à peine perçu le bruit à la porte avant d'entendre Landon.

— Merde. Je ne savais pas que tu n'étais pas seul.

Joelle s'est reculée, léchant le goût de ma bouche sur ses lèvres.

— Va-t'en, ai-je grogné à mon meilleur ami.

Joelle m'a frappé le torse. — Ne sois pas comme ça.

— S'il te plaît, va-t'en… ? ai-je réessayé.

Joelle a gigoté jusqu'à ce que je la repose par terre. Elle s'est tournée pour faire face à Landon.

Landon l'a foudroyée du regard.

J'ai voulu m'interposer devant elle, mais elle m'a arrêté.

Elle a pris ma main dans la sienne et a croisé le regard de Landon. — J'ai expliqué toute la situation à Andre, mais j'aimerais avoir une chance de te l'expliquer à toi aussi. Je sais qu'en tant que son meilleur ami, quand je lui ai fait du mal, je t'en ai fait à toi aussi. Ce n'était pas juste de ma part.

Landon plissa les yeux. — Si. Il a séché le boulot aujourd'hui pour la toute première fois.

— Quoi ? haleta-t-elle en se tournant vers moi.

— Tout va bien, ai-je dit.

— Ses employés s'en sont occupés. S'il travaillait encore à son compte, il aurait perdu des clients aujourd'hui à cause de toi. Landon croisa les bras et haussa les sourcils, laissant son accusation faire son effet.

Joelle hocha la tête. — Je n'ai aucune intention de le blesser à nouveau. J'ai fait des erreurs, et je ne pourrai jamais réparer le mal que j'ai fait, mais je ferai tout ce qui est en mon pouvoir pour le rendre heureux.

— Depuis DC ? Parce que tu y retournes avec ton fiancé et ta mère, n'est-ce pas ?

Joelle secoua la tête. — Non. Je n'en ai jamais eu l'intention. Mais ce sont des gens cruels, et je voulais le protéger d'eux. J'ai échoué, mais ils ne remettront plus jamais les pieds à L'anse MacKellar.

— Pas de réunions de famille ?

— Mec, ai-je lâché sèchement.

Joelle posa sa main sur mon bras. — Il a entièrement le droit d'avoir ses opinions et d'être en colère. Et non, pas de réunions de famille. J'ai demandé des ordonnances restrictives contre eux après qu'ils ont essayé de me forcer à retourner à DC et que ma mère m'a giflée pendant que Thomas me maintenait.

— Quoi ? Tu vas bien ? demanda Landon en s'approchant de nous. Son regard allait de l'un à l'autre, remarquant ma posture protectrice et le fait qu'elle ne reculait pas.

— Je vais bien. Ce n'était pas aussi grave que ça en a l'air, mais c'était suffisant pour obtenir une ordonnance de protection d'urgence et les faire quitter la ville.

Je fermai les yeux, détestant l'avoir laissée seule avec eux. J'aurais dû rester. J'aurais dû faire confiance à ce que nous avions, à ce que je savais que nous avions.

— Qu'est-ce que tu vas faire maintenant ? lui demanda Landon.

Joelle haussa les épaules. — Je ne sais pas encore exactement. J'ai postulé pour travailler avec Omar et diriger les projets de services environnementaux qu'il veut mettre en place. Si j'obtiens ce poste, je repartirai de zéro.

— Comment ça ? demanda Landon.

Je me posais la même question.

Joelle a hésité. — Euh, eh bien, j'ai quelques vêtements, mais c'est tout. Pas de compte en banque, pas de cartes de crédit, pas de voiture. C'est ma mère qui payait pour tout, alors j'espère vraiment décrocher ce poste.

— Où est-ce que tu vas vivre ? ai-je demandé.

Elle a secoué la tête. — Je ne sais pas encore. Zoey et Piper n'ont rien dit sur le fait que je devrais quitter le Auberge L'anse MacKellar, mais je ne peux pas payer pour ça, et ça me gêne de rester là-bas pour…

— Emménage avec moi, ai-je lâché.

— Andre, je… je ne peux pas te faire ça. Ce ne serait pas juste, a-t-elle protesté.

— Je t'aime. Je ne veux pas passer un seul jour sans toi. Emménage avec moi. Je n'ai pas les moyens de t'acheter une bague comme Thomas, mais si tu veux qu'on se marie…

— S'il te plaît, ne te compare plus jamais à Thomas. Je te promets que je ne veux absolument pas que tu lui ressembles. Tu es tellement mieux que lui, sur tous les plans.

— D'accord.

— Et on parlera de mariage quand tu auras décidé si tu supportes de vivre avec moi.

— Si tu supportes que je me lève tôt, je pense qu'on y arrivera.

Elle a ri. — J'imagine que je devrai me lever tôt aussi une fois que j'aurai un travail, alors je peux peut-être te pardonner ça. Tant que tu me laisses faire la grasse matinée le week-end de temps en temps.

— Et si je…

— Je suis toujours là ! a lancé Landon, interrompant l'idée coquine que j'allais partager avec la femme que j'aimais.

— Désolée, a dit Joelle en gloussant.

— Ouais, désolé. Je ne voulais pas te scandaliser.

Landon a secoué la tête. — Je crois que je vais prendre la bière que j'ai achetée et rentrer chez moi.

— Tu n'es pas obligé de faire ça, a dit Joelle.

Landon se dirigeait déjà vers la porte avec sa bière. — Je

crois que c'est mieux pour nous tous si je n'ai pas à assister à ça tout de suite. On se voit ce week-end ou un de ces quatre. Content que tu restes dans le coin, Joelle !

— Moi aussi ! a-t-elle lancé alors que la porte se refermait derrière Landon.

Je me suis tourné vers elle et j'ai glissé une mèche de cheveux derrière son oreille, laissant mes doigts s'attarder sur sa nuque. — Je déteste que tu aies traversé tout ça avec ta mère et Thomas. Tu mérites tellement mieux.

— Comme toi ? a-t-elle demandé en souriant.

— Eh bien, j'espère être mieux. Je n'ai jamais aimé quelqu'un comme je t'aime.

Elle s'est reculée. — Tu as dit que tu avais été amoureux des tas de fois.

J'ai haussé les épaules. — Aucune de ces fois ne ressemblait à ce que je ressens avec toi. Comme si je ne pouvais jamais en avoir assez de toi et que je ne survivrais pas si tu me quittais un jour.

— Eh bien, la bonne nouvelle, c'est que je ne te quitterai jamais. Sauf si tu décides que tu en as fini avec moi.

J'ai ri. — Ça n'arrivera pas.

— Ah oui ?

— Oui.

— Tu sais que je t'aime aussi, n'est-ce pas ?

— J'ai cru le comprendre dans ton discours, mais c'est agréable de l'entendre à nouveau.

— Je t'aime, Andre. Je ne sais pas ce que je ferais sans toi. Je n'en ai jamais assez de toi.

— Pour moi, ça ressemble à de l'amour. Je l'ai de nouveau prise dans mes bras en me dirigeant vers la chambre.

Son estomac a gargouillé contre le mien, et je me suis arrêté.

— Faut-il que je te nourrisse d'abord ?

— J'ai plus besoin de toi que de nourriture. Aime-moi, Andre.

— C'est ce que je fais. Je t'aime, Joelle.

— Je t'aime, Andre.

Je l'ai portée jusqu'à la chambre, et bien, bien plus tard, nous avons enfin refait surface. Pour reprendre notre souffle. Et pour manger. Et je devais admettre que Landon était un sacré bon ami.

Qui méritait sa propre fin heureuse.

ÉPILOGUE

LANDON

J'étais un connard. Un vrai de vrai. Pourquoi ? Parce que j'en voulais à mon meilleur ami d'avoir trouvé l'amour. Putain, je me détestais pour ça.

Mais franchement ! Andre et Joelle se connaissaient depuis moins d'un mois, et ils emménageaient ensemble. Elle avait décroché le boulot qu'elle voulait. Il développait son entreprise. Tout était parfait pour eux.

Et moi, j'étais putain de seul.

Je savais que je devais me faire une raison, mais c'était difficile.

Surtout quand la femme avec qui je pensais passer ma vie est entrée au O'Kelley's et s'est jointe à cette foutue fête.

C'est Finley qui l'avait invitée. Finley MacKellar. La femme pour qui Reegan a travaillé tout l'été. Comme nounou pour le fils de Finley. Parce que Reegan était douée avec les enfants. Seulement, elle n'en voulait pas. Ou du moins, elle n'en voulait pas avec moi. Tout comme elle ne voulait pas vivre avec moi, ni construire un avenir avec moi, ni même avoir grand-chose à faire avec moi.

C'est pour ça que j'étais un tel connard. Parce que j'étais incapable de voir plus loin que le foutu échec de ma propre relation pour célébrer l'amour naissant de mon meilleur ami.

Putain.

— Je ne savais pas que tu serais là, dit Reegan en se laissant tomber sur une chaise à côté de moi.

— Tu ne savais pas que je serais à une fête pour mon meilleur ami et la femme qu'il aime ? Celle qui veut vivre avec lui et construire sa vie avec lui ? C'est drôle. — J'étais un vrai con. Ce n'était pas juste pour elle. Mais je n'étais pas d'humeur à être juste. Ni gentil.

— Au cas où tu l'aurais oublié, c'est toi qui as rompu avec moi, Landon, siffla Reegan.

Je me suis tourné pour la regarder. Elle m'était si terriblement familière que ça en était douloureux, mais je ne la connaissais plus. Nous étions des étrangers. — Tu as raison, ai-je dit. — C'est bien ce que j'ai fait. Et tu as parfaitement le droit d'être ici. C'est un lieu public, et ta patronne t'a invitée. Je ne vais pas gâcher ta soirée. — Je me suis levé pour m'éloigner, et elle m'a laissé faire.

Tout comme elle m'avait laissé mettre un terme à notre histoire neuf mois plus tôt.

Je détestais être encore en colère quand je la voyais. Détestais me sentir floué, privé d'un avenir. Un avenir dont j'essayais de me convaincre que je ne voulais pas vraiment s'il fallait pour ça que je reste avec Reegan. Mais je le voulais, cet avenir. Avec des enfants, une femme, un chien ou je ne sais quoi. Je voulais la barrière blanche, les fleurs devant la maison et toutes ces conneries de clichés pour lesquels on se moquait des hommes.

Et je le voulais plus que je ne la voulais, elle.

Je me suis assis au bar et j'ai fait signe à Hudson de m'apporter une autre bière.

Il s'est arrêté devant moi et m'a observé attentivement.
— Comment tu rentres chez toi ?

— Je suis venu à pied. Je n'ai aucune intention de prendre le volant ce soir.

Hudson a hoché la tête. — D'accord. Il m'a tendu une bière, la même que celle que je buvais tout à l'heure, mais il n'a pas lâché la bouteille. — Tu n'as probablement pas envie de conseils, mais je suis passé par là où tu es.

— Célibataire, en colère, et à me demander où j'ai merdé ?

Il a haussé les épaules. — En gros, oui. Surtout la partie « en colère ». Et la partie « célibataire ». Mais j'ai toujours su où j'avais merdé. Quand ma femme est morte, j'ai eu envie de me glisser dans la tombe avec elle. Pendant longtemps, je n'arrivais pas à envisager un avenir pour moi.

Je me suis un peu redressé. Je ne connaissais pas bien Hudson, mais je le respectais. En tant que commerçant comme lui, je savais ce qu'il fallait pour réussir dans cette ville. Et je savais que ça n'avait pas été facile pour lui. Les bars sont réputés pour être difficiles à gérer, mais avec lui, ça avait l'air simple.

— Je ne vais pas te dire qu'une de perdue, c'est dix de retrouvées ou autres conneries du genre. Ce que je vais te dire, c'est que les gens dont tu t'entoures sont les seuls qui comptent. Et si tu t'isoles d'eux parce que tu n'arrives pas à être heureux pour eux, ton propre bonheur ne sera pas aussi intense.

J'ai dégluti, ses mots touchant une corde sensible. Il avait raison, cependant. Je me comportais comme un con, et Andre ne méritait pas ça. Il avait failli perdre Joelle. Et au lieu de les soutenir, j'agissais comme un ex jaloux qui attendait avec impatience que leur relation implose.

Ce n'était pas ce que je voulais pour eux.

— Merci, ai-je dit à Hudson, en espérant qu'il comprenne à quel point j'étais sincère.

Il a hoché la tête, puis est allé servir un autre client.

J'ai regardé ma bière et j'ai su que je devais m'arrêter. Je l'ai laissée sur le bar et je suis parti. Mon premier arrêt a été aux toilettes pour pisser. Je me suis aspergé le visage d'eau froide, puis je suis retourné à la fête.

Reegan était assise à l'écart du groupe, souriant, mais ayant l'air complètement mal à l'aise. Elle grattait l'étiquette de sa bouteille, un signe infaillible qu'elle était nerveuse et prête à partir.

J'ai pris le siège à côté d'elle et j'ai attendu qu'elle lève les yeux vers moi.

Ses yeux se sont plissés.

— Je suis désolé. J'ai été un con, et tu ne le méritais pas. Tu as raison. C'est moi qui ai rompu. Et tu n'as pas à être traitée comme je t'ai traitée ces derniers mois. J'espère qu'un jour, nous pourrons redevenir amis.

Elle a dégluti en hochant la tête. — J'aimerais vraiment ça, Landon. Je… je sais que notre relation n'a pas tourné comme on le pensait, mais je veux que tu sois heureux. Je veux que tu aies toutes les choses que je n'ai pas pu te donner. Toutes les choses que je… ne veux pas pour moi.

— Merci. J'espère que tu trouveras aussi ce que tu cherches. Vraiment. J'aurais dû te le dire bien avant, mais je… J'ai haussé les épaules.

— Tu ne voulais pas vraiment que je sois heureuse sans toi ? Elle a eu un sourire en coin.

J'ai laissé échapper un rire. — Ouais, peut-être.

Elle a souri. — Je ne t'en veux pas vraiment pour ça. On s'est accrochés bien plus longtemps qu'on aurait dû. Moi, en tout cas. Je savais que je ne prenais pas la même direction que toi, et ce n'était pas juste de ma part de ne pas te le dire. Mais je ne pouvais pas imaginer un avenir sans toi.

— Et maintenant ? ai-je demandé, en retenant mon souffle.

Elle a souri, mais ce n'était pas un sourire heureux. C'était un sourire triste, teinté d'occasions manquées et de regrets.

— Je ne veux toujours pas les mêmes choses que toi, Landon. Je déteste ça, parce que je t'aimerai toujours, mais j'ai perdu assez de ton temps. Tu mérites mieux que de rester coincé avec moi.

J'ai eu envie de la contredire, de lui dire qu'elle avait tort. Que je n'avais pas besoin des choses que j'avais toujours dit vouloir.

Mais je n'ai pas pu prononcer ces mots. Parce que ça aurait été des mensonges. Et nous le savions tous les deux.

— Tu mérites mieux que d'être coincée avec moi, toi aussi, lui ai-je dit doucement.

Elle a souri tristement et a hoché la tête.

Je sentais que je tournais enfin la page, ce que je n'avais pas réussi à faire des mois plus tôt. Quand elle m'a annoncé qu'elle avait signé un nouveau bail au lieu d'emménager avec moi comme je le lui avais demandé. Ce jour-là, j'étais en colère. Blessé. Je m'en suis pris à elle, et elle a répliqué du tac au tac. On avait toujours été doués pour se disputer, explosifs sur le moment et encore plus pendant les réconciliations.

Mais cette dispute-là n'a pas précédé une réconciliation. C'était la fin. Une fin qui m'a pris au dépourvu, même si elle n'aurait pas dû. Ça faisait plus d'un an qu'on se disputait à propos de notre avenir commun. Je n'aurais pas dû être surpris que tout finisse par arriver à son paroxysme et que Reegan prenne la décision que je n'avais pas eu le courage de prendre.

— J'espère que tu trouveras le bonheur, Landon. Reegan a posé sa bouteille sur la table et s'est levée. Elle m'a pressé l'épaule, puis s'est éloignée.

J'ai expiré et j'ai senti comme un poids s'envoler de mes épaules. Reegan et moi, c'était fini. Et j'étais... j'étais en paix avec ça. On ne voulait pas les mêmes choses. Et on méritait d'avoir la chance de trouver ce que l'on voulait vraiment.

— Ça va ? m'a demandé Andre en prenant le siège que Reegan venait de quitter.

J'ai levé les yeux vers lui et j'ai hoché la tête. — Ouais. Ouais, ça va.

Il m'a examiné attentivement. — T'es sûr ?

J'ai pris une inspiration et j'ai hoché la tête. — Ouais. Merci. Mais ce soir, il ne s'agit pas de moi. Il s'agit de toi et de Joelle, et de la vie qui vous attend. Je suis content pour toi, mec.

— Merci, Landon. Ça compte beaucoup pour moi.

J'ai souri. — Je suis juste content que tu aies enfin trouvé quelqu'un qui puisse te supporter. Je commençais à m'inquiéter de devoir m'occuper de toi quand tu seras trop vieux et fragile pour prendre soin de toi-même.

— Je suis à peine plus vieux que toi, a-t-il protesté.

— Ouais, mais je suis plus jeune.

Andre a reniflé. — Je suppose que c'est une bonne chose que j'aie trouvé une femme plus jeune, alors. Elle pourra s'occuper de moi.

— Je peux faire quoi ? cria Joelle.

— Il a dit que tu allais t'occuper de lui, puisque tu es beaucoup plus jeune, Joelle, dis-je, assez fort pour qu'elle m'entende malgré le bruit.

— Jamais de la vie. Elle s'approcha, passant la main sur l'épaule d'Andre.

— Es-tu en train de dire que ton amour a des limites ? demanda Andre, attrapant sa main et la tirant sur ses genoux.

— Je dis qu'on pourra engager une infirmière quand on sera plus vieux et qu'on aura besoin de quelqu'un pour faire ce genre de choses.

Andre lui releva le menton et posa ses lèvres sur les siennes, murmurant *Je t'aime* contre ses lèvres.

Je détournai le regard, ne voulant pas m'immiscer dans leur moment. J'étais toujours jaloux. Je voulais toujours ce qu'ils avaient. Mais Hudson avait raison. Si je ne pouvais pas être heureux pour Andre et Joelle, je manquerais plus que le partage de mon propre bonheur. Je manquerais le partage du leur.

Parce que le leur était le seul bonheur dont j'étais témoin en ce moment. Le mien avait déjà franchi la porte.

MERCI D'AVOIR LU l'histoire de Joelle et Andre ! J'ai toujours aimé les histoires de fiancées en fuite. Joelle avait besoin d'un nouveau départ, de sa propre vie, et d'un homme qui l'aimerait pour qui elle était. Andre avait besoin de la même chose. J'étais si heureuse qu'ils l'aient trouvé ensemble !

Le prochain livre de la série sera le dernier ! Landon est prêt à tourner la page, et Casey a besoin d'un nouveau départ. Quand elle lui demande de lui apprendre la séduction, il est heureux de passer son temps libre avec cette maman célibataire aux formes généreuses. Il a toujours mieux appris par l'exemple, et il est impatient de montrer à Casey tout ce qu'il sait. Lisez ***Son Bonheur aux Courbes Généreuses*** maintenant !

VOUS EN VOULEZ PLUS de Joelle et Andre ? Elle trouve sa voie avec son travail à L'anse MacKellar, mais Andre veut apporter un dernier changement à leur statut de relation. L'épilogue bonus n'est disponible que pour les abonnés. Inscrivez-vous maintenant !

À PROPOS DE L'AUTEUR

Auteure à succès classée au *USA TODAY*, Mary E Thompson a passé la majeure partie de son enfance à souhaiter avoir quelques courbes en moins. Elle se cachait dans les pages des livres parce que ses personnages préférés ne se souciaient jamais de sa taille de vêtements. Aujourd'hui, Mary non plus, et elle écrit des histoires qui célèbrent les femmes comme elle. Des femmes réelles qui ont des courbes, poursuivent leurs rêves et trouvent l'amour, parce que nous devrions tous être heureux, quelle que soit notre taille.

Mary passe son temps hors écriture avec son mari et ses deux enfants, à regarder trop de télévision, à encourager l'équipe de football de sa ville natale (Allez les Bills !) et à cacher du chocolat à sa famille.

Inscrivez-vous maintenant à la newsletter de Mary. Les abonnés reçoivent des ebooks gratuits et d'autres choses amusantes, comme du contenu exclusif réservé aux membres et des concours, et sont les premiers à connaître les nouvelles parutions et les promotions !

www.ingramcontent.com/pod-product-compliance
Lightning Source LLC
Chambersburg PA
CBHW021138310726
48971CB00002B/375